【本故事纯属虚构】

著作权合同登记：图字 11-2012-95 号

图书在版编目（CIP）数据

方舟暗战/（英）罗伯特·马奇莫尔著;江晴,朱易华译.—杭州:浙江少年儿童出版社,2019.8
（王牌少年特工）
ISBN 978-7-5597-1461-9

Ⅰ.①方… Ⅱ.①罗… ②江… ③朱… Ⅲ.①儿童小说－长篇小说－英国－现代 Ⅳ.①I561.84

中国版本图书馆 CIP 数据核字(2019)第 104647 号

责任编辑	韩 潇	美术编辑	陈悦帆
责任校对	沈 鹏	责任印制	孙 诚
封面设计	辰辰星	内文插图	罗 军

王牌少年特工

方舟暗战

FANGZHOU ANZHAN

［英］罗伯特·马奇莫尔/著 江晴 朱易华/译

浙江少年儿童出版社出版发行
杭州市天目山路 40 号
杭州杭新印务有限公司印刷
全国各地新华书店经销
开本 710mm×1000mm 1/16
印张 19.75 印数 1－8000
字数 256000 插页 2
2019 年 8 月第 1 版
2019 年 8 月第 1 次印刷
ISBN 978-7-5597-1461-9
定价：28.00 元
（如有印装质量问题，影响阅读，请与承印厂联系调换）
承印厂联系电话:0571-87640154

认识"基路伯"

"基路伯"是什么？

　　"基路伯"是一所神秘的特工学校，隶属于英国情报部门。"基路伯"里的特工都是年龄介于10岁到17岁之间的少年。这些少年大多是孤儿，他们在被"基路伯"特工学校选中后，会离开原来生活的福利院，开始进行各种严格的训练，直到通过"基路伯"学校的考试，成为一名合格的特工。他们平时生活在"基路伯"校园中，外人无从知道学校的真正位置。

为什么"基路伯"的特工都是少年？

　　这其中有很多原因。但最重要的一点是，普通人不会意识到，一个未成年的少年竟然会是训练有素的特工，这使得他们能顺利摆脱许多成年人无法摆脱的麻烦。

"基路伯"特工学校的"T恤衫"制度

　　作为一所拥有悠久历史的特工学校，"基路伯"在1957年引入了不同颜色的"T恤衫"制度。在"基路伯"校园中，只要看一眼每个人身上穿的T恤颜色，就能知道他们的身份和级别。

T恤衫颜色	代表的含义
橙色	从校外来的访客
红色	学校里不满10岁，还未达到训练资格的小学员
浅蓝色	正在进行基础训练的学员（年龄必须超过10岁）
灰色	成功通过基础训练，有资格外出执行任务的特工
深蓝色	在某次任务中表现出色，学校所授予的奖励
黑色	在多次任务中表现杰出，学校所授予的最高奖励
白色	学校员工，或超过17岁的退役特工

CHERUB

人物介绍 CHARACTER PROFILE

James Adams

詹姆斯·亚当斯

性别：   男
年龄：   14岁
住所：   英国伦敦
家族构成：母亲、继父、妹妹
所属：   "基路伯"特工学校

Lauren Adams

劳伦·亚当斯

性别：   女
年龄：   11岁
住所：   英国伦敦
家族构成：母亲、父亲、哥哥
所属：   "基路伯"特工学校

乔·里根："幸存者"组织的创始人

约翰·琼斯："基路伯"特工学校员工，本次任务的主管

苏茜·里根：乔·里根的现任妻子

莱特·里根：乔·里根最小的儿子

伊琳娜·里根：乔·里根的大女儿，人称"蜘蛛"

达娜·史密斯："基路伯"特工学校的小特工，詹姆斯本次任务的搭档之一

克洛伊·布莱克："基路伯"特工学校员工，本次任务的助理

伊芙·斯坦尼斯："幸存者"组织信徒，和达娜一起被派去执行任务

阿比盖尔·桑德斯：澳大利亚情报机构的成员，本次任务中作为卧底，扮演詹姆斯、达娜和劳伦的母亲

米丽阿姆·朗弗德：研究"幸存者"组织的专家，本次任务中给予詹姆斯等人许多帮助

目录 CONTENTS

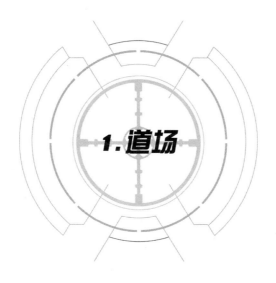

1. 道场

才早上七点半,可是詹姆斯已经在道场待了一个半小时。十二个孩子两人一组,分散在铺着垫子的地板上,他们都穿着训练服,戴着护具,浑身大汗淋漓。

二十分钟高强度的拳击训练结束了,筋疲力尽的詹姆斯向搭档鞠了一躬,然后抓起地上的一个塑料瓶。他把头往后一仰,张大嘴,用力从瓶子里挤出高能量的葡萄糖饮料倒进嘴里。

还没等他咽下饮料,就有人从背后猛击了他一掌。詹姆斯朝前打了个趔趄,一头跌倒在蓝色的弹性地垫上,饮料从嘴里一直流到下巴上。作为教练的塔卡达小姐用一只六十岁女人的老脚踩住詹姆斯的脑袋,这只脚上的皮肤如砂皮般粗糙,黄色的趾甲凹凸不平。

"第一跳!"塔卡达小姐咆哮道。她的英语很恐怖,幸亏她总是自成一派,所以詹姆斯每次都能心领神会。

"第一条,"詹姆斯吃力地回答着,他的嘴被那只老脚挤压得变了形,"保持警惕,攻击可能来自四面八方,每分每秒都有可能降临。"

"警惕啊,警惕。"塔卡达小姐发出嘘声,"喝水要快,别像傻瓜似的瞅着天花板。从我的地板上滚开,你侮辱了我的地板。"

詹姆斯费力地爬起来,心有余悸地瞟了教练一眼。

"好了!"塔卡达小姐吼道,拍手提醒学员,"最后一项训练,速度测试——抓小球。"

累得散了架的孩子们用仅剩的一点力气发出一阵呻吟。为期六周的"基路伯"高级格斗课程还剩最后十天,所有学员都已对规则滚瓜烂熟:十二名学员在道场里分两侧背墙而立,塔卡达小姐会掷出十个迷你足球,没能抱着球进更衣室的那两名学员不仅吃不上早饭,还要在室外绕着道场跑二十圈。这个游戏很野蛮,即便是穿戴着护具,也无法保证不会伤筋动骨。

塔卡达小姐把手伸进堆满球的网兜里,掷出了头三个球。十二个孩子甩开膀子,冲向地板上跳动的球。

詹姆斯瞥见一个球正向他滚过来,可是加布丽埃尔跑得比他快。詹姆斯奋力追赶终无所获,最后还是让加布丽埃尔抓到了球。

可是,加布丽埃尔才跑出三步,就遭到了从道场另一头跑来的两个男孩的拦截。其中一个男孩朝加布丽埃尔的脑袋上挥了一拳,紧接着一头撞向她的肚子;另一个男孩则双足铲地从脚下进行阻断。加布丽埃尔惨叫一声倒在地上,但双手仍死死地把球护在怀里。

那个用头撞击加布丽埃尔的男孩试图掰开她的双臂,却冷不防脸上被加布丽埃尔戴着护具的胳膊肘顶了一下,噔噔噔向后退了好几步。

正当一群人拼命争抢这三个球的时候,塔卡达小姐又掷出了两个球。詹姆斯已经累到了极点,但一想到抢不到球就得跑二十圈,他只好咬紧牙关继续东扑西跳。终于,他瞄准时机冲上前,拾起球就跑,脚下一刻也不敢停留。

当詹姆斯看到自己离男更衣室仅剩不到十五米的时候,不禁心头一阵狂喜。突然,一只脚踢过来,詹姆斯避了过去,开始冲刺。此时,他几乎能闻到学校餐厅里早饭的香味了。然而,好景不长,一个名叫马克·福克斯的十六岁壮小子打碎了詹姆斯的美梦。

马克的手臂壮得像火腿,比詹姆斯足足高出二十厘米。詹姆斯还没来得及摆出战斗姿势,就已经被他顶到墙上了。两个男孩明摆着不属于同一个重量级,但高级格斗课程不设限制,这里就像现实世界一样强弱并存。

詹姆斯暗自给自己鼓劲,幻想能够像一些儿童电影里的主角一样以弱胜强。但他的幻想马上就破灭了。马克无情地发动进攻,组合拳左右开弓,雨点般地落在詹姆斯身上。紧接着,他又用膝盖撞击詹姆斯的肋骨。詹姆斯毫无还手之力,只能眼睁睁地看着马克从自己手中抢走了球。

"回见。"马克得意地笑了笑,大摇大摆地向门廊走去。

刚才那几下打得詹姆斯晕头转向,但他努力保持站立的姿势,并把脱臼的手指扳回原位。不一会儿,他调匀了气息,身体不再摇晃,只是一张脸被打得又青又肿,隐隐作痛。已经有六个孩子进了更衣室,三个孩子胜利在望,手里正拿着球走向更衣室,剩下詹姆斯和两个女孩争夺最后一个球。

现在,球在达娜·史密斯手里。她十五岁,来自澳大利亚,身高和詹姆斯差不多,身上的肌肉赛过最出色的田径选手或游泳健将,非寻常女孩可比。加布丽埃尔·奥布林快十四岁了,别看她是高级格斗班里年龄最小的,但她身手不凡,眼下已经把达娜逼入了死角。

詹姆斯站在加布丽埃尔身后两三米的地方,他料定达娜会想办法突围,心里指望着加布丽埃尔能扑倒达娜,趁她俩在地上扭打,自己就能把球抢到手。

但是,达娜丝毫没有突围的意思,连塔卡达小姐都感到不耐烦了。外面有一队穿着红色T恤的初级学员,专等着上她的空手道课。

"给你们一分钟时间,否则三个人都去跑步。"塔卡达小姐一边说,一边用手敲了敲手表。

加布丽埃尔往后退了退,想把达娜引出来。詹姆斯也跟着一起后退。达娜一动,加布丽埃尔抬脚就踢。但是达娜往下一蹲,膝盖着地,避开了加布丽埃尔的飞腿。

眼看着加布丽埃尔倒下了,达娜跪下了,詹姆斯瞅准机会冲向达娜,用胳膊箍住她的脖子,从她手里抢走球并紧紧地抱在胸前,这时他已完全忘了手指的疼痛。

达娜挣脱詹姆斯的胳膊,大叫一声把詹姆斯压倒在地,骑在他的腰上。她用膝盖压住詹姆斯的肩膀,同时猛击他的脸颊。詹姆斯抓球的手慢慢松开了,最后球顺着他的腿滚落到地垫上。

加布丽埃尔见状,马上冲过去捡球。当达娜醒悟过来球不在詹姆斯手里时,加布丽埃尔早已拿着球得意扬扬地奔向女更衣室了。

"好了,你们俩跑步去吧,总共二十圈,你懂的。"塔卡达小姐一边说,一边用手指画着圆圈。

女教练走到外面,冲着那帮穿着红色T恤的吵闹孩子大声呵斥。詹姆斯抬眼看着达娜,掩饰不住失落的神情。达娜结实的大腿肌肉压着他,全身的重量都在他的肩膀上。

"起来吧,"詹姆斯叹了口气,"结束了。"

达娜冲詹姆斯邪恶地一笑。詹姆斯不太了解达娜。她性格孤僻,在"基路伯"执行了五年的任务,却仍只穿着灰色T恤。学校里谁都知道她为人刻薄,尤其是对比她小或比她能干的孩子。

"你这么做是因为我穿深蓝色T恤,对不对?"詹姆斯说,"好吧,可能你不太走运,或许还有别的什么原因,但你不应该怪到我头上。"

"不是因为这个。"达娜咧嘴笑了笑。

"好了,起来吧!"詹姆斯挣扎了一下,没好气地说,"要是塔

卡达小姐回来发现我们没在跑步,一定会当场发作的。"

"她得花上几分钟帮小孩们换衣服。我忍不住了。"

"忍不住什么?"

"你马上就会知道的。"达娜咯咯笑着,一骨碌站了起来,在詹姆斯的头顶上方放了个屁。

"嗷嗷嗷,苍天哪!"詹姆斯哀号道,"你不是人!我会报复的。"

但他忍不住感到好笑。他喜欢达娜,虽然她是个怪人。

达娜耸了耸肩,说道:"别指望我会因为这个睡不着觉。"

詹姆斯止住了笑。他拎起运动鞋,解下身上的护具,极不情愿地向道场的出口走去。体力不佳的时候绕场馆跑二十圈得花半小时,更何况外面冷极了……

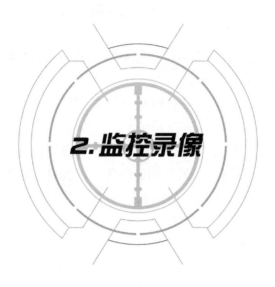

2.监控录像

特种部队安全网是世界上最复杂的电子监视系统,它由美国国家安全局和英国、澳大利亚等几个友邦的情报机构共同管理。

特种部队安全网监控着各种通信,如电话、电子邮件以及通过通信卫星、光纤电缆等传播的信息。这套系统目前每天能严密监视九十亿条私人信息和通话。

该系统每个小时都会挑选出大约一百万条信息储存起来,这些信息中带有像炸弹、恐怖分子、汽油弹等触发词或帮助地球、基地组织等短语。系统的逻辑分析软件会迅速处理这些可疑信息,如果是电话,就会通过声音来判断人们的情绪;如果是电子邮件或短信,就会通过上下文来判断可疑词句可能隐含的意思。

在每小时储存起来的一百万条信息中,大约有两万条会被电脑标示出来,由两千名正在值班的监视人员随时阅读处理。

2015年末,特种部队安全网在东南亚的一个站点截获了两个不知名集团之间的一封电子邮件。该邮件中提到"帮助地球"组织可能会在香港发动一次袭击，一个名叫克莱德·徐的十六岁环保人士卷入了这次袭击行动。

与其拘捕这名少年嫌疑犯，还不如潜入徐的家庭，也许能查出"帮助地球"组织中的高层人物。

（摘自发给凯尔·布鲁曼、科丽·张、布鲁斯·诺里斯的"基路伯"任务说明）

香港，2016 年 2 月

当科丽·张看到瑞贝卡·徐靠在街灯柱上正在等她时，马上跑了过去。两个十三岁的女孩穿着校服——蓝衬衫、深蓝色裙子、套头衫和白色裤袜，看上去与周围几百个衣着相同的学生没什么两样。学生们有的独自回家，有的凑在一起聊天，还有的冒险进入四车道的缓慢车流中，想要穿过马路去搭乘停靠在对面车站里的双层巴士。

"今天还好吧?"科丽操着一口广东话问道。

瑞贝卡耸耸肩回答："学校就是学校，你懂的。"

科丽知道她的感受。随着卧底任务的进行，你伪装的人物会与真实的你产生身份混淆。科丽在威尔士王子学校上学已经有六个星期了，完全进入了状态。

瑞贝卡开始往前走。

"我们不等等布鲁斯吗?"科丽问。

"他被留校了。"瑞贝卡笑道，"我以为你知道。你哥真是个白痴。"

"异父兄弟。"科丽纠正道，"遗传基因不一样，谢谢。这次他又怎么啦?"

"别提了，他和他的蠢同学上数学课时一直在说话。李老师怒了，叫他们放学后去见他。"

科丽摇摇头说："唉，真希望我和你在一个班。我一整天都没人可以说话。"

瑞贝卡笑了:"要真是这样,我们肯定也会说个没完,最后被老师盯上。"

学校里的空调总是开得很低,而户外阳光灿烂,气温高了很多。科丽觉得有点热,她解开领带,脱掉套衫系在腰上。回家要走十五分钟。高楼大厦、狭窄街道、人行天桥就像迷宫似的,到处弥漫着汽车尾气,两个女孩在其中穿行。

她俩住在一幢二十层高的新大楼里。边上有五幢一模一样的楼房,其中一幢还在造。香港地处热带,海边的湿热空气对建筑物的侵蚀很厉害。这些房子尽管建好没多久,但凌空的阳台看上去已经很旧了。

在大多数发达国家,像这样的狭窄公寓楼都是穷人住的,但由于香港是世界上人口最稠密的城市之一,绝大多数楼里住的都是职场精英。瑞贝卡的家庭就很典型:父亲是牙医,母亲是某高档购物中心一家珠宝店的合伙人。

两个女孩穿过自动门,进入闷热的大堂。桌子后面的保安面带微笑对她们点点头。

她们住在九楼。

"你作业多吗?"坐上电梯后,科丽问。

"有点多。"瑞贝卡回答,"我们一起做吧……要不先上会儿网,怎么样?"

"好主意!"科丽说,"但我得先回房脱掉校服,我们十分钟后见。"

狭窄公寓的大门正对着厨房。科丽一进门就打起了哈欠。她把背包往地上一扔,把钥匙抛到餐桌上。任务主管助理克洛伊·布莱克从卧室探身到过道里。

"嘿,科丽。布鲁斯呢?"

"留校了。"

"哦,太好了。"克洛伊看上去心事重重。

"怎么了?"

"晚上,你和瑞贝卡一起做作业吗?"

科丽点点头说:"我一换好衣服就去。怎么? 发生什么事了吗?"

"你过来看吧。"

科丽走进卧室。科丽的另一个"异父兄弟"——十六岁的凯尔·布鲁曼——坐在沙发上,身上穿着短裤和T恤。他也是这次任务的执行人员。

"你没去上学?"科丽问。

"今天早上的英语课,克莱德·徐逃课了。"凯尔解释道,"我跟踪他去了港口,因为要保持距离,结果在一个繁忙的十字路口把他给跟丢了。约翰回酒店用监控设备接了几个移动电话,但得到的情报不多。我们只知道克莱德午饭时间去商业区的一家阿贝兹快餐店见了某个人。"

"知道他见了谁吗?"科丽打断他的话。

"不知道。"凯尔说,"之后,克莱德就回到这幢楼里,一直在家待着,我们有监控录像。"

克洛伊打开手提电脑,电脑连到阳台的卫星天线上。她双击打开了一个视频文件,科丽凑过去看。鱼眼图像是用超广角摄影机拍摄的,四星期前布鲁斯偷偷把它安在了克莱德·徐床顶的电灯上。

"这是什么时候录的?"科丽问。

"几个小时前。"克洛伊回答。

屏幕上的克莱德·徐正走进他的狭小卧室。他坐到床头,脱掉衣服,露出结实的胸肌。

"身材真好!"科丽说。

"完全同意!"凯尔笑道。

克洛伊不耐烦地说:"你们俩能不能控制一下过剩的荷尔蒙,认认真真地看录像?"

克莱德·徐从书包里扯出一个玻璃纸包装的小包裹,伸手打开衣柜的抽屉,把包裹藏在一堆袜子下面。

"那里面会是什么呢?"科丽嘀咕道。

"这可说不准。"克洛伊说,"但是,你不可能费尽心机和某人会面之后,仅仅带回一样可以在便利店里买到的东西,对不对? 再仔细看看,能不能截个图?"

科丽提议:"索性等明天早上徐家的人去上班或上学了,我们再进去瞧瞧,怎么样?"

"那样倒是省事。"克洛伊说,"可那也意味着我们得再等上十五六个小时。谁能保证这段时间里克莱德不会把这个包裹交给别人呢? 能否马上搞清楚包裹里装的是什么东西,可能直接关系到是否能阻止一场袭击,或是让成千上万无辜的市民失去生命。"

"你说得对。"科丽说着叹了口气,"布鲁斯没在那儿盯着,事情就棘手了。他太蠢了,专挑我们需要他的时候惹麻烦。"

克洛伊在手提电脑上按下几个键,镜头马上转换到徐家的实时现场。科丽和布鲁斯给每个房间都安装了微型摄像头。

"好了,"克洛伊切换着六个房间的实时影像,"瑞贝卡在自己屋里,克莱德在父母房间里上网。我们得指望徐爸徐妈七点以前别回家。"

科丽点点头说:"克莱德一上网,那就雷打不动了。瑞贝卡经常为了玩模拟人生游戏和他打架抢电脑。"

"没有布鲁斯掩护,你觉得进房间安全吗?"

科丽耸耸肩:"要是我在房间里被他们发现了,也许我可以找借口蒙混过关,可要是我在拍他藏在抽屉里的东西时被抓到,那就会穿帮。"

"要是包裹里是炸弹,那可怎么办?"凯尔问道,"要知道,克莱德可以在任何时候安放炸弹,也许就在几个小时以后。"

"我怀疑就在今晚。"克洛伊说,"别忘了还有一次约会。"

"什么约会?"科丽问。

"是约翰从克莱德的手机里监听到的。"克洛伊解释道,"今晚八点,克莱德有个约会。"

"在哪儿?"

　　"还不知道具体的地点和约会对象。像'帮助地球'这样的组织，会对每一次袭击行动进行信息分解，比如让某人负责装置，让另一人盯住目标，只有在最后一刻才会让成员了解整个计划。这样做，可以防止行动计划因成员被捕而泄露。"

　　科丽点点头："所以，频繁的约会意味着袭击近在眼前了。"

　　"可以说，七十二小时内必然会发生。"克洛伊说。

　　"要是克莱德不是行动成员，怎么办？"凯尔说。

　　"我们已经专门讨论过这个可能性了。"克洛伊有点疲倦，"克莱德·徐只有十六岁，没有特长。对'帮助地球'来说，他唯一的利用价值就在于他的隐蔽性。他让人起疑的概率极小，可以承担别的高级成员无法想象的风险。"

　　"确实如此。"科丽说，"好吧，我在T恤里面佩戴一部无线电对讲机。一进入克莱德的房间，我就会戴上耳塞，你们在这儿监视，发现有人来，马上通知我。"

　　克洛伊善意地抚摸着科丽的后背，说："快去吧，迟了瑞贝卡会起疑心。"

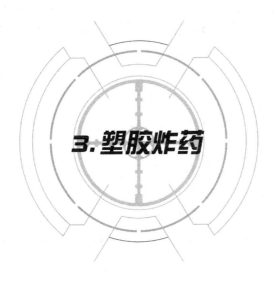

3. 塑胶炸药

瑞贝卡的卧室没有窗,像个火柴盒,所以两个女孩常常在瑞贝卡家的客厅里做作业。科丽趴在地板上,羊皮毯上摊着课本。瑞贝卡窝在皮沙发里,漫不经心地看着MTV。

"噢,BUSTED乐队!"瑞贝卡一把抓起遥控器,调高音量。

科丽停下笔,对瑞贝卡摇摇头说:"天哪,你还在喜欢他们？去年的事了,他们都已经是老人喽!"

"去年也好,老人也罢,我的麦特·杰就是红。"

科丽笑了起来:"没你哥哥克莱德红!"

瑞贝卡皱起眉头,说道:"行行好,收起你对我哥的幻想吧。我告诉你,他一门心思扑在拯救宽嘴海豚上,只会在广场上拿着愚蠢的牌子示威。真要给他一个女孩,我猜他压根儿就不知道怎么做。"

"是宽吻海豚啦!"科丽一边起身,一边纠正瑞贝卡,"你要是打算看完这首歌的MTV,我就去上个厕所。"

科丽估计BUSTED乐队的曲子长达三分半钟,这段时间里瑞贝卡肯定不会走动,但先得弄清楚克莱德在做什么。她穿过客厅,走进过道,然后停在主卧室门口。通过敞开的房门,她看到克莱德正坐在衣柜间的电脑桌前,起劲地玩着"毁灭战士Ⅲ",扩音器里传出激烈的枪战声。

"咳!"科丽走到克莱德身边,故意大声地清了清嗓子。

"什么事?"克莱德头也不抬。

科丽拨开额前的头发,笑道:"我喜欢你的T恤,你每次穿它都很好看。"

"我现在没空。"克莱德没好气地说,他换了把武器,一阵猛扫,"这是在线对决游戏,没办法暂停。你有什么事?"

"在我爸辞去工作搬来和我们住之前,我家开通不了网络。我想借用你家的电脑,上网发邮件给我在伦敦的同学。"

"学校图书馆不是有网络吗?"克莱德说。

科丽后退一步,带着受伤的表情小声说:"那好吧,我去学校发。"

克莱德听出科丽不高兴了,便快速地抬了抬眼皮:"这样吧,打完这盘游戏就给你用,怎么样?你再等十分钟,我打完会叫你的。"

太棒了!科丽心里一乐。她拍了拍克莱德的肩膀:"谢谢你,克莱德。"

在接下去的两分钟里,科丽可以大摇大摆地去查看包裹里的神秘物品,而无须担心受到干扰。从厨房经过一小段走廊就是克莱德和瑞贝卡的狭小卧室。卧室对面是洗手间。

科丽侧身进入洗手间,把灯打亮,让人以为自己在里面。下一步就是潜入克莱德的卧室。她快速朝走廊上瞥了一眼,接着,她推开房门,打开灯,从T恤下面摸出一只耳塞戴上,她感到胸口怦怦直跳。

"克洛伊,听到我的声音了吗?"科丽小声说。

克洛伊平静的声音从耳塞里传了过来:"别担心,我在这里盯着。他们俩谁要是动一下,我马上通知你。"

"我的脑袋一片空白。"科丽很紧张,"是哪只抽屉?"

"从上往下数第二只。"

科丽轻轻地打开克莱德的抽屉,伸手在球袜之间摸索,她摸到了那只包裹。她把包裹的精确位置默记在心里,然后取出包裹放在柜子上。

"好了。"科丽小声说,然后打开包裹的塑料纸包装,往里面一瞧——她马上认出了那是什么玩意儿,因为她在基础训练课上曾经使用过同样的东西,"看上去像塑胶炸药,还有两根雷管。从外表无法判断型号。"

炸药就像灰色的橡皮泥,构造复杂的雷管能使它立马变成炸弹。你只需把炸药捏成你需要的形状,把它放在选定的地方——车里、课桌下,哪儿都行,然后插入雷管,炸弹轻轻松松就做成了。

"有人出高价买下了这些东西。"科丽说。

"先别追究事情的原委,科丽。"克洛伊警告道,刻意使自己的声调保持平稳,"抓紧时间拍照,然后赶快离开。"

科丽从上衣口袋里掏出一只小小的数码相机。她把两根鞭炮似的雷管放在柜子上,拍了一张照片。闪光灯还处在冷却时间,她摆好炸药准备拍摄下一张照片。

这时,门铃响了。

"见鬼。"科丽对着微型对讲机急切地说,"是谁,克洛伊?"

克洛伊坐在电脑前,快速切换各个摄像头拍摄的实时影像,最终把画面定格在公寓外的走廊上。

"是布鲁斯。"克洛伊说。

科丽拍下炸药的照片,慌慌张张地把它放回包裹里。

"他搞什么呀?"

"我也不知道。"克洛伊坦白地说,"肯定是留校时间到了,于是他直接回来了。"

"你没打电话告诉他我们在做什么吗?"

"呃……"克洛伊回答不上来,"我确实该打这个电话的,但是……"

科丽很生气,但没时间发作了。她迅速包好塑料包装纸,把包裹塞回袜子下面并关上抽屉。

"克莱德和瑞贝卡在厨房里。"克洛伊说。

科丽听到瑞贝卡在应门,开始迅速地考虑对策。厨房就在两米以外,她从克莱德的卧室出来时不可能不被人看到。

"嘿,贝克。"布鲁斯咧嘴一笑,用生硬的广东话打着招呼,执行任务六周以来,他的广东话进步很快,"我以为你和科丽在做作业呢。她在吗?"

"在。"瑞贝卡点点头,"留校没事吧?"

"哦,没什么大不了的。"布鲁斯耸耸肩,"傻等了一会儿而已,我就当浪费了生命中的半个小时吧。"

克莱德很不高兴地说:"既然被你打断了游戏,我就去上个厕所吧。刚才,我正在踢那家伙的屁股。"

"你上不了,科丽在里面。"瑞贝卡刚想阻止,克莱德已经打开了洗手间的门。

"难道她把自己冲下去了? 里面没人。"

瑞贝卡一头雾水。布鲁斯心里一沉,他突然意识到,也许自己的瞎搅和破坏了科丽的行动。

"她大概回家了吧。"布鲁斯的嗓音有点不自然。

克莱德的狭窄卧室里,科丽正摘下耳塞藏到T恤下面。她知道这次不下猛料肯定过不了关。

瑞贝卡打开自己的房门,探身朝里张望:"科丽? ——呃,她不在。"

科丽把小手指深深地抠进鼻孔里,使劲扯破软组织。这一下够猛的。科丽忍住痛,从克莱德的床头柜上抓起一沓面巾纸。当克莱德进来时,恰好看到科丽用面巾纸捂着脸。

"你在这里干吗?"

科丽面对着克莱德,吐出积蓄在鼻喉部位的鲜血。看到科丽的嘴角和鼻孔鲜血直流,克莱德吓了一大跳。

瑞贝卡跟着走进屋:"天哪! 科丽,你怎么啦?"

科丽根本不用装,只需展示她血淋淋的伤口和痛楚的表情就行了。

"我刚才流了点鼻血。等我从洗手间出来后,鼻血流得更厉害了,所以我跑进房间来拿面巾纸。"

瑞贝卡和克莱德只要稍微细想一下,或许就会疑心科丽为什么没有回到洗手间,而是跑进一间她并不熟悉的房间去取面巾纸。然而,当他俩面对科丽血流满面的惨相时,就什么也顾不得想了。

"要不要我们帮忙,科丽?"克莱德问道。

"我想回家。"科丽带着哭腔说,"我妈妈在,她知道怎么止血。她以前常干这事。"

布鲁斯打开公寓门。科丽跟跄着走向餐桌,一屁股坐下。凯尔和克洛伊在电脑上目击了科丽脱身的全过程,但当他们发现科丽鲜血直流的情况时,还是感到很意外。

"傻瓜!"科丽尖叫道,"差点全被你搞砸了!"

"对不起,我没想到……"布鲁斯用手挠着头皮,不敢看科丽的眼睛。

"你什么时候动脑子想过!"

克洛伊打断他们,想缓和气氛:"科丽,这次是我不对。我本该打电话通知布鲁斯的。"

"不怪你,又不是你被留校了。"科丽说。

她从外衣口袋里取出相机扔到桌子上,这时凯尔从洗碗槽下面取出了急救箱。

"布鲁斯,"凯尔开始充当和事佬,"你去别的房间把照片发给约翰,我来给科丽处理伤口。"

布鲁斯和克洛伊一起去了客厅。凯尔递给科丽一块湿毛巾,让她清洗脸上的血迹。

"流鼻血这一招,可是老把戏了。"凯尔说,"我在基础训练课上学过,但老实说我早忘了怎么弄。"

凯尔的关心让科丽很受用。她把沾满血迹的毛巾扔到面前的桌子上，勉强对凯尔笑了笑："我可是再也不想用这一招了。"

"好了，现在抬起头，让我看看里面。"

凯尔从急救箱里取出一支小手电，往科丽的鼻孔里照。鼻血渐渐止住了，已经开始变黑并凝结成块。

"指甲很脏，上面细菌非常多。科丽，我得给你喷点抗菌药水，防止伤口感染。"

科丽此时无法点头，当凯尔打开喷剂的盖子时，她只能发出轻微的哼哈声表示同意。

"可能有点凉。屏住气，别让药水流到喉咙里。"

药水一喷进鼻子，科丽马上感受到一阵刺痛，她不由得捏紧了拳头。

"对不起。"凯尔说，"我去冰箱里取冰袋，你等下用它敷鼻子，直到不再流鼻血为止。"

这时，克洛伊从客厅回到厨房。

"我刚与约翰通过话，告诉他塑胶炸药的事。他说，接下去我们关键是要搞清楚克莱德·徐今晚在哪里和谁碰头，谈话内容又是什么。"

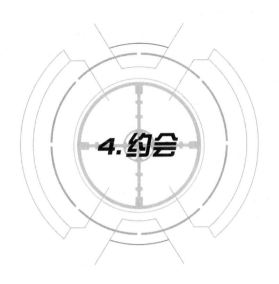

4.约会

　　科丽的每一次呼吸,都在提醒她鼻子里有脏血块。她疾步行走在一条热闹的商业街上,边上是任务主管约翰·琼斯。天色昏暗,街上的照明五光十色,映射在约翰的银边眼镜和秃头上。

　　"你还看得到克莱德吗?"科丽问。她只能看见周围行人的后背和脑袋。约翰个子高,在人群中好比鹤立鸡群,视野比较宽广。

　　"我想我看到他了。"约翰回答,"不过,黑色直发在这里实在是不稀罕。"

　　人群中出现了一个空当。约翰突然瞥见,最近两分钟他一直盯着的那个黑色直发少年,身上穿着的是一件黄色棒球服。而克莱德·徐穿的是绿色夹克。

　　"见鬼,"约翰说,"盯错人了。"

　　"你在开玩笑吧?"科丽倒吸了一口气。他俩急忙靠边,在一家俗气的珠宝店门口停下脚步。

约翰从口袋里取出手机,拨通了克洛伊的电话。她在公寓里,坐在手提电脑前。

"我跟丢了。"约翰说,"你那边有什么消息?"

"他就在你边上,约翰。"克洛伊说,"手机信号定位不是很精确,但他离你不会超过五十米。"

"他在朝哪个方向移动?"

"停在原地,也许他进了某家商店。"

"谢谢,克洛伊。"约翰说,"他一开始走动,你就打电话通知我。"

约翰挂断电话,看着科丽:"发现目标了吗?"

"我个子矮,"科丽说,"什么也没发现。"

"克洛伊说他停下了。"

"我们刚才路过一家星巴克咖啡馆,就在后面二十米的地方。"科丽说,"要不,我们回去看看他在不在里面?"

"好。"约翰说。

两人离开陈列着廉价手表的橱窗,转身朝星巴克咖啡馆走去。科丽看到迎面走来一个身穿绿色夹克、双手插在口袋里的人,与他们擦身而过。幸好克莱德·徐有心事,两眼只顾盯着前面行人的后背。

约翰和科丽吃惊得面面相觑,马上混入人群继续跟踪。

"我们怎么会超到他前面去的?"科丽问。

"他刚才肯定是进商店买东西去了。"约翰一边说,一边伸长脖子往前看。他可不想再一次跟丢。

科丽瞄了一眼手表,现在是八点差三分。不是克莱德要迟到了,就是会面地点就在附近。前面是红灯,他们在目标身后停下脚步准备过马路。绿灯亮了,克莱德慢慢靠近停下来的车辆,然后迅速穿过人行道,走进一家快餐店。快餐店的白色招牌脏兮兮的,落地窗上凝结着水汽。

他们打算等克莱德找到座位再说,于是两人不紧不慢地穿过马路,在一家报摊前停下来买报纸。科丽买了一份《香港时

报》，还有一些糖果，约翰拿出手机给凯尔打电话。

"凯尔，你在哪儿？"

"我和布鲁斯看到你们过马路了。"凯尔回答，"放心吧。"

"好吧。"约翰说，"在快餐店附近待着，别让克莱德看到你们。在我下达命令前不要动，明白了吗？"

"听你的。"凯尔回答。

约翰挂断电话，看到科丽正在把一管糖果塞进牛仔裤口袋，便问："准备好了吗？"

科丽把报纸递给约翰，点点头说："时刻准备着。"

"好，去赢得属于你的奥斯卡奖杯吧。我三分钟后进去。"

由于窗玻璃上雾气重重，科丽推门进去的时候对店内的情形一无所知。厨房就在门口，面条和饭菜飘出阵阵酱香。

柜台后面闪出一张汗津津的脸："堂食还是外卖？"

"在这里吃。"科丽回答，"我朋友已经在里面了。"

老板朝餐厅后面的塑料桌椅一挥手，科丽便从几个等外卖的人身边走了过去。她有点紧张。快餐店里有不少顾客，很吵闹。科丽看到克莱德坐在一张桌子旁。他等的人还没来，科丽放心了。克莱德看上去很不高兴，不停地抖着脚，还用菜单扇着风。

"嘿。"科丽招呼了一声，便在他对面坐下了。

克莱德吃惊得下巴都快掉下来了："你……你来这儿干吗？"

"我跟着你来的。"科丽承认道。

"什——么？"

科丽开始瞎掰："克莱德，我知道这样做很傻，但我真的很想和你聊聊。我想了很久，可每次都临阵退缩了。你知道吗，我无法不想你，我每时每刻都在想你。我一定要知道你喜不喜欢我。你知道的，不是像朋友间的那种喜欢，而是像女朋友一样……"

"呃，嗯……科丽，你让我受宠若惊。"

"噢……太失败了。"科丽苦着一张脸,好像马上就要哭了。暗地里,她把手伸进外套口袋,扯掉窃听器上的粘衬。

"这么晚了,你的家人居然让你一个人出来?"

"当然不。"科丽抽泣着说,"我早该知道你不会喜欢我的。"

"科丽,这不是你的原因。如果我们年龄一样大,我打赌我们会很合得来。但我十六岁,而你只有十三岁。你想想,我们俩不可能的,不是吗?"

"我快十四了。"科丽一边说,一边把窃听器粘到桌子底下。

乍见科丽的惊讶劲儿已经过去了,克莱德开始考虑,万一让来人看到有个女孩坐在他对面哭,那场面会有多尴尬。

"而我快十七了。"克莱德一边说,一边捉住科丽的手腕紧紧地握了一下。

"你来这儿见一个女孩子,对不对?"

"听着,科丽。"克莱德打断她,伸出一根手指说,"我在这儿等人。我们下次再聊,现在你得马上离开。"

既然已经装好窃听器,科丽也不想再折腾下去了。她从克莱德手里抽出手臂,一边哭一边站起身。邻桌几个携带着大包小包购物袋的女人转过头来,看了他们几眼。

"对不起,克莱德。"

克莱德举起手挡住脸,意思是他不想再听了:"快走吧。"

科丽假装哭哭啼啼地走了。当她跨出快餐店大门时,约翰正好进来。

约翰走到里面,在克莱德·徐身后几排的地方坐下。他摊开报纸,戴上耳塞,看上去就像戴着耳塞在听 MP3。他打开按钮,马上听到耳塞里传来克莱德快速扇动菜单的声音。

八点十五分,一个体格健壮的白人背着一只大包走了进来,在克莱德·徐对面的塑料餐椅上坐下。他与克莱德握了握手,开始用英语交谈。

"还好吗,伙计?对不起,我来晚了。"

"没关系。"克莱德的声音听上去有点紧张,就像初次约会或求职面试似的。

"好了,伙计,没有书面指示,所以你好好听着。"这人操着澳大利亚口音,在快餐店吵闹的环境下就像蚊子叫,但桌子底下的窃听器把他的声音清清楚楚地传到了约翰的耳朵里。

"这只包是给你的。里面有一张安全通行证,一套清洁工制服。通行证在进入九龙的太古商务中心时要用到。清洁工工作时间是晚上十一点到凌晨两点。明天晚上十一点钟,清洁工一到你就溜进去,告诉前台的保安你第一天上班,迷路了,要装出紧张不安的样子。"

克莱德笑道:"我保证我会很紧张的。"

澳大利亚人也笑了:"别演过头了,孩子。进入商务中心以后,务必躲开其他清洁工,等他们下班后你再出来。"

"我该躲在哪儿呢?"

"洗手间里。不是办公室里面的洗手间,而是电梯旁的那间。那些电梯由不同的电路控制,只在上班时间运行。"澳大利亚人说,"早上两点,你用包里的安全通行证进入六楼的威尼斯石油公司。那是一家小型的意大利石油勘探公司。往里走,打

开一道双扇门,里面就是董事长办公室。洗手间里有一只装满衣服和洗具的新秀丽旅行包。打开包,把炸药放在最下面。保险起见,一定要插入两根雷管。折断顶部,把两根电线拧在一起,炸弹就启动了。

"这一切完成后,你回到电梯旁的洗手间,脱掉工装,然后走楼梯下来。打开消防安全门时,会触发警报。保安可不是笨蛋,他很可能会报警,所以你动作要利落,懂了吗?"

克莱德点点头:"接下来怎么办?"

"你是年轻人,我猜你会回家上网玩游戏,然后睡觉。"

"不,我是指炸药。为什么我们要把炸药放在旅行包里,而不是放在他的桌子底下或别的什么地方?"

澳大利亚人缓缓地摇着头:"得了,这是规矩,你懂的。你不该知道的事,我们绝不会告诉你。"

克莱德觉得自己很蠢:"那当然……不好意思。"

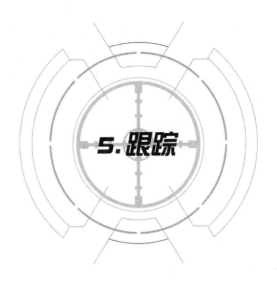

5.跟踪

　　快餐店里,约翰一边假装看报,一边监听克莱德·徐和澳大利亚人的对话,心里暗暗着急。现在,他离家九千五百公里,与香港政府毫无交情——总之,他有很多理由感到为难。

　　要是在英国,"基路伯"任务主管能调动"基路伯"特工,或要求警察紧急增援,如有需要,甚至可以调动直升机运来一支小分队。而在这里,除了英国军情五处的几名内勤人员外,他谁也叫不到。再说,那些军情五处的人,约翰连让他们帮忙拎行李都觉得不放心,更别提叫他们冒着暴露机密组织"基路伯"的风险办事了。

　　约翰的团队花了整整六周时间才获得了今天的成果,即监视到克莱德·徐和"帮助地球"组织的高级成员接头。要是在确定这个澳大利亚人的身份前让他混入人群逃之夭夭,那么前面的一切努力就都白费了。必须派人跟踪他。

　　约翰本人无法去跟踪。他就坐在澳大利亚人对面,会被他认出来。克洛伊在公寓里跟踪手机信号。而科丽也不安全,因为那名澳大利亚人在进快餐店之前,也许已经在外面观察了一阵,看到过科丽。

那么,只能由凯尔和布鲁斯来执行任务了。虽然约翰已经让他俩都穿上了防弹衣,但让两个男孩去跟踪一个持枪的危险分子,约翰还是感到不放心,更何况,他们很有可能撞上克莱德,被他认出来。

约翰观察着外形彪悍的澳大利亚人,努力寻找他佩枪的蛛丝马迹。但这个久经沙场的卧底老手无法欺骗自己:除非目标是个笨蛋,否则他不会让手枪从衣服下面鼓起来。一句话,从外表上看,根本无法确定那人是否佩了枪。

值得庆幸的是,接下来凯尔和布鲁斯撞上克莱德的可能性自动消除了。只见澳大利亚人起身准备离开,他往桌子上丢了一张一百港币的钞票,让克莱德留下来结账。

约翰抓起手机,拨通凯尔的电话,小声说:"你们在哪里?"

"在五十米外的一台ATM机旁。"

约翰掂量着各种因素,思考对策。

凯尔催促道:"快点,约翰。我们已经等了六个星期。我和布鲁斯能搞定。"

约翰深吸了一口气。自从"帮助地球"组织第一次作案以来,已经有两百多人死于非命。这是破获这个恐怖组织的绝佳机会。男孩们一心想执行任务。

"好吧。"约翰紧张地用手摸着后脖颈,"准备行动,但不许冒险,知道吗?你们的目标身高两米,宽肩膀,扁平鼻,金发侧分,穿着时髦,戴着一副黄色镜片的方框眼镜。"

"盯上了,"凯尔说,"他刚走出来。跟踪行动何时叫停?"

约翰无法判断这个澳大利亚人究竟有多危险,他谨慎地说道:"凯尔,你们只能凭经验和常识自己把握了,我也不知道。"

"只需跟踪就行了吗?要不要干脆拿下他?"

"可以,"约翰说,"你们见机行事吧。"他挂断电话,内心希望自己的决定是正确的。

凯尔把手机塞回口袋,同时冲布鲁斯笑了笑:"约翰很紧张。轮到我们上阵了。"

"任务主管们总是很紧张。"布鲁斯耸耸肩说,"我猜他们的工作就是保持紧张。"

"而我们的工作既轻松又好玩。"

澳大利亚人的金发在人群中很容易辨认。因为他根本不认识凯尔和布鲁斯,所以跟踪他要比约翰和科丽刚才跟踪克莱德容易多了。然而,男孩们也不能大意,因为两个欧洲少年在夜香港的街头闲逛,还是很惹人注目的。

走了大约一公里后,那颗金发脑袋闪入了一个地铁站。澳大利亚人走下台阶,进入光线昏暗的售票大厅。他刷卡进入了电子十字旋门。很不幸,两个男孩没有卡。

"见鬼!"凯尔一边走向自动售票机,一边伸手去口袋里摸零钱。

一个上了年纪的人排在他前面,正在往售票机里塞一张二十元面额的纸币。看着纸币呼地进去,呼地出来,投币口红灯亮起,这实在是太折磨神经了。最后,机器吸进纸币,吐出一张车票和一把丁零当啷的硬币。

"快点,老爷爷。"看着老头儿一枚枚地收起硬币,凯尔开始不耐烦地小声嘀咕。

布鲁斯伸出手,把硬币塞进投币口。票一吐出来,凯尔抓起就走。他跑进十字旋门,大跨步冲下固定楼梯,而两旁的自动扶梯上挤满了乘客。十五秒后布鲁斯追了上来。可是,当他俩在底层会合的时候,澳大利亚人早已不知去向。

"往哪边?"布鲁斯气喘吁吁地问。人群在这里分流,去不同的站台搭乘开往东、西两个方向的列车。

"我们分头找。"凯尔焦急地说,"你往东。"

两个男孩就此分手,挤入人群走向不同的站台。地铁里人头攒动,凯尔根本没办法往前挤。他跟着人流缓缓移动,走下几道台阶,来到往西方向的站台。

　　布鲁斯稍微顺利些。但隐约的隆隆声、流动的空气都意味着列车马上就要进站了，如果澳大利亚人在这个站台上，布鲁斯就得赶紧把他找出来。

　　布鲁斯朝四处张望，没有发现那头与众不同的金发。为了获得更好的视线，他挤到站台后面的饮料自动售货机旁，踩到吐瓶槽上。

　　他马上发现，金发的澳大利亚人就在五十米外的站台上。与此同时，随着通道里刮来的风吹起布鲁斯的头发，火车头上的两盏灯随即显现，照亮了整个通道。

　　没时间去叫凯尔了。布鲁斯跳下来，打了个趔趄，刚好撞到前面的人身上。这个梳着时髦的朋克头、穿着破牛仔裤、长相粗野的家伙回过头来，狠狠地瞪了布鲁斯一眼。

　　"笨蛋，没长眼睛吗？"

　　布鲁斯没理他。这时，车门打开了。布鲁斯在下车的人流中拼命往前挤。可他才挪动了十五米，广播里就已在提醒乘客小心车门了，他不得不马上跳进车厢。

　　车厢里有空调，比气闷的站台上凉快多了。列车缓缓启动，布鲁斯抓住扶手，舒了一口气。这节车厢只有站位，还好不算特别拥挤。布鲁斯一边往前移动，一边礼貌地请边上的人让道。

　　"对不起，我和阿姨走散了……"

　　"请让我走一下……"

　　香港地铁的设计对布鲁斯有利。这里的车厢不是独立的，而是全部连通在一起。每隔三十五米设一个接口，便于列车灵活拐弯。列车快要到达下一站，车速明显慢了下来。布鲁斯挤到前面，这里比中间空多了。

　　有人起身准备下车，那个澳大利亚人坐到一个空位上。布鲁斯也找了个座位，挤在两个胖女人之间，离目标只有二十米。这个距离足以让布鲁斯盯住目标，而目标却不会注意到他。

布鲁斯拿出手机,想要联系凯尔,但地铁里没有信号。他捡起别人遗留在座位上的报纸。报纸不是英文的。虽然在香港的学校待了六周后,布鲁斯的广东话已接近当地人的水平,但要阅读那些稀奇古怪的小方块字,他还是觉得非常难。他读了几行就放弃了,翻过去看汽车广告。

当列车快要开到第五站时,那个澳大利亚人站了起来。布鲁斯一直用眼角的余光观察着他,没发现他有起疑心的迹象。

列车停住后,布鲁斯和澳大利亚人从不同的门下车。不巧的是,布鲁斯离出口更近,他只好在一张椅子旁停下脚步,假装系鞋带。不一会儿,澳大利亚人就走到他前面去了。这时,布鲁斯掏出一顶耐克棒球帽戴上,稍微改变了一下造型。

这个地铁站离地面仅几米深。穿过十字旋门,走上几级台阶,就到了地铁口。外面是四车道的马路,马路边耸立着办公大楼和酒店。天已经完全黑了,夜风吹着有点凉。除了几间酒吧和餐馆还在做生意,其余的商店都已经拉下了金属门。

布鲁斯本该马上联系公寓里的克洛伊,告诉她目前的情况。但是,眼下澳大利亚人已经在五十米外穿过一扇旋转门,进入了一家高档酒店的大堂。

布鲁斯马上跟进去。在这里住一晚肯定价格不菲:撩人的灯光映照在大理石地面上,让人觉得豪华舒适;黑色大理石柱和抽象艺术品点缀其中,营造出摩登气息。一旁的酒吧稍嫌吵闹,一帮喝醉酒的商人正在观看电视大屏幕上的赛马。

澳大利亚人径直穿过大堂走向电梯。布鲁斯不知道他住在第几层,所以只好走过去和他一起等电梯。他有点紧张,不知道澳大利亚人有没有认出自己就是地铁里的人。或许他已经认出来了,只是根本没把一个十三岁的男孩放在眼里。

电梯门咣的一声打开了,里面是大理石地面的观光电梯间。布鲁斯跟着澳大利亚人走进去,看到他按下了第十九层。电梯门关上了,布鲁斯伸手去按楼层键,紧接着轻呼一声,意思是说:原来我们住在同一层啊!

这是布鲁斯做过的最不自然的事,可那个澳大利亚人居然一点也没起疑心。电梯沿着酒店的外墙缓缓上升,两个乘客透过玻璃眺望周围的摩天大楼和香港的夜景。一艘通体闪烁着黄色灯光的大型游轮正在驶往海运码头。

"看那艘美丽的游轮。"澳大利亚人双手撑在皮栏杆上,开口说道。

布鲁斯被突如其来的对话搞得有点不知所措:"啊,是。不过,船上没准载满了无聊的游客。"

澳大利亚人笑了:"也许你说得对。听口音,你是从伦敦来的?"

布鲁斯耸耸肩:"我爸妈都是威尔士人,但我爸在银行工作,我们在全世界好多地方安过家。"

这时,电梯停住并打开了门。

"晚安,孩子,祝你在这儿过得愉快。"

布鲁斯走出电梯,假装被指示牌上的房间号和箭头搞昏了头。澳大利亚人大步踩在厚地毯上,沿着过道上的巨大仙人掌盆栽径直走向自己的房间。

糟糕的是,他没走几步就到了。当布鲁斯看到澳大利亚人在第二间客房外面停下脚步,打开门要进去时,他急了。

"嘿,先生!"布鲁斯叫了起来,"你掉东西了。"

那人惊讶地回过头。布鲁斯快速向他走过去,一只手从夹克口袋里胡乱掏出一张纸片递给他,另一只手伸到另一侧的口袋里,戴上黄铜指节套。

澳大利亚人是个大家伙,布鲁斯不敢掉以轻心。

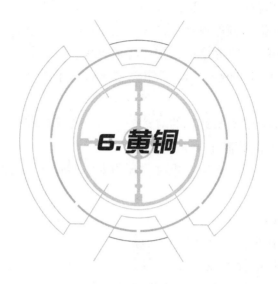

6. 黄铜

布鲁斯靠近后，朝澳大利亚人身后的房间里面瞄了一眼。灯还没开，所以他应该是一个人住。

"你是不是跟着我到这里来的，小家伙？"

那人脸上的表情惊讶多于恐惧。如果布鲁斯是成年人，他或许会怀疑这是香港警察或特工。但眼前这个头发蓬乱、身材纤瘦的十三岁少年，他只会当他是一个可在电梯里聊上几句的孤独少年，而无论如何不会想到别的。

"我不知道你想干吗，孩子，但我真的有事要做，请原谅。"

布鲁斯戴着指节套的手冷不丁地挥拳出击，澳大利亚人毫无防备。重击之下，他打着趔趄退入房间，头上破了一道口子。

他还没回过神来，布鲁斯已关上门，又朝他的肚子上狠狠地踢了一脚。紧接着，布鲁斯还想用指节套发动攻击，可这回澳大利亚人本能地抬腿一踢，布鲁斯赶紧躲闪。虽说他只被擦到了肋骨，但澳大利亚人的体重是他的两倍，所以这一下也够他受的了。只见他重重地撞在柜门上。

澳大利亚人用衣角擦了擦嘴，面朝布鲁斯摆开架势。

"刚才那几招不赖啊，从电影里学来的吧？"他咧嘴笑了笑，头上的伤口鲜血直流，"你是谁？世界上年龄最小的强盗？"

"你猜对了。"布鲁斯回答，努力让声音保持镇定。

既然偷袭不成，布鲁斯开始担心自己不是澳大利亚人的对手，因为那人显然受过专门的武术训练。

"不如你现在离开房间，我们忘了这事，怎么样？"澳大利亚人提议，"我不会打电话报警，因为我不想惹麻烦。"

布鲁斯沉默着思考对策，他能听到自己剧烈的心跳。眼前的对手高大健壮，善于格斗。格斗训练课教给他最重要的知识是：千万别不自量力。

"好吧。"布鲁斯小心翼翼地朝门边退去，当他抓住门把手时，嘴角挤出一丝笑容，"我们打平了。"

布鲁斯拽开门，密切关注着对手的动向。他刚想出去，澳大利亚人突然朝前一扑，在地毯上呕吐起来。布鲁斯这才意识到，对手头上挨的那一下，比自己想象的要严重得多。他当机立断，朝门上一蹬，飞身扑向虚弱的对手，在他头上狠狠地踢了一脚。

澳大利亚人应声倒在身后的写字台上。布鲁斯无情地挥拳猛击，打歪了对手的下巴。看着呕吐物粘在自己的拳头上，布鲁斯着实恶心了一把。不过，他马上找回了"基路伯"特工的应有状态。

首先，他应该关上门，防止有人进来。布鲁斯拧了两圈门锁，插上插销。很难判断对手会昏迷多久，所以首先要做的是确保他的生命安全。布鲁斯抓起台灯，从电插座上扯掉电线。他从运动裤口袋里掏出一把多功能小刀，从台灯底座上割下塑料电线，对折后切成两段。

澳大利亚人仰面朝天躺在写字台上，昏迷不醒。布鲁斯除下指节套，戴上一次性手套，然后从床上扯起被子往地下一丢，盖住那些呕吐物。他跪下来，开始用电线捆绑澳大利亚人的

脚踝。

　　捆住他的双手双脚后，布鲁斯发现那人呼吸变得困难。他撬开澳大利亚人的嘴巴，一股难闻的气味扑鼻而来。他扭过脸，用两根戴着手套的手指探进那人的喉咙里，抠出污秽。

　　布鲁斯确定澳大利亚人能正常呼吸后，便使出全身的力气，把他移到地上，让他在被子上按救援体位躺平，以防昏迷时窒息。

　　搞定这一切之后，布鲁斯换上一副干净的手套，然后从夹克口袋里掏出手机。

　　"约翰，是我。"

　　"布鲁斯，你在哪儿？"

　　听着约翰的声音，看着地上被捆住手脚的大块头，直到此时，布鲁斯才意识到自己干了多么漂亮的一票，完全配得上一件深蓝色T恤。

　　"我拿下了。"布鲁斯开心得差点笑出声来，"我在皇冠酒店的1911号房间，刚绑住我们的那个大块头朋友，他现在就在我的脚下。"

　　约翰很高兴："干得好！他有枪吗？"

　　"没有。"布鲁斯说，"他看上去不像佩枪的，所以我冒险上了。"

"你还好吧?"

"除了那家伙吐在我衣服上了,其他一切都好。"

"很好。"约翰说,"你觉得你那边安全吗?"

"应该安全吧。我还没来得及检查,但貌似他一个人住,没别人。怎么? 你想派装甲部队来吗?"布鲁斯开玩笑说。

"这家酒店什么类型的?"

"很豪华,"布鲁斯回答,"五星级酒店。"

约翰嘴里发出啧啧声:"这种地方肯定到处都有保安摄像头。谁知道那家伙是不是与酒店经理认识。你打倒他之前,他看清你长什么样了吗?"

"应该看得很清楚了。我和他一起乘电梯上楼的,扭打了好几个来回。他有点出血,我怀疑他下巴碎了。在服务员发现他之前,他应该还能呼吸。"

"好,既然如此,你就把现场布置成行凶抢劫吧。先拍几张他的照片,再把护照、钱包、文件、手表、首饰和其他值钱的东西通通拿走,然后从大门离开。"

"好的,老板。这家酒店很大,我进来时看到出租车在大门口排队等客人。等下我打的回来,怎么样?"

"不错。"约翰说,"别直接回公寓,让司机送你去北方大酒店,我在酒店大堂等你。"

"谁住在那里?"

"没人,但我离那里很近。我们要想办法掩盖行踪。"

布鲁斯为自己问了个蠢问题而感到好笑:"那好,就这样。"

"你坐上车后给我打电话。"

布鲁斯挂断电话,把手机放回口袋。他蹲下来,把手伸进昏迷男子的怀里,找到了一个钱包。他打开钱包,读着身份证上的名字:巴里·考克斯。

当布鲁斯在北方大酒店门口下车时,已经是晚上十点钟了。布鲁斯把一只精致的皮包递给约翰,转身付车钱。

"别找了。"

"我们直接回我住的酒店，"出租车走了之后，约翰说，"走几百米就到了。你感觉如何？"

"我没受伤，"布鲁斯说，"但累得够呛。我们先去附近的商店买罐可乐什么的，怎么样？"

"我的房间里有。"约翰打断他，"我们得抓紧时间，克洛伊和凯尔正在那儿等着呢。"

"等什么？"

"克洛伊来取你从巴里·考克斯身上截获的文件，要拿回公寓扫描，再发回英国军情五处分析。你说你还找到了一台掌上电脑？"

布鲁斯点点头："是的，很时髦的东西，就在他的夹克口袋里。在出租车里时，我就想打开看看了，但他设了密码。"

"这并不奇怪。"约翰说，"我给你订了明天凌晨一点英国航空公司的航班，我们午夜去办登机手续，你还有两个小时，先洗个澡，吃点东西，然后出发去机场。克洛伊给你带来了护照和换洗衣服。格林尼治时间早上七点，你就能到达伦敦。"

"为什么我得离开？"

"'帮助地球'组织的密码非常复杂。要想获取掌上电脑里的有用信息，就只能靠高级计算机来破解密码，所以我得让你尽快把东西送到英国军情五处的伦敦总部。你下飞机后，情报人员会在机场门口等你，取走掌上电脑。

"由你来送货，是因为考虑到你越早离开这里就越安全。你进酒店，拎着巴里·考克斯的包离开酒店，这一切肯定已经被酒店里的保安摄像头拍下来了。外国游客为香港带来了滚滚财源，所以香港警方会严厉打击涉及外国游客的犯罪案件。他们马上就会到处寻找与你的外貌特征匹配的少年。"

"但前提是先报警。考克斯没准不想报警呢。"

"酒店服务员发现他被人绑住后，经理肯定会报警的。考克斯想不想报警是另一码事了。"

"我清除了指纹印,我找东西时也戴了手套,但不排除他们在房间里找到我的DNA痕迹的可能性。"

"你做得很好。"约翰说,"等风声过去后,我们会确保此次酒店抢劫案中所有指向你的不利证据全部被清除干净。"

布鲁斯点点头说:"你觉得我会在机场被抓住吗?"

约翰摇摇头:"酒店抢劫案不会惊动警方使用一级戒备的。"

两人在一个十字路口停下脚步,等待绿灯。

"我回去的时候,你们干吗?"

"我们会讨论各种备案。"约翰说,"我已经向'基路伯'发去了我们所获得的所有情报。希望他们几小时内能够发回明确的消息,以便我们安排下一步的行动。"

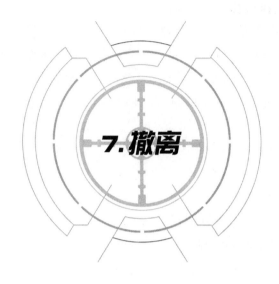

7. 撤离

　　科丽一大早就被门铃声吵醒了,她揉了揉眼睛,发现才七点差一刻。她穿着灰色睡衣裤摇摇晃晃地走进厨房。一个摩托车快递员站在门口,克洛伊正在签收一个用软垫包裹的信封。

　　"怎么啦?"克洛伊关上门后,科丽打着哈欠问,"你看上去精神不太好。"

　　"谢谢,科丽。"

　　"对不起,"科丽说,"我没有冒犯你的意思……"

　　"我知道,"克洛伊笑着说,"我看上去肯定不怎么样,我到现在脑袋还没碰过枕头,约翰也没有。"

　　"为什么?"科丽问。

　　克洛伊走到放置餐具的抽屉前,拿起一把切牛排的餐刀,用它割开信封。"导火线。"她的回答让人困惑。

　　科丽倒了一杯橘子汁,坐到餐桌前。

　　克洛伊把手伸进信封摸了摸,然后扯掉一层泡沫塑料,从信封里取出四条塑胶炸药,与科丽头一天下午在克莱德卧室里发现的炸药一模一样。

"凌晨两点,我们收到了'基路伯'发来的情报,他们对你在克莱德卧室里拍摄的照片做了分析,"克洛伊解释道,"结果发现导火线非常特别,是专门为美国中央情报局设计制造的,产量很少。它们从来没有落入过恐怖分子的手里。这种导火线的特点是,当气压下降到某一数值后,就会引爆炸弹。"

科丽不解地问:"它好在哪里?"

"在海拔很高的地方,气压要比地面低。"

"我懂了!"科丽说,"要是想炸飞一名登山运动员……"

"也许是一架飞机。"克洛伊接口道。

"哦。"科丽顿时觉得自己很傻:美国中央情报局怎么会兴师动众地去炸飞一名登山运动员呢?

克洛伊继续解释:"威尼斯公司是意大利的一家小型石油勘探公司,最近偶然发现了一块大油田,但他们缺少资金,也需要大公司的技术支持。公司董事长就是那位行李包中被装入炸弹的家伙,名叫文森特·皮埃勒。这些天,他已经和两家大石油公司的执行主管签署了协议。接下去,他要带着新的合作伙伴和公司高管去泰国的旅游胜地放松几天。他的包机明天一大早就会从香港新界的一个小型机场起飞。"

科丽想了想,说:"他们没想到克莱德·徐已经在他的旅行包中放置了炸弹,飞机到达一定高度后,就会被炸得粉碎。"

"完全正确。"

"哈!他们是怎么发现这一切的?"

"学校的任务后勤人员先是揭开了导火线的秘密。至于那家威尼斯公司发现新油田的新闻,网上到处都是。而想要了解没有公开的细节,只需给情报部门的人打几个电话就知道了。英国军情五处和美国中央情报局一直以来都密切关注着石油工业,所以他们最近才会关注'帮助地球'组织。中东局势也和石油有关。"

科丽看了看餐桌上的塑胶炸药，说："我猜它们是假的。我们要做的是潜入徐家，把它和真的炸药调包。"

"对。"克洛伊点点头。

"这是从哪里搞到的？它和真的简直一模一样。"

"这是过期产品，和克莱德·徐藏在袜子堆里的炸药是同一个型号。制造商在炸药里添加了化学药剂，这种化学药剂能在多年以后使炸药失效。因此，恐怖分子无法长期储存这种炸药。幸运的是，军方手头还有一些训练用的过期产品。没有时间从伦敦运货过来了，所以我们请美国人帮忙，从菲律宾的美军基地搞到了这些东西，用外交信函寄给我们。"

"我们直接告诉香港警方，说皮埃勒的旅行包里有炸弹，难道不行吗？"科丽问。

"当然行，但是趁徐家没人时溜进去调包，这事也不难。最好让'帮助地球'组织的人以为是炸弹失灵才没爆炸。如果让警方介入，他们就会知道计划已经泄密。"

"那么，巴里·考克斯在饭店遭人抢劫一事怎么自圆其说呢？"科丽说，"这事恰好发生在他与克莱德会面之后，实在可疑。"

克洛伊点点头："他们会起疑心的，但他们无法确定。无论如何，最重要的是我们发现了'帮助地球'组织的一名高级成员。希望布鲁斯从考克斯那里偷来的东西能让我们获取更多的情报。但是，即便找不到什么也没关系，英国军情五处会顺藤摸瓜，调查巴里·考克斯最近几年去过哪里，干了什么，以及他有哪些社会关系。"

科丽点点头，抬头看了看墙上的钟，说："我得赶快冲洗一下，该上学了。"

克洛伊摇摇头说："引用艾利斯·库柏的话：学校生活永远地逝去了。搞定调包计划后，我们马上收拾行李回家。约翰给我们订好了六点三十分飞往曼彻斯特的航班。"

*　　　*　　　*

科丽按响了徐家的门铃。瑞贝卡穿着校服出来开门,看到好朋友在流眼泪,她很吃惊。

"天哪,科丽,出什么事了?"

"是我爸爸。"科丽哭着说,"他在伦敦遇到严重车祸,受了重伤。"

"哦,科丽……"

瑞贝卡的妈妈在厨房里也听到了,她穿着灰色套装和高跟鞋冲到门口,同情地抱了抱科丽:"亲爱的,我真的很难过。"

"好了。"科丽抽泣道,"今晚,我们要飞回英国。"

"你们什么时候再来?"瑞贝卡问。

科丽耸耸肩:"很难说。我的意思是,我们来这儿是因为爸爸在这里有新工作。如果他受了重伤无法来工作,那我们也许永远不会回来了。"

瑞贝卡一听,忍不住哭了。接着,徐太太也流下了眼泪。三个女人就这样在门口啜泣着。克莱德在门口闪了一下,看了看三个哭哭啼啼的女人,马上缩回自己的房间。

这个稀里哗啦的场面过去四十分钟以后,科丽、凯尔、布鲁斯和克洛伊的物品都被塞进运动包里,在公寓门口排成一溜。科丽从一个空房间走到另一个空房间,检查所有的衣柜和床底下,以确保没有东西遗漏。狭小的公寓里弥漫着令人伤感的气氛。

她走出浴室,发现克洛伊和凯尔在厨房里,盯着电脑屏幕上空无一人的徐家。

"好了,科丽,"克洛伊说,"他们上学的上学,上班的上班。我和凯尔去换炸药,清理摄像头,你在这里盯住走廊上的摄像头。我们会戴上耳塞,一有紧急情况你就通知我们。"

科丽坐到电脑前,往嘴里塞了一颗薄荷糖。她看到凯尔和克洛伊出现在电脑的屏幕上。他们用非法复制的瑞贝卡的钥匙打开徐家大门。克洛伊带头进入克莱德的房间,打开抽屉,找出包裹,用过期失效的炸药替换了还能被引爆的四条塑胶炸药。活干完后，他俩迅速离开房间，踩着沙发和椅子，清除七个藏在灯具里的摄像头和麦克风。科丽眼前的五个徐家录像窗口变黑了。

最后，两人走出徐家，克洛伊把走廊里挂在门铃上方的摄像头也摘了下来。

科丽去阳台上拆除卫星天线，这时克洛伊和凯尔回来了，手上提着袋子，除了雷管没拿回来，货真价实的炸药、电子监控器材都在里面了。克洛伊打开最大的手提箱，把这些东西一股脑儿塞了进去。

"我得把它们交给约翰，他有外交护照，带这些东西比较方便。"

科丽把卫星天线塞进自己的旅行箱，把手提电脑放入克洛伊的背包，她登机时会随身携带。

"我们在哪儿与约翰碰头？"科丽问。

"机场。"凯尔一边回答，一边看了看表，"离起飞还有四个小时，到曼彻斯特十三个小时，然后过海关、坐火车回学校还得花上两三个小时。"

"好了，"克洛伊背上最大的那只背包，提起一件行李，"我们走吧。去楼下叫出租车，很方便。"

"每次离开你都这么说。"凯尔咧嘴笑道。

科丽打开门，回头瞥了一眼。想到从此再也见不到瑞贝卡了，她有些伤感。接下来十九个小时的归途肯定很无聊，她真想马上回去见到她的死党，还想听听她离开六周以来，学校都有什么流言蜚语。

8. 酸辣酱

八天后——

詹姆斯·亚当斯摇摇晃晃地沿着消防楼梯爬到学校主楼的第八层。他穿着拳击短裤,脚上只有一只袜子,运动服上沾着烂泥,头上戴着一顶缀着羊毛球的阿森纳球队帽。他握紧拳头砰砰砰地敲打妹妹的寝室门。

"喂,劳伦,开门。"

劳伦来开门了,她穿着史酷比睡衣,两手抱在胸前,神情有点惶恐。

"你在搞什么,詹姆斯?"她生气地低声嘀咕,"该死,现在是凌晨两点。"

"我要你出来和我开派退(对),好妹妹。"詹姆斯的声音含糊不清。

"詹姆斯,我不和任何人开派对。你身上一股酒味,你到底喝了多少?"

"不是派对,劳伦,"詹姆斯咯咯地笑,"是派退。"

"詹姆斯,快回房间睡觉去。要是被巡夜的学校员工抓住你喝醉了酒瞎逛,你就惨了。"

"可我想找乐子。"詹姆斯嘟囔着,"今天是周末,我拿到了高级格斗证书,我们都在城里庆祝来着:逛街,喝酒,看电影。"

"加布丽埃尔和其他人呢?"

"别提了,"詹姆斯轻蔑地笑了笑,"都睡觉去了。"

"詹姆斯,"劳伦不耐烦地说,"你太讨厌了! 我可没时间听你喋喋不休。快下楼去,回房睡觉!"

"让我进去,就一分钟。"詹姆斯举起一根手指哀求道。

詹姆斯说着就扑过去抱她,劳伦往边上一闪。

"你知道吗?"詹姆斯说,"多少次我想对你说我爱你,可那个碍事的贝萨妮总在边上。"

"詹姆斯,我们什么时候把爱字挂在嘴上过了?"

劳伦咔嗒把灯打开。詹姆斯看到妹妹的好朋友坐在双人床上,满脸怒容。另外还有三个女孩躺在地板上的睡袋里,空饮料罐和盛着小点心的碟子堆了一地。

"我们聚会过夜。"劳伦说。

"那就算我一个吧。"詹姆斯笑嘻嘻地说。

"想得美。"

詹姆斯朝贝萨妮挥挥手:"嘿,贝萨妮。"

"快滚,詹姆斯!"

詹姆斯咻咻地笑道:"你这样不文明哦!"

"刚才是谁说我碍事的?"

三个女孩都从睡袋里坐了起来,观看着门口的闹剧。她们一边窃窃私语,一边摇着头。劳伦很尴尬。

"睡觉去,詹姆斯。"她把哥哥推出房间。

"我马上就去。"詹姆斯说,"可是,先让我进去撒泡尿好吗? 我快憋不住了。"

劳伦退后一步,说道:"那么快点。吵醒了五个人,这下你该满意了吧? 记得掀起坐垫。"

詹姆斯晃晃悠悠地跨过地上的睡袋,走进浴室。劳伦握起拳头,对着她的朋友做了个鬼脸。

"这就是哥哥!"她怒气冲冲地说,"我很抱歉。"

贝萨妮同情地笑了笑:"别在意。"

"我喜欢他那顶带小羊毛球的帽子。"睡袋里的一个女孩嘻嘻笑着说。大家都笑了起来,可劳伦一点也不觉得好笑。

詹姆斯冲了马桶,摇摇晃晃地走出来,跨过睡袋,可这回他踩到了一碟玉米片,碎屑蹦出来,撒了一地。

"老天,我真笨。"詹姆斯倒吸了一口气,蹲下来空手去捡碎片。

"詹姆斯,你真会瞎捣乱。"劳伦气坏了,"我会收拾的,你走吧。"

"对不起。"詹姆斯打开房门,"晚安。"

劳伦在她哥哥身后猛地把门关上,跺跺脚说:"笨蛋!"

"别过意不去,劳伦。"贝萨妮说,"不关你的事。"

女孩们从浴室里取来面巾纸,盛起碎屑,把地毯掸干净。

"告诉你们,"劳伦把拇指和食指尖分开一点比画道,"差一点点我就想扇他一记耳光。"

*　　　　*　　　　*

"早啊,詹姆斯。"梅丽尔·斯宾塞斜倚在詹姆斯的床头,快活地招呼道。

梅丽尔是一名退役的肯尼亚短跑冠军,她在"基路伯"担任教练,也是詹姆斯的指导员。所谓指导员,一半是教师,一半是辅导员。

"我的桌子上有一张小贴士。"梅丽尔说,"昨天下午,我看了塔卡达小姐为你打的成绩单。这是一张多么漂亮的成绩单啊!于是我记下小贴士,上面写着:我一定要去见见詹姆斯,祝贺他格斗课取得了好成绩。"

梅丽尔虽然只是轻轻地坐在床头,詹姆斯却感受到犹如泰山压顶般的重量。

"不过,从你的行为和屋里的酒味判断,我猜你已经大肆庆祝过了,对不对?"

詹姆斯把脸埋在枕头里,梅丽尔的话一字不漏地钻进他的耳朵。他想起昨天晚上的恶劣行为:在电影院里摔了一跤,爆米花大战,巧遇加布丽埃尔,痛苦的失败……最糟糕的是凌晨两点在劳伦的房间里发生的一切。她一定气坏了。

"詹姆斯,快起床,"梅丽尔严厉地说,"我不想与你的后脑勺说话。你已经迟到一节课了。"

詹姆斯早知道自己会睡过头。他翻了个身,感到手上蹭到了一些黏糊糊的东西。

不会是血吧!

"教练,我想我病了。"詹姆斯大吃一惊,倒吸了一口凉气。

"没什么可大惊小怪的,不过是昨天晚上喝多了。"

"不对,"詹姆斯急了,"我真的病了。我想大概是肠子出血了。"

詹姆斯掀开被子,壮着胆子低头去看,梅丽尔也探头过来。空气中有一股醋味,詹姆斯马上反应过来,原来自己躺在一摊酸辣酱上。

"天哪!"詹姆斯连忙跳下床。夹杂着洋葱和红辣椒的酱汁已经浸透了他的拳击短裤,还顺着他的腿一直往下流。

梅丽尔扑哧笑出声来:"有人很关心你啊!"

詹姆斯知道,肯定是劳伦和贝萨妮在报复他,但他不想出卖她们。梅丽尔从浴室里拿来一块大浴巾,扔给詹姆斯。

"快擦擦,免得都滴到地毯上。洗完澡,记得把床上的东西都拿到楼下的洗衣房去。"

"好吧。"詹姆斯一边用浴巾擦腿,一边回答。

"现在来说说昨晚的事。你们私人时间干什么,学校从来不会管得太严。你们常去城里买酒喝,那些外卖酒吧因此而生意兴隆。你们当中还有人抽烟。只要你们有心悔改,学校都会既往不咎。"

"知道了,教练。"詹姆斯顺从地答应着。

"再来看看我记录的事件:凌晨一点回学校,往喷泉里吐口水,和达娜、加布丽埃尔进行枕头大战,在消防楼梯上跑上跑下,大喊'枪手来了!'然后闯进八楼妹妹的房间,吵醒她和其他女孩。这些行为听上去可一点也不像悔改的样子。你同意吗?"

"同意,教练。"

梅丽尔抖了抖手里的纸,说:"看在你高级格斗课表现优异的分上,也看在你有正当理由去庆祝的分上,这次我饶了你,只给你一个口头警告。但在接下去的六个月里,要是再让我看到你在学校里或学校附近喝酒,我一定不会放过你。听懂了吗?"

詹姆斯既高兴又惊讶。他以为梅丽尔会没收他的零花钱,还会罚他一个星期绕圈跑步。

"懂了,教练。"

突然,詹姆斯跌坐在床沿上,再也顾不上那股呛人的气味

了。宿醉的后遗症还没过去,他的胃里一阵阵的恶心。

"你头痛?"梅丽尔关心地问。

"真难受……"

"我给你写张准假条,上午的课你不用上了。"

"你没事吧?"詹姆斯惊讶地瞪大眼睛。

"我没事,怎么啦?"

"你怎么对我这么好?"

梅丽尔笑了:"也许因为年纪大了,所以心肠也软了。如果你觉得奇怪,那我现在就带你去操场,让你跑五十圈。"

"别,别,这样挺好的。"詹姆斯咧嘴笑道。

"洗个澡,我准你在干净的床单上睡到中午吃饭。我告诉过你的,你今天要和约翰·琼斯见面。我们谁都不想看到你像个死人似的赴约,对不对?"

詹姆斯又一次惊讶地瞪大了眼睛:"是什么任务?"

"我也不知道具体细节。"梅丽尔说,"只知道是个重大任务,与'帮助地球'组织有关,要去南半球。"

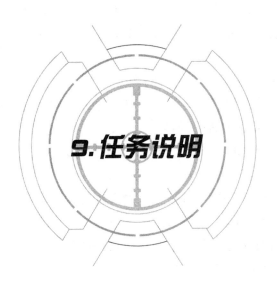

9.任务说明

詹姆斯感到浑身懒洋洋的,结果到达任务大楼时迟到了几分钟。约翰·琼斯喜欢把一切整理得井井有条。他宽敞的办公室里,文件堆放得整整齐齐,所有的东西,小到咖啡杯,大到办公桌,都贴上了打印的标签。

他本人不在办公室。詹姆斯很诧异,因为他看到劳伦和达娜·史密斯也在。达娜像个假小子,她喜欢穿超大码的"基路伯"T恤,裤子系得很低,沾满泥巴的靴子从来不系鞋带。现在的她也没什么两样,只不过换下了"基路伯"服装,穿上了一条宽松的牛仔裤,脚上是轮滑鞋,袜口上有好几个破洞,看上去很邋遢。

"又见面了。"詹姆斯说着,在约翰的书桌前挨着两个女孩坐下。

达娜点点头:"我只是轻微头痛,比你好多了。你输了。"

"还用你说……"詹姆斯抱怨道,"我服了止痛片,可还是觉得头痛欲裂。"

"你睡得好吗?"劳伦幸灾乐祸地坏笑道,"醒来感觉如何?"

"睡得很好。"詹姆斯回答,"不过醒来时很糟,这都是拜你所赐。我把床垫翻了个个儿,换上了干净的床单,可那股怪味儿还在。"

"你把他怎么了?"达娜问。

劳伦笑着说:"我和几个女孩趁他睡着时溜进他的房间,往他身上倒了一大瓶酸辣酱。我们还以为他会马上醒过来追我们,可是他睡得像头猪,居然一点感觉也没有。"

达娜摇着头说:"真过分。"

"有点。可你不知道,这个傻瓜深更半夜来敲我的门,把我同屋的人都吵醒了。我这辈子还没丢过这种脸。"

詹姆斯知道错在自己,所以想息事宁人。

"我错了,我承认。"他说,"你也报复过了,算我活该。既然马上要一起执行任务了,我们就和好吧。"

"你们吵架了?"约翰从他们身后走进办公室。

"没有。"詹姆斯和劳伦异口同声地否认。他们回过头,看到和约翰一起进来的还有一个红头发的女人,长着一脸雀斑。

"很好。"约翰说,"给你们介绍一下,这位是阿比盖尔·桑德斯。"

孩子们站起来,与阿比盖尔握手。她用澳大利亚口音同三个孩子一一打了招呼。

"这么说,他们三个就是我的孩子。"阿比盖尔说,"还挺像的啊!"

"依我看,他们十足就是你的孩子。"约翰在书桌前坐下。阿比盖尔坐在詹姆斯身边,与约翰面对面。约翰接着说:"所有的'基路伯'特工都有拒绝任务的权利。这三个孩子还不知道这次的任务是什么呢。据我所知,他们一般来说接到任务都很高兴。我在这儿十八个月了,还从来没有见过任何人拒绝过任务。"

约翰向三个孩子简单介绍说:"阿比盖尔是澳大利亚秘密

情报机构的官员。我们希望你们三个愿意与她一起去澳大利亚执行卧底任务。"

詹姆斯和劳伦一听说是去澳大利亚,不禁相视而笑。达娜一直盯着自己的鞋子,可她是那种人——就算炸弹要爆炸了,她也不会抬一下眼皮。

"能看一下说明吗?"劳伦问。

约翰点点头,站起来拨动壁式保险柜上的密码盘。他打开厚重的柜门,从里面取出一只信封,给三个孩子每人一份任务说明。

机密

任务说明

仅供詹姆斯·亚当斯、劳伦·亚当斯、

达娜·史密斯参阅

注意:此文件受射频识别技术保护

任何试图将其带离任务准备大楼的行为

都会触发警报

严禁复制或记录

任务背景:香港任务

2015年底,特种部队情报网截获了一封电子邮件,其中提到"帮助地球"组织可能要在香港发动一次袭击。美国中央情报局与英国安全部门取得了联系,因为后者在它的前殖民地香港依然有强大的情报网。

首先锁定的是与此案有关的年轻激进分子克莱德·徐。英国军情五处决定派三名"基路伯"特工潜入徐府做卧底。他们的目的是挖出"帮助地球"组织的高级成员。

六周后,任务完成了。克莱德·徐企图炸毁一架载有十五名石油企业执行官员的商务飞机，"基路伯"任务小组挫败了他的阴谋。任务小组还跟踪一名"帮助地球"组织的高级官员到他入住的酒店。拿下他之后，获知此人名叫巴里·考克斯。"基路伯"特工拿走了他的私人物品，其中包括护照、日记和掌上电脑。

证据

几天内，"基路伯"破译了考克斯掌上电脑里的所有数据，分析了日记等书面材料。不幸的是，电脑里只保存了几个象棋游戏；日记上虽然记录了考克斯最近的活动和开销，但除了他数次乘飞机往返于布里斯班和香港之外，无法查到其他有价值的信息。澳大利亚警方把考克斯的DNA和指纹与警方数据库里的罪犯档案相对照，但无一匹配。

线索断了，军情五处已打算放弃，可就在这关键时刻，有人发现钱包后面塞着一张信用卡交易凭证，交易凭证上的信用卡号码和考克斯的对不上。

这张神秘的信用卡，线索直指位于澳大利亚布里斯班的朗堡金融公司。交易凭证是六天前的中午在布里斯班的一家餐馆里产生的。澳大利亚情报机构开始进行周密的调查。

餐馆里的闭路电视录像显示，与考克斯见面的人是朗堡金融公司的董事长阿莫斯·朗堡。饭后，阿莫斯·朗堡刷卡付账。考克斯则付了现金，但在无意中取走了阿莫斯·朗堡的交易凭证。

这是迄今为止唯一的重要线索。澳大利亚情报机构开始调查朗堡金融公司。这家家族企业有三十名雇员，十来家大客户。最大的客户是一个富有而秘密的组织，名叫"幸存者"。

当调查进行到公司的业务往来时，澳大利亚情报机构发现，朗堡金融公司为了掩人耳目，一直在通过其他证券商为客户买入股票和期货。在过去的四年时间里，"幸存者"的投资证券组合增长了十倍。如此丰厚的利润，只能说明"幸存者"有获得非法内幕消息的渠道。

　　事情马上就水落石出："幸存者"的投资步伐与"帮助地球"组织的袭击时间相吻合。比如，2014年10月27日，"幸存者"购买了大约四百万桶委内瑞拉原油的期货合约，三天后，"帮助地球"组织摧毁了委内瑞拉到巴西之间的输油管道，委内瑞拉石油的价格上涨了百分之六。"幸存者"这笔不到一百万美元的投资获利超过一千万。此外还有证据显示，事后"幸存者"从中抽取三百万美元存入了海外某银行账户。最合理的解释就是："幸存者"在资助"帮助地球"组织。

　　情报工作的重中之重，就是要在目标被惊动之前，尽可能多地搜集各种信息。现在已经有足够的证据能以诈骗罪和洗钱罪来起诉朗堡金融公司与"幸存者"了。但是，澳大利亚情报机构和英国军情五处认为，过早地采取行动，会白白地失去直捣"帮助地球"组织心脏的机会，而如果顺藤摸瓜，没准能彻底惟毁这一犯罪团伙。

　　为了实现这一目标，澳大利亚情报机构设计了好几套打入"幸存者"组织的方案。他们认为，起用"基路伯"特工伪装成家庭，是最不让人起疑心，也是打入秘密犯罪组织的最佳方案。

"幸存者"过往资料

　　1971年，乔·里根放弃了小有成就的自动售货机推销员工作，在布里斯班郊区购买了一幢废弃的教堂，开始在那里布道，宣讲自己的独特信条。

　　里根宣称，他得到了上天的启示，告诉他核战争就要爆发，让他在澳大利亚内地建造方舟。里根还说，那些真正追随他的人就能从战争中幸存下来，走出方舟，重建人类文明。

　　很多人以为，三十八岁的里根和他的古怪言论都长不了，但他们低估了这位前推销员的能力，而且他们谁也不知道里根曾经在澳大利亚军队里做过谍报员。

　　当地人怀着好奇心参加里根的集会，本是去看笑话的，没想到遇到许多迷人的异性，恳请他们再次光临，有很多人也都真的又去了。里根也向当地社团开放自己的教堂，其中包括单身社团、离婚妈妈社团、战争寡妇社团和各种康复组织。

这些社团组织的成员通常都很孤独,里根邀请他们参加布道,让他们备感温暖,因为那里的气氛十分友好,里根称之为"爱的海洋"。

常去里根教堂的人一旦适应了这个"爱的海洋",它的邪恶面就会显现。里根运用传统的推销术和做谍报员时学到的意识控制术,劝说成员们参加团体治疗,让他们回忆人生中最惨痛、最失意的时刻。

这种治疗就是通常所说的"洗脑"。里根刻意夸大外部世界和他所谓的"幸存者"世界之间的差异,说前者是多么恐怖,后者是多么温馨。经过三四个疗程之后,那些容易受到意识控制术影响的人会在思想和行为上表现出巨大的变化。他们不再信任以前的密友和家人,而是把越来越多的时间花在"幸存者"的团队活动上。

随着"洗脑"的不断深化,里根向成员们灌输的观念也越来越古怪。他尤其强调在澳大利亚内地建造方舟的必要性。方舟必须自给自足,而且要坚固得足以承受核战争之后的七年骚乱。

建造方舟需要大量资金。追随者一旦被吸纳进来,里根就会要求他们住在教堂里,捐出所有的财产来帮助建造方舟,成为真正的信徒。

信徒们必须工作。"幸存者"里的工作各种各样,有些人就在教堂里工作,布道、辅导、招募新成员,有些人则去外面赚钱,比如做清洁工、农工、建筑工人,甚至还有人干起了里根的老本行——推销自动售货机。

"幸存者"现状

两个小时的航程,将把你从布里斯班带到澳大利亚内地,你会看到这个星球上最壮观、最古怪的建筑群。历时四十四年、总计花费五亿美元建造而成的"幸存者"方舟,实在是蔚为壮观。主建筑高高的围墙里面,是监狱般的住所。边上有一座

一百五十米高的教堂、一座机场、一些现代化的办公大楼和教育大楼。至于那幢拥有六十个房间的宫殿式建筑里面,则居住着现年八十二岁的乔·里根。他是澳大利亚最有钱、最有争议的人物。

"幸存者"有超过一万三千五百名全职会员,分布在全球二十三个"幸存者"社区里。另外,还有一万七千人经常活跃在"幸存者"的各种聚会和自救团体里。第二个方舟已经在美国的内华达州破土动工。

该邪教组织的商业利益扩展到了农业、医疗、信息技术等领域,它还是世界上最大的自动售货机供应商和服务商。要不是因为它是一个邪教组织,它早已成为澳大利亚第十大公司。

"基路伯"和澳大利亚情报机构的任务

任务的主要目标是打入方舟内部,揭露"幸存者"与"帮助地球"组织之间的关系。完成任务可能需要两到六个月,分四个步骤展开。

第一步:加入

阿比盖尔·桑德斯扮成普林斯太太——一个离婚女人,带着她的三个孩子,也就是三名"基路伯"特工,搬到布里斯班郊区的一个富人住宅区。众所周知,"幸存者"经常在那里招募新成员,举行各种活动。四人小组要想办法加入这个组织,这应该不难,因为"幸存者"特别喜欢有钱人加入,双方将会一拍即合。

第二步:融合

接受辅导后,四人小组将成为组织的正式成员,搬进社区居住。需要指出的是,一旦人们知道了意识控制术的原理后,就会对它产生"免疫"。"基路伯"特工对意识控制术早就耳熟能详,所以他们绝不可能被洗脑。

第三步:进入方舟

"幸存者"方舟名义上是世界末日来临之际的避难所,而事实上,它是该组织的商业活动中心和教育中心。除非受雇为行

政人员或成为组织精英,普通成员只有在参加研讨班或诸如婚礼、洗礼等仪式时,才有可能进入方舟。

年轻的信徒更有机会进入方舟长期居住。因为大多数年轻信徒不是在州立学校就读,就是在"幸存者"社区就读,而十一岁以上的孩子中,大约有百分之十最聪明的孩子会被挑选出来,送到世界各地的"幸存者"寄宿学校学习。澳大利亚本土的孩子会直接进入方舟就读于寄宿学校。

"幸存者"成立寄宿学校,目的就是为了培养精英信徒。乔·里根声称,这些精英将在大灾难后承担起管理世界的责任。学生们学习古怪的课程,毕业后会得到迅速晋升,二十出头就能做到高层。

"基路伯"特工聪明过人,希望他们能获得进入精英学校的资格。

第四步:探明"幸存者"与"帮助地球"之间的关系

对于"幸存者"与"帮助地球"之间究竟是什么关系,澳大利亚情报机构还无法确定。也许两个组织之间的关系主要是签订财务协议,由"幸存者"出巨资支持恐怖袭击,也可能"帮助地球"实际上是"幸存者"的分支机构,"幸存者"以"帮助地球"的名义积极策划并实施恐怖袭击。

据曾在方舟里居住过的信徒描述,随时会有多达近千名信徒前来参加各种研讨班或仪式,而常住居民仅限于乔·里根和他的家人、一百二十位组织高层和主要工作人员,此外还有一百五十名前来寄宿学校就读的学生。

方舟内组织严密。众所周知,乔·里根身边的人心胸狭窄、目中无人,还爱传闲话。寄宿学校里的孩子都得打杂,年纪大一些的学生大多会在课余被指派到行政部门工作。

虽然澳大利亚情报机构和"基路伯"只有不到一周的时间来做准备,但估计"基路伯"特工会顺利进入寄宿学校,运用他们的卧底技能,发现线索,成功揭示出"幸存者"与"帮助地球"之间的关系。

注意:"基路伯"道德委员会一致通过此任务说明,并提醒任务参与者注意以下事项:

1.这项任务的危险等级为高级。"基路伯"特工必须在异国他乡执行任务,可能无法得到任务主管的就近支援。

2."幸存者"内部信奉传统守旧的价值观,会对学生进行体罚。

3.由于"幸存者"方舟地处偏远地区,特工们也许无法在第一时间撤离。

4.任务的时间跨度意味着,你得与你的同胞和朋友分开很久。

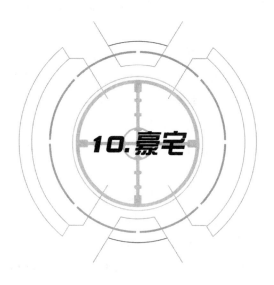

10.豪宅

　　达娜出生在澳大利亚,是从墨尔本的儿童福利院招来的。可是,詹姆斯和劳伦这辈子还没去过这么远的地方呢。首先,他们要坐十三个小时的飞机到新加坡,在那里停留六个小时,再飞八个小时抵达布里斯班。

　　他们是星期日早上出发的,同行的还有约翰、约翰的助手克洛伊,以及澳大利亚中央情报机构的阿比盖尔·桑德斯。得知詹姆斯和劳伦要离开六个月,几个好朋友决定去希思罗机场为他们送行,其中有凯尔、布鲁斯、科丽、卡勒姆、康纳、贝萨妮以及劳伦的四个女朋友。去机场的小巴士坐得满满当当的。达娜嫌他们吵,就戴上耳塞,边听音乐边看《指环王》,这本书快被她翻烂了。她没什么亲密朋友,詹姆斯觉得这样不好,可达娜一点也不在乎。

　　真幸运,经济舱的机票都已订完,"基路伯"只好付钱让他们乘坐商务舱。六名乘客在柜台前等了几分钟,办完登机手续后,就上楼去自助餐厅找其他人。

詹姆斯要了一份热乎乎的早餐,再要了一杯橙汁,他正想去和其他人坐到一块儿,却瞥见科丽独自坐在一边,挥手叫他过去。

"嘿!"詹姆斯说,"你怎么一个人在这儿?"

科丽低头看着面前的一大杯茶:"我在香港的时候很想你。回来后我想找你聊聊的,可总是时机不对。"

詹姆斯不安地笑笑:"聊什么?"

"我想说,自从去年9月闹翻以来,我们就疏远了。我再也找不到像你这么知心的朋友了……"

詹姆斯苦笑道:"我可是屡受打击。"

"加布丽埃尔告诉我了。"科丽挤出一丝笑容,"让我们像从前一样吧。无论你什么时候回来,我都等你。"

詹姆斯笑了。这五个月来,他就想听科丽说这句话,可是现在真不是时候。

"那也得看你在不在学校。"詹姆斯说,"没准到时候你也要去执行任务。"

"我知道。"科丽说,情绪低落地晃动着茶水,"我不会为了你而放弃有趣的任务。"

"我懂。仔细想想,我们做'基路伯'特工的时光其实并不长。"詹姆斯缓缓地摇着头,"你去香港前,我和凯尔也说过这话。他今年十六岁,再过一年或十八个月,就要结束'基路伯'生涯了。"

科丽笑了起来:"说真的,凯尔可小孩样儿了。他之所以看上去比你老成,全靠那几撮刚长出来的胡子。"

科丽站起身,和詹姆斯拥抱告别。隔壁桌子坐着那么多"基路伯"学校的人,詹姆斯有点不好意思,但他顾不了这么多了——谁知道下次要等到猴年马月!

"抓住机会!"凯尔大声喊道。

劳伦故意压低嗓门,模仿詹姆斯的声音说:"为什么你总说我喜欢科丽?我们只是好朋友。"

詹姆斯和科丽尴尬地朝同伴们笑笑,然后转过脸来互相对视。

"就这样吧,我会联系你的,"詹姆斯说,"比如发电子邮件什么的。"

"嗯。"科丽拿起马克杯,难过地说。

*　　　　*　　　　*

连续六周早起参加高级格斗训练,白天又要上课,詹姆斯已是浑身酸痛、遍体瘀伤且疲惫不堪。通常在飞机上他不太睡得着,但这一次,他的座位可以放下变成床,空乘小姐也是格外地体贴,见到乘客略有睡意,就马上送来了枕头和毯子。

一觉醒来后,詹姆斯玩了一会儿掌上游戏机,乱七八糟地吃了点东西,还和阿比盖尔聊了聊澳大利亚人的生活方式,翻了翻约翰带来的关于邪教组织和意识控制术的书籍。那些书总体来说枯燥乏味,不过詹姆斯觉得有些例子很神奇、很有趣。

他以前从来没有关注过邪教,以为加入邪教组织的人神经都不正常。但根据书上所言,事实并非如此。

加入邪教的人往往都是思维缜密且才智过人。他们的背景很正常,不过他们加入邪教的时候,往往都处于一种孤独状态,在生活中遇到了挫折,比较典型的有刚刚离婚的人、失业的人,初次离开家庭的大学生,或是刚刚死了老伴的老年人。

其中一本书上说,全世界一共有七千多个邪教组织,信徒达五百多万。这些邪教,有的只有十来个成员,穷得只能住帐篷,从肮脏的垃圾堆里捡食物;有的却富得流油,拥有自己的网络电视和品牌产品。

劳伦坐在詹姆斯边上,她也迷上了那些书。他俩时不时地把书上的内容读给对方听。从刺杀政客到绑架法官,邪教组织无恶不作,尤其是集体自杀,简直是骇人听闻。

"快看,"劳伦说,"听听这个:'已经记录在案的邪教成员集体自杀事件已超过七十起,最大的一次发生在人民圣殿教内部,领导人吉姆·琼斯命令他的追随者自杀,结果死了九百人,至于无法自杀的婴儿和小孩,就喂给他们剧毒的氰化物。'还有这段:'那些有大灾难理论背景的邪教,破坏性最大。'"

詹姆斯皮笑肉不笑地说:"不错,我心里更有底了。"

澳大利亚地处南半球,2月是一年中最热的时候。詹姆斯走出机场,迎接他的是三十八摄氏度的热浪。这里的空气闷热潮湿,你要是离开空调房,没走两三步,衬衫就会贴住你的后背。

他们分头行动。约翰和克洛伊去市中心找旅馆,阿比盖尔带着三个孩子搭乘一辆黄色丰田出租车。布里斯班是一座干净的现代化城市,不过机场外面在修路,他们在车流中堵了四十五分钟。

汽车老牛拖破车似的慢慢往前移。天色突然变暗,远处的高楼大厦后面,闪电划破天际。紧接着,倾盆大雨泼洒在车顶上,咚咚作响。他们一挤出车流,就以一百二十公里的时速在绕城公路上飞驰,最后开进一个离市中心不到十公里的郊外社区。

这是一个高档住宅区,草坪刚修整过,树是新种上去的,柏油马路被大雨冲刷得干干净净,一切看上去井然有序,简直就像用乐高积木搭出来似的。这时,出租车开上一幢大房子前面砖头铺成的坡道。太阳又出来了,雨水变成湿气向上蒸腾,在阳光下闪闪发亮。

詹姆斯背上背包,拖着旅行箱进屋去了。他把行李往门厅宽敞的木头地板上一扔,抬头欣赏着眼前那两道弧形楼梯,还有巨大的混凝土穹顶上悬挂着的一盏枝形吊灯。

"我的天哪!"詹姆斯咧嘴笑道,"我们发达了!"

阿比盖尔跟在詹姆斯后面进来,听到这话不禁笑了。她放下手中的两只箱子,说道:"是的,我们发达了。如果还有什么东西能让'幸存者'组织垂涎三尺的,那就是吸收阿比盖尔·普林斯入会。普林斯太太离异、富有,历经波折与她的百万富翁丈夫离婚后,回到自己的故乡昆士兰州定居。"

"还带着三个可爱的孩子。"詹姆斯补充道。

劳伦和达娜也进来了,她们看到大厅,不由得停下了脚步,连达娜都情不自禁地瞪大了眼睛。

"这房子我也是头一次看到。"阿比盖尔说,"我去英国时,一切就已经安排好了。我们每个人都有自己的房间,但我不知道谁住哪一间。"

詹姆斯和劳伦冲上楼梯,去楼上看房间。上面有六间主卧室,詹姆斯马上找到了自己的房间。通常情况下,执行任务的"基路伯"特工行李不多,都是自己打包,随身携带。而这一次,任务的时间跨度这么长,上头又要求普林斯一家最后要与"幸存者"信徒住到一起,所以,詹姆斯得拥有澳大利亚富有家庭的男孩们所拥有的一切。

澳大利亚情报机构不遗余力地打造了一个詹姆斯·普林斯的物品世界。他有满满的几抽屉、几柜子的衣服,大多数都用化学药品做旧了;所有你能想到的东西,从文具到冲浪板、电脑、破旧的棋盘,无一遗漏,甚至还有体现他个性一面的绒毛玩具。

詹姆斯打开空调,开始挑选洗完澡后要穿的衣服。

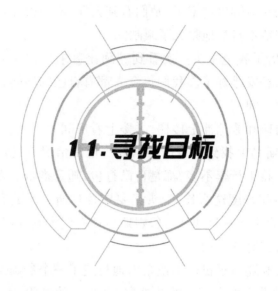

11. 寻找目标

飞行时间加上滞留在机场的时间,总共足足有三十五个小时,再算上有十个小时的时差,这一切使詹姆斯患上了有史以来最严重的时差综合征。他整个晚上都翻来覆去地蹬被单,后来索性不睡了。就这样,星期一的凌晨,他毫无睡意地玩着掌上游戏机。

太阳升起时,他感到头痛欲裂,整个人昏昏沉沉的。他换上游泳裤,在十五米长的游泳池里游了几个来回,想让自己清醒过来。

一大清早,大家都在忙碌。刚搬进新居,免不了有很多事情。詹姆斯用除草机修整草坪,达娜打电话叫人来搞卫生,清洗水池,并联系了一名管道工修理浴室里漏水的管子。阿比盖尔和劳伦开车去超市购买日常用品。

午饭后,他们一起出门,去参观即将就读的中学。学校离家大约三公里,周围是一大片草地。一条带遮棚的长廊环绕整个校园,把一楼的四排教室连贯在一起,教室门都朝着长廊打开。一家人与副校长短暂会面后,阿比盖尔又花了五百澳元为他们购置校服。

回家的路上,他们在塔吉特百货商店门口停了一下,给劳伦买了一辆自行车——澳大利亚情报机构疏忽了这一点。然后,大家一起去了布里斯班河畔一家很不错的餐馆吃晚饭。

饭菜是墨西哥风味的,他们在包厢里吃饭,能看到窗外的港口停靠着闪亮的游艇、机动船和汽艇。约翰和克洛伊也在,还带来了一位布里斯班大学的心理学教授,名叫米丽阿姆·朗弗德。詹姆斯立刻想起他在飞机上看书时读到过这个名字。

朗弗德已经为数百名前"幸存者"信徒做过咨询,这些信徒都曾在邪教组织里受到过心理创伤。最近,她还因为自己写的一本有关"幸存者"信徒的书,与该邪教组织打起了官司。

虽然朗弗德曾经为澳大利亚情报机构和昆士兰州警察局作过犯罪分析报告,她也是几小时前发誓保密,才听说了"基路伯"特工学校。她对孩子们执行卧底任务所带来的一系列心理问题产生了浓厚的兴趣。

晚餐进行到最后,开始上甜点和咖啡,还额外上了三次饮料。朗弗德回答了孩子们提出的许多问题,也问了孩子们许多问题。当晚餐结束时,三位"基路伯"小特工觉得自己对"幸存者"组织的了解比从书上获得的印象深多了。

当阿比盖尔驾驶着漂亮的梅塞德斯E级轿车送孩子们回家时,天已经完全黑了。詹姆斯困得要命,一想到总算能在该睡的时候睡觉了,他觉得浑身轻松。可他转念一想,明天早上还得傻乎乎地坐在教室里,顿时又觉得很郁闷。

令人欣慰的是校服还不赖:运动衫的胸口绣着校徽,下身是深蓝色短裤,学校还允许大家穿自己喜欢的球鞋和袜子。阿比盖尔早年上大学的时候,为了挣学费和生活费,曾在一家高级酒店的厨房里打过工。现在,她已经为三个孩子准备好了一天的食物:早餐每人一大盘,餐盘边缘装饰着水果,还搭配法式面包;午餐打包,除了漂亮的面包卷和水果沙拉,还有从面包房买来的手工蛋糕,那家面包店是昨天开车从超市回来的路上劳伦发现的。

＊　　　　＊　　　　＊

早上八点四十分,三个孩子骑自行车上学去了。快到学校时,路上骑自行车的人明显多了起来。三人跟着这群叽叽喳喳的孩子骑进校门,下车把自行车推进一个棚子,锁在排列整齐的金属栏杆上。

"回头见。"詹姆斯向一真一假两个妹妹道别,然后朝前一天下午副校长指给他看的教室走去。

他走得很慢,思考着怎样做才能避免给新同学留下错误的印象。任务要求詹姆斯与一帮不爱学习、不守纪律的男孩交朋友,所以他必须压抑自己的本性,与他们一样吊儿郎当。他得表现出心事重重的样子——一个孩子因为父母离婚而不得不搬去新地方,肯定不会太高兴。

"幸存者"的成员不管年龄多小,都有招募新成员的责任。詹姆斯这么表现,就是想引起学校里那些特殊学生的注意。他们的人数大概是七十名,都住在附近的社区里,也就是说,平均每个班有两名"幸存者"信徒。不幸的是,由于时间紧迫,澳大利亚情报机构没能事先确定詹姆斯、劳伦和达娜的班里是否有"幸存者"信徒。

詹姆斯从阳光下走进教室,故意在后排的角落里找了一个单独的座位,以便观察同学。同学们都穿着校服。据詹姆斯所知,乔·里根不会大手大脚给自己社区的孩子买品牌服饰。他的目光扫过前排的同学,耐克鞋、名牌包、亮闪闪的手表和首饰,这些都与"幸存者"社区无关。

几分钟后,詹姆斯发现了他想找的那种衣着打扮:在前排的好学生堆里,有一男一女两个孩子坐在一起。女孩身材很好,长得也很漂亮,但一头长发只在后脑勺上扎了个朴素的发髻,身上的校服像是二手货,脚上穿着橡胶底帆布鞋和亮粉色的袜子。男孩很胖,运动衫上东一块西一块的全是汗渍,头发剪得很短,露出了头皮上的痤疮,穿着一双没有牌子的跑鞋,后帮上的鞋底掉下来一大块。

第一节是历史课。詹姆斯坐到了胖男孩的身边。女老师很年轻,长着方下巴和宽肩膀。她上课纪律很松,一群男孩无视她的存在大声地聊天,从一大早发生在课前的一次打架斗殴事件,聊到上星期五晚在海滩边发生的一些事。过了一会儿,几个男孩索性离开座位,去和朋友们面对面地聊天。老师终于发怒了。

"你们给我坐下!"

男孩们慢悠悠地回到自己的座位上,对老师毫无敬意。老师转过身在黑板上写字,这时,其中一个男孩趁机揉了个纸团,啪的一声扔到卷起的投影屏幕上。

"说!"老师大吼一声,"谁干的?"

坐在詹姆斯身后的女孩举起手,表情严肃地说:"老师,我想它是从窗外飞进来的。"

"胡说八道!"老师说。

所有坐在后排的孩子都放肆地大笑,詹姆斯也忍不住笑了起来。他很想打听打架的事,特别想和身后那位笑个不停的长腿女孩搭讪。但他努力克制住了,因为他现在是詹姆斯·普林斯,一个孤独的孩子。真痛苦!这就像一个人身处糖果店,却只准喝菜汤。

老师继续上课。胖男孩身上的汗渍越来越大,但他一声不吭。上完课后,詹姆斯拍了拍他的后背,礼貌地说:"打扰一下。"

他拍的是男孩,可回答他的却是女孩。

"什么事?"女孩歪着头,对他微微一笑。她的动作表情看上去像个成熟女人,与她十四岁的实际年龄很不相称。

"嗯,下一节课,"詹姆斯装出困惑的表情,"我的课程表上写着在W16教室,你知道在哪儿吗?"

"W指西面的教室。"女孩解释说,"沿着外面的走廊走到底,向左拐。我下节课与你的不一样,不过我刚好顺路,要是你想和我们聊天,我就带你过去。"

詹姆斯咧嘴一笑,不是詹姆斯·亚当斯那种自信的笑,而是詹姆斯·普林斯式的紧张笑容。

"我叫露丝,这是我哥哥亚当。"女孩介绍说,他们沿着阳光小道走过一个个教室,"你是哪儿人?"

"悉尼。"詹姆斯回答,"但最近几年我住在伦敦。"

"哇,肯定很有意思!你都有伦敦口音了。"

"怪不得他这么白。"亚当结结巴巴地说。

詹姆斯一点也不觉得自己白,不过和这些常年生活在阳光下的孩子相比,他的确脸色苍白。

正当詹姆斯和他的两个新伙伴一起往前走的时候,历史课坐在后排的一个男孩赶上来,用胳膊肘在詹姆斯的背上推了一下。

"小心怪物,新来的。"他说。

另一个人故意从露丝前面走过,拉长声音高声喊道:"疯——子!"

两个男孩摇头晃脑地跑开了。

"他们这是怎么了?"詹姆斯一脸茫然。

"他们在取笑我们,因为我们是'幸存者'组织的信徒。"露丝说话的语气很生硬,"对魔鬼的话我们从不搭理。"

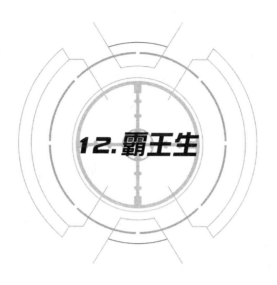

12.霸王生

任务进展得越快,就越有可能采取行动,瓦解"帮助地球"组织的下一次恐怖袭击。但俗话说,欲速则不达。心急会让对方产生怀疑,也会打乱任务步骤,使他们失去进入方舟、打入"幸存者"组织内部的机会。

接下来的两天时间里,詹姆斯和露丝又聊了几次。有一次,他问到与社区有关的问题,露丝很乐意向他介绍,她甚至从包里拿出一本小册子给他,书名是《关于"幸存者"组织的十个传说和十件事实》。詹姆斯读了,但没发表任何意见。

詹姆斯在同龄人中属于中等身材,不过拜"基路伯"的体能训练所赐,他体格健壮,看上去就不像是个好惹的人。所以,尽管他平时表现得很低调,但没人会闲得发慌来惹他。

达娜遇到几个男生追她,但她经验丰富,三言两语就把这些人打发走了。

只有劳伦不太顺,因为年龄搞错了,这都怪"基路伯"和澳大利亚情报机构在传递信息时不够仔细。她十一岁,却被分到了十二三岁孩子的班级里。等发现错误时，普林斯一家的证明文件早已归档，所以她只能再等上一星期，把错误纠正过来后再开展任务。

劳伦很聪明，功课对她来说是小菜一碟。可对付同学就没那么容易了。由于白皙的皮肤和英国口音，再加上她比班上大多数孩子长得小巧，所以总被人嘲笑，还得了个"移民女孩"的绰号。

常欺负她的两个霸王生，一个叫梅勒妮，一个叫克莉茜。她们都长得丰胸肥臀，校服穿在身上紧绷绷的，一点也不像十三岁的女孩。星期五早上，劳伦停好自行车走向教室，结果被梅勒妮和克莉茜盯上了。她俩跟在劳伦后面，伸手拍她的书包，一副盛气凌人的样子。

"走开！"劳伦很恼火。

"走开！"她俩学她的话。

第一节是数学课，梅勒妮和克莉茜坐在劳伦旁边。劳伦趁着老师分发批改过的作业本，就把数学课要用到的文具放到桌上，还顺手往嘴里塞了一颗糖。

"给我一颗好吗？"梅勒妮嗲声嗲气地说。

劳伦很不情愿地掏出一包糖。梅勒妮不由分说一把抓了过去，自己吃了一颗，把剩下的全给了克莉茜。

"喂！"劳伦生气地喊道。

梅勒妮挑衅似的看了劳伦一眼，那神情就像在说：你想怎样？傻瓜！

克莉茜继续把糖果传给一帮男孩："移民女孩发糖啦！"

男孩们挨个儿传递那包糖，直到一颗也不剩为止。这时，老师发完作业回到讲台上，他看到后说："谁同意你们上课时吃东西的？"

"老师，糖是劳伦的。"梅勒妮说。

老师责怪道："劳伦，我知道你是新生，但请记住，上课时不准吃东西。"

梅勒妮等老师一转身,就得意扬扬地朝劳伦竖起中指。

劳伦怒目而视。

"移民女孩,怎么不哭啊?"

"要不要我教训你一顿?"劳伦说道。

梅勒妮大笑:"小妮子,就你这个头,恐怕连我的胸都够不到吧?哈哈!"

劳伦快要气炸了。她努力提醒自己是一名"基路伯"特工,此刻的身份是劳伦·普林斯,一个文静害羞的女孩。但每天都要受人欺侮,这任务也太折磨人了!

她试图去想一些高兴的事,比如一旦任务成功,她将成为"基路伯"历史上年龄最小的黑T恤特工;还有,她可以与贝萨妮等人开心地分享这一切。

"劳伦!你听到我说的话了吗?"老师严厉地说,"别光顾盯着桌子,请抄写黑板上的图表!"

劳伦拿起铅笔,在空白练习本上写下一行字。她照着圆形图表画了一半,突然感到胳膊上一阵刺痛。眼看着皮肤上冒出鲜血,劳伦震惊得说不出话来——梅勒妮居然用圆规戳了她一下!

在这之前,劳伦受到的欺凌不过是口头谩骂,顶多也就是推推搡搡,但这一戳显然比以往升级了。劳伦拿出面巾纸轻轻擦拭,拼命忍住才没有拔拳相向。

"移民女孩,想怎么样啊?"

劳伦冷笑一声,一言不发,低头去看练习本。

"把注意力集中到任务上!"劳伦默默地提醒自己。

"移移移——移民女孩!"梅勒妮一边发出嘘声,一边威胁似的快速转动手里的圆规。

突然,梅勒妮又拿着圆规戳过来,这次劳伦有所防备。她快速站起身,推开椅子,一把抓住梅勒妮的手腕猛地一拉,另一只手挥拳打去,正中梅勒妮的嘴巴。梅勒妮的身体从座位上弹开,一头撞到克莉茜的大腿上。

"这下你满意了吧?"劳伦说着,朝克莉茜扬了扬拳头。克莉茜吓得一动也不敢动。

梅勒妮的嘴角流血了。班上同学有的倒抽冷气,有的发出惊叫。梅勒妮放声大哭。老师急匆匆地走过来,把劳伦推开。

"看在老天的分上,这到底是怎么回事?"老师怒吼道。

"她老来惹我,真讨厌!"劳伦尖叫着,"我一来她就盯上我了,我受够了!"

劳伦坐回椅子上,开始抽泣。一半是装的,因为所有新生遇到大麻烦时都会哭;一半是真的,因为她担心自己演砸了,会影响任务进程。

＊　　　　＊　　　　＊

副校长从书桌后面抬起头,盯着劳伦。

"你说梅勒妮用圆规戳你,老是欺负你,但你为什么不向班主任报告? 用暴力回应是不对的。"

"我知道了。"劳伦听话地说。

"梅勒妮的下嘴唇要缝四针。通常情况下,你的这种行为会受到停学的惩罚,但从你所受的伤来看,我相信这次你是被迫的。而且,梅勒妮和克莉茜在以前的学校里也有过这种劣迹。我想,找学生辅导员谈一谈,会对你有好处。"

劳伦点点头。

"好了,"副校长笑着说,"让我们把这不愉快的第一个星期一笔勾销,下星期从头开始,怎么样?"

劳伦点着头说:"谢谢校长。"

"不过,我很好奇,你那几下是从哪儿学来的?"

"我爸爸。"劳伦撒了个谎,"他年轻时是空手道冠军,我们兄妹三个从小就跟着他练习空手道。"

13.辅导员

这一天剩下的时间里,劳伦都呆坐在教师办公室外的过道里。她很担心阿比盖尔和约翰听说此事后会怎么说。但她越是细想,就越觉得她的行为不会给任务造成损害。

午饭时间到了,老师批准劳伦可以离开。她去约好的隐蔽地点见詹姆斯和达娜。一路上,她遇到了六个同班同学,这些人突然都对她热乎起来。

"劳伦,那个梅勒妮该打!"

"什么时候也教我几招!"

"小老虎!"其中一个男孩冲她咧嘴笑道,"欢迎你随时对我动粗。"

那帮人嘻嘻哈哈起着哄。劳伦脸上挂着笑容,内心却很厌恶。当她还是个傻乎乎的新生时,谁也不帮她,现在形势变了,他们就都来巴结她。她盯住那个叫自己"小老虎"的小子,忍不住质问道:"难道你刚才没吃我的糖?"

那小子脸色一变,他知道,和一个会拳脚的女孩起冲突不会有好果子吃。

"开个玩笑而已。劳伦……我不知道她们会对你这么过分。"

"小子,你听着。"劳伦操起了她的伦敦口音,"下星期给我带包糖果来,我就忘了这件事,明白吗?"

"好。"那小子点点头说,"没问题,我一定带来。"

劳伦走开了。其他同学开始取笑那小子:"希望你忘了带,因为我们想看看小女孩怎么教训你。"

劳伦朝约定的地点走去。詹姆斯和达娜坐在草地上,正在吃阿比盖尔为他们准备的美味三明治。

"哦,天哪,天哪,"詹姆斯笑着说,"我已经听说了。我还以为我们家我最暴力呢!"

劳伦指着他,凶巴巴地说:"闭嘴,詹姆斯! 我没心情和你开玩笑。"

"你没受罚吧?"达娜问。

"没。"劳伦说,"副校长只是让我写一份道歉书,放学后找某个学生辅导员谈话。"

*　　　　*　　　　*

辅导员十六岁,一头齐肩的金色长发,有点矮胖。劳伦在北方公园中学已经待了四天,现在,她只需看上一眼,就能认出对方是不是"幸存者"信徒。

有很多蛛丝马迹可以辨别他们。除了穿旧校服、没有品牌的服饰之外,他们的行为举止也与众不同:步伐轻盈,面带淡淡的喜悦之色,而那些在学校走廊里游荡的孩子脸上不可能有这种表情。

"嘿!"辅导员一边打招呼,一边主动和劳伦握手,"我叫玛丽。你肯定就是劳伦·普林斯了。"

劳伦已经在校长办公室外面等了很久,所以她很高兴马上就能离开。

"请问,接下来我们干什么?"当她俩朝一间空教室走去的

时候,劳伦问道。

"我被校方指派为你的辅导员,"这个叫玛丽的女孩子向她解释,"如果你在学校或是家里遇到难题了,想私下找人聊聊,那就请随时来找我。"

"私下的意思,是不是指你不会把我说的话去告诉老师?"

"绝对不会。"玛丽回答,脸上一直带着笑容。

"如果我告诉你我杀人了呢?"

玛丽大笑起来:"我会保密。不过,你真的杀人了吗?"

劳伦撇了撇嘴角,回答:"我记不清了。"

"我们聊得不错啊!"

玛丽在一间教室门口停下脚步,她打开门,让劳伦进去。

"找个地方坐下。"玛丽说,"我带来了饮料和饼干,我们边吃边聊。"

玛丽给了劳伦一听雪碧,自己打开一听百事可乐,两个女孩挪了挪椅子,在桌前面对面地坐下。

"不好意思,饮料有点热乎乎的。"玛丽说,"这儿没冰箱。"

劳伦打开手中的雪碧。

"好吧,我们开始。"玛丽说,"你怎么会来北方公园中学的?"

*　　　*　　　*

学校里没有空调,所以孩子们回家后的第一件事就是冲凉。劳伦同辅导员聊完后回到家,发现詹姆斯和达娜早已头发湿淋淋地坐在客厅的地毯上,正在收看直播新闻。电视上显示的画面是直升机拍摄的:一艘十七万吨的油轮在印度洋上断成了两截。

"怎么回事?"劳伦是顶着大太阳骑自行车回来的,所以有些气喘。

詹姆斯回头瞟了一眼妹妹,说:"这艘日本造的新油轮,貌似被一艘装满炸药的机动船撞上了。"

"油轮上没油。"达娜补充道,"船员都下到救生艇上去了,他们认为那艘机动船是受到遥控指挥的。"

劳伦困惑地问:"难道是'帮助地球'组织干的?"

"还没有人宣称对此事负责。但除了他们,还会有谁呢?"詹姆斯说。

"唉,先不管这事。"劳伦不情愿地从电视上收回视线,"我得去找阿比盖尔谈谈。"

"你的事,我已经委婉地同她讲过了。"詹姆斯说,"她觉得保护自己没错,只是你得注意别太过火。"

劳伦摇摇头说:"我不是为这个找她。我见面的那个学生辅导员是那个组织里的人。"

达娜闻言大吃一惊:"啊?太荒谬了,学校居然让一帮邪教信徒去辅导正常人?"

詹姆斯朝厨房里大喊:"阿比盖尔,快过来听听!"

阿比盖尔穿着沾着面粉的围裙走过来。

"希望你们喜欢小牛肉丸子。"她笑着说。

詹姆斯拍着肚子笑道:"阿比盖尔,你把我们都养胖啦!"

"你们叫我来干吗?"

劳伦把辅导员的事告诉她。

阿比盖尔并不吃惊:"这种事哪儿都有,我在报纸上看到过。辅导员制度就是鼓励孩子们互相帮助,教他们如何对付霸王生或处理其他一些事情。"

詹姆斯点点头说:"英国一些地方的学校也有这种制度,但想不到这里会让'幸存者'信徒做辅导员,这样做不正好便于他们吸收孩子进入组织吗?"

"他们别无选择。"阿比盖尔说,"如果不让'幸存者'信徒当辅导员,那么组织就会抓住信仰歧视的把柄大肆渲染,并诉诸法律程序。"

詹姆斯看着劳伦说:"那个玛丽有没有劝你入会?"

"有点这个意思,"劳伦点点头说,"但我要说的不是这个。你们知道吗,她问了我很多问题,还问到了你们几个。爸爸是怎么离开的,我们在英国生活得怎样?诸如此类的问题,她问了很多。后来,她问我在这儿有没有朋友,我说'没有',她就说,'星期六那天,我们的社团要在社区里举行活动'。我装作对这个活动有兴趣,她便告诉我那是个非常有趣的社团,参加社团能交到很多朋友,大家一起玩游戏、唱歌。她把社团描述得像童子军。"

阿比盖尔点点头说:"你说你要去了吗?"

"没有。因为我以为你会觉得这样做有点操之过急,不会让我去,所以我回答说我考虑一下。她把电话号码和地址都写给我了,说要去的话,只要提前给她打电话,告诉她几个人去就行了。"

"我们都在她的邀请之列吗?"詹姆斯问。

"是的,"劳伦点点头,"包括阿比盖尔。"

詹姆斯看着阿比盖尔说:"我们去不去?"

阿比盖尔用沾满面粉的手摸了摸下巴:"好吧,本来我们没打算在熟悉此地之前过早地与他们接触,但是现在机会自己找上门来了。我等下和约翰商量一下,看他有没有别的意见。不过,我个人觉得,去那里露个脸没什么坏处。"

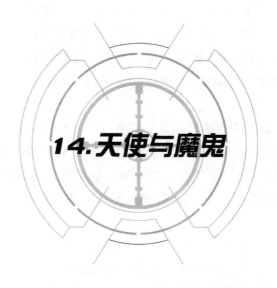

14. 天使与魔鬼

星期六早上,阿比盖尔驱车把孩子们送到布里斯班市中心,让他们逛街买东西,熟悉新环境。四五点钟的时候,她接孩子们回家,美美地吃了一顿。晚上出发去社区。达娜待在家里没去,因为他们不想显得太积极。

"幸存者"组织的发源地布里斯班教堂和老社区已变成博物馆了。现在的社区是由停业的购物中心改装的。本来挂有商场灯箱的地方,现在挂着组织的标语。

可以停放数千辆汽车的柏油路面上,现在只停放着不到一百辆汽车。阿比盖尔把车开到了建筑的主入口。

下车的时候,詹姆斯对劳伦扮了个鬼脸:"商场今天的特价商品是——稀奇古怪的疯狂信仰,只需十二元九毛九。"

劳伦咯咯地笑。阿比盖尔则嘘了一声,说:"詹姆斯,记住你的身份,别忘了叫我'妈妈'。"

"知道了,妈妈!"

三名"幸存者"信徒从主入口的自动门里走出来。詹姆斯认出了露丝，劳伦认出了玛丽，但她俩是跟在一个面带微笑的中年男子身后出来的。那名男子戴着方框眼镜，长着络腮胡，穿着一件灯芯绒夹克。

"你们好，我叫艾略特·莫斯。"那名男子对阿比盖尔笑道，"今晚你们能抽空来参加我们的聚会，实在是太棒了！"

阿比盖尔也对他笑笑："其实，我把孩子们放下后就得走了，他们会自己找玩伴的。"

"是吗？"艾略特失望地说，"能不能多待一会儿？我准备了咖啡和美味的蛋糕。你喜欢喝什么咖啡？"

"浓郁的黑咖啡。"阿比盖尔回答。

"那么，你准会喜欢我们的咖啡。它产自'幸存者'在尼加拉瓜的种植园，世界各地的美食店和咖啡店都有销售，带来的收益相当可观。"

阿比盖尔瞟了一眼手表，然后按下遥控器锁住车门："那好吧，我进去坐一会儿。"

"太好了。"艾略特的脸上堆满了笑容，转身带他们走向大门。

露丝陪着詹姆斯，玛丽陪着劳伦，跟在艾略特身后进了自动门。大门上方挂有标语，上面写着：这里欢迎每一个真诚的灵魂。门厅破破烂烂的，是20世纪70年代的庸俗装修风格：橘黄色地板，深色护墙板，还有彩色窗格。由于空调通风不好，里面残留着一股地板蜡的怪味。

艾略特大踏步带领大家走进一个中等大小的房间，这里以前是商铺，现在成了接待室和多媒体展示厅。房间里展示的内容都和"幸存者"组织的发家史有关，至于造价高达五亿美元的方舟，或是乔·里根所谓核灾难的预言，却未见提及。

在房间的一个角落里，解说员正用铿锵有力的声音，讲述着里根从一个地位低下的农场男孩，成长为一个具有全球影响力的领袖的故事。同时，巨大的投影银幕上，正在放映里根与美国前总统、著名摇滚歌星、教皇等人握手的录像资料。接着，画面切换到心满意足的非洲妇女,她们扛着印有"幸存者"徽章的一袋袋谷物,还有自动饮料售货机维修店的雇工,他们全是残疾人。

"每年,'幸存者'组织为世界上最贫穷的人筹集到的资金超过两百万美元……"

玛丽递给詹姆斯和劳伦每人一块写字板,上面夹着待填写的表格;一会儿又拿出数码相机,让他们看着镜头,给他们拍照。

"这是道手续。"玛丽说,"你们成为我们的一员后,万一遇到车祸什么的好用。"

表格上要填的是个人基本情况,比如姓名、生日、家庭电话和地址。詹姆斯明白,这是组织试图招募信徒的常规步骤,即首先是友好相待,并想尽办法了解个人信息。

阿比盖尔从艾略特手里接过的表格要长得多。

"这是什么?"她翻阅着满满六页的问题,感到很惊讶。

"希望你留下详细的联系方式,以备儿童社团的成员发生意外时使用。"艾略特解释道,"余下部分是调查问卷,我们想知道大家对更好地利用这个中心有什么想法。你不必都填上,但我们真心希望你能填完。"

"哦……"阿比盖尔说道。

"来,阿比盖尔,"艾略特笑着说,"你在这儿填着,我去给你端咖啡和蛋糕,怎么样?"

阿比盖尔笑了:"艾略特,你想得真周到。"

艾略特临走前,取走了詹姆斯和劳伦填好的表格。他对露丝说:"你带小伙伴去社区会所转转吧。"

几个孩子走出房间,沿着过道走了一段路,沿途经过由商铺改装成的办公室和储藏间。社区会所是个非常宽敞的开放空间,曾经是百货公司的第一层。现在,它是一个铺着绿色橡胶地板的体育馆,里面有各种各样的体育器材,比如球门柱、篮圈和板球柱。远处的墙上挂着巨大的横幅,上面写着:欢迎你来到爱的海洋。

大约有五十个孩子在体育馆里活动。从他们脚上的运动鞋来判断,大约四分之三是"幸存者"信徒。一些孩子在打排球,一些在踢足球,还有一些在练习打板球。一帮年龄较小的孩子在玩跳背游戏,边上有几个年龄较大的孩子看管着。这里显然没有大人看护,但一切都井井有条,詹姆斯不禁大为惊叹。

"你想玩什么?"露丝问。

劳伦被一张巨大的蹦床吸引了,和玛丽一起走过去。詹姆斯注意到角落里有个情绪低落的男孩,马上指给露丝看。

"那不是我们班的泰瑞吗?我不知道他也是你们当中的一员。"

露丝笑着回答:"泰瑞的爸爸在上我们的治疗课。"

"他好像不太高兴啊。"

"他是个魔鬼。"露丝说。

詹姆斯困惑地问:"你们为什么总是管别人叫魔鬼啊?"

露丝又笑了——事实上,她好像永远都在笑。她说道:"我们'幸存者'信徒相信,世上的人可分成两种:天使和魔鬼。'幸存者'信徒都是天使,其他的全是魔鬼。"

"那么,我也是魔鬼喽?"

"不,你有成为天使的潜质。"

詹姆斯耸耸肩说:"说实话,我不信。"

"我只能替你感到难过。"露丝直截了当地说。

"不信你们的人就是魔鬼?"

露丝以摇头作为回答。她和詹姆斯一样大,都是十四岁,但有一种权威感,使她看起来似乎大了许多。

"詹姆斯,如果你对我们的组织感兴趣,我可以借你一本书。要是你妈妈允许,你还可以找我们的辅导员谈谈。每到星期六晚上,我们都会邀请朋友们来社区会所开开心心地玩游戏。游戏规则只有一条:所有的人都得参加。"

"那么,泰瑞怎么不参加?"

"他是个魔鬼,我们就当他不存在。好了,你想玩什么游戏?"

詹姆斯朝四周看了看,发现劳伦在巨大的蹦床上弹了好几米高。接着,他瞄上了一群赤脚打排球的女孩。

露丝注意到詹姆斯的目光,就说:"詹姆斯,打排球的主意不错。"

他们走向那些女孩。

"大家好!他叫詹姆斯。"露丝兴奋地大声介绍,"今天是他第一次来社区玩。"

场地上只有一个女孩不是"幸存者"信徒,她们都停下来,微笑着排队和他握手。

"你玩过排球吗?"一个可爱的红头发女孩问道。她叫伊芙。

"玩过几次,"詹姆斯回答,"但都是随便玩玩的。"

"太好了。"伊芙说,"我们也是随便玩的。不过,上场后只准讲积极的话。"

"什么?"

"只管跟着我们打吧。"伊芙说着,把球扔给詹姆斯,让他发球。

詹姆斯把球放在掌心停了一会儿,然后打出去。球擦网而过,对面的女孩轻轻松松就把球接回去了。

"不错。"伊芙一边说,一边后退接球,把球打到网的对面。

"糟糕。"詹姆斯说。他刚才动作过猛,结果把球打飞了。

前面三个女孩回过头来看他,脸上带着"幸存者"信徒式的微笑。詹姆斯意识到自己说错话了。

"詹姆斯,"伊芙甜甜地说,同时伸出一根手指在他鼻子底下晃了晃,"你打得不错,但要记住:我们只准说积极的话。"

露丝已加入到另一方,这样两队的人数就一样了。她在网对面笑道:"伊芙说得对。消极的想法属于魔鬼。"

詹姆斯忍不住也笑了。"你们这些女孩真古怪!"他说,"很

棒,很积极,但也很古怪。"

伊芙友好地在他背上摸了摸,笑着说:"詹姆斯,那就是精神的力量。你还想发球吗?"

＊　　　　＊　　　　＊

詹姆斯在社区会所里待了两个小时,和女孩们一起玩排球、足球还有蹦床。九点了,几个成年"幸存者"信徒走进来,关掉了大部分的灯。所有人围成两个圆圈,年龄较小的孩子在里圈,较大的孩子在外圈。劳伦的辅导员玛丽拿着一把吉他走到圆圈中心。

詹姆斯的本能告诉他,和一帮玩吉他的邪教狂热分子围坐在一起,实在是不太明智。可是两个小时以来,这些女孩对他笑,和他聊天,轻抚他的后背,拥抱他,把他拉进圈子坐下,詹姆斯不由自主地要对她们报以微笑。当他盘腿坐在地上的时候,他感觉好极了。伊芙笑着握住他的手,两人挨得很近,她的脚趾碰到了詹姆斯的膝盖。

玛丽开始拨动琴弦。詹姆斯以为她会弹奏沉闷的音乐,没想到她弹了几小节以后,就唱了起来。

"布吉,喔吉,喔吉,喔!"

所有人都跟着一起大声唱:"布吉,喔吉,喔吉,喔!"

结尾时,大家唱:"啦得,啦得,啦得,啦!"

就这样,大家一起唱了足足十分钟。詹姆斯傻乎乎地唱啊笑啊,坐在他边上的两个女孩一直用胳膊搂着他。他朝劳伦望去,发现她也玩得很痛快。

乐曲进入尾声时,玛丽弹得越来越快,唱得越来越夸张。随着最后一个音符落下,灯光也全部亮起了,她尖叫道:"你们是天使吗?"

所有的孩子,特别是里圈的那些小孩子都跳了起来,回答说:"是的,我们是天使。"

玛丽大声喊道:"小天使该睡觉了!"

孩子们蹦蹦跳跳地跑出去了。

一些孩子跑向他们的父母——他们是灯暗的时候进来的；而绝大多数孩子是社区居民，所以他们直接走向通往居住区的自动扶梯。

玛丽口中叫着詹姆斯和劳伦的名字，朝他们走过来。詹姆斯还在不由自主地微笑。

"你们玩得开心吗？"玛丽问，"这次没白来吧？"

这时已经九点半了，一晚上下来，詹姆斯浑身冒汗，有点疲倦，但他神采飞扬。

"嗯，"詹姆斯点点头说，"挺开心的！"

劳伦也在笑。阿比盖尔离开站在大厅后面的一堆成年人，不紧不慢地走过来。

"嘿，孩子们！"她招呼道。

"嘿，妈妈。"詹姆斯说，"你去哪儿了？"

"我一直在这里和艾略特聊天。"阿比盖尔说，"我打算报名参加单亲父母咨询班。"

"我衷心希望你们都能回到这里来。"玛丽说，"你们一家人多好啊！"

艾略特拎着一个袋子过来了，袋子里装着各种东西。"走，我陪你们上车。"他把袋子递给阿比盖尔，"这些是我和你提起过的书和碟片，里面还有一包尼加拉瓜产的烘焙咖啡豆，几块蛋糕是给孩子们的。"

阿比盖尔看了看袋子里的东西，说："有一些我得付钱买。"

"别这样说。"艾略特说，"答应我，你想找人谈的时候，一定要给我打电话。"

一行人陪着詹姆斯、劳伦和阿比盖尔穿过走廊走向主入口。他们走出自动门，艾略特、伊芙、露丝、玛丽，还有几个和劳伦一起玩的小女孩站定在汽车边上。

虽然已经是深夜，但天气仍然很热。阿比盖尔探身到令人窒息的车里打开空调，然后在外面等车里的温度降下来。

伊芙冲詹姆斯笑道："你们会回来看我们的，对吗？"

“肯定的。”詹姆斯热切地点点头，“下星期六再来。”

“可能更早哦。”艾略特说，“下星期三你妈妈来参加单亲父母咨询班，你们可以跟着她一起来嘛！”

“可能吧。”劳伦笑着说，“没准，我姐姐也会来呢。”

阿比盖尔、詹姆斯、劳伦上车系好安全带。“幸存者”的成员们朝他们挥挥手，就回去了。

“真有趣。”劳伦说。

“任务进展顺利。”阿比盖尔说。

詹姆斯这才意识到，自己一晚上和那些“幸存者”信徒玩啊

聊的,已有一个多小时没想过任务这码事了。

他神情焦虑地看着妹妹:"我觉得我们刚才玩得太投入了。"

"是吗?"劳伦说着,用T恤衫的袖子擦了擦汗津津的额头。

"我真想再回去,"詹姆斯解释道,"和那些会笑的女孩一起玩。她们都照顾我、关注我,那种感觉真好啊!"

劳伦明白哥哥在说什么了:"我们都知道这是怎么回事,因为我们读过相关的书籍,但还是掉进去了。"

阿比盖尔看了看后视镜中的这对兄妹,说:"孩子们,我没误会你们的话吧?"

詹姆斯揉揉眼睛,羞愧地说:"唉,就像被法术蛊惑住了似的。"

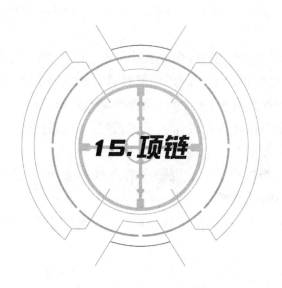

15.项链

阿比盖尔感到忧心忡忡:进入"幸存者"社区才几小时,孩子们就被那些信徒吸引,迷失了自我;而她自己,也觉得一晚上有迷人的艾略特相伴,特别愉快。

星期天早上,她一醒来就给约翰打电话。约翰又马上打电话向心理学家米丽阿姆·朗弗德求援。米丽阿姆正在准备家宴,她答应和阿比盖尔以及孩子们谈一谈,并建议他们驱车去她家。她家就在大学校区附近,在城市的另一头。

＊　　　＊　　　＊

一条爱尔兰猎犬在行车道上迎接他们。詹姆斯下车时,手上被热乎乎地舔了一下。米丽阿姆的侄子侄女们正在游泳池边追逐嬉水,她把阿比盖尔和三个"基路伯"小特工带进闷热的大车库。两辆车已被移到外面,几张野餐椅摆放成一圈。这里的环境一般,但不会有人来打扰。家里其他地方都挤满了亲戚。

阿比盖尔向她描述了过去四十八小时发生的事,从劳伦在班上大打出手,到指派给她学生辅导员,最后是前一天晚上访问"幸存者"社区的过程。

"嗯,"米丽阿姆笑道,"你们担心自己昨晚是不是被所谓的积极情绪控制了,这种担忧是可以理解的。但我觉得这是件好事,因为它给了你们一个警示:对那些放松警惕的人来说,意识控制术的影响力极其巨大。

"这一切和环境的影响有关。你们有人听说过电梯门实验这回事吗?"

大家都摇了摇头。米丽阿姆开始解释:"一般情况下,人们进了电梯后都会面朝电梯门站立,便于了解情况以及知道什么时候该下电梯。然而,要是一个人进了电梯,结果发现里面的人并没有面对着电梯门站立,那么他会怎么做呢?"

"哦,我懂了。"阿比盖尔说,"如果电梯里其他人都没有面对电梯门,那么进电梯的人就会和他们一样做。"

"就是这么回事。"米丽阿姆说,"人们都以为自己拥有自由意志,而事实上,每个人都有强烈的趋同倾向,会与周围的人采取同样的举动。"

"同学之间的互相影响可能就是其中一种。"劳伦说。

米丽阿姆点点头:"劳伦举的这个例子非常好。如果你学校里所有的朋友都吸烟,那么很有可能你也会抽上烟。我去过你们昨天晚上造访的那座体育馆。你们还记得墙上贴着的巨幅标语吗?"

"欢迎来到爱的海洋。"詹姆斯说。

"正是这句话。恐怕你和劳伦一不小心就跨进了爱的海洋。我猜想,'幸存者'信徒肯定要求你们去之前先打电话,对不对?"

阿比盖尔点头说:"是的。"

"这样一来,他们就能组织一队人来接待你们。你们一到就有人迎接,没有一个人会被冷落。然后,他们领你们进去,把你们分开,每个人都表现得热情友好。他们邀请你们玩游戏,趁你们玩得累了,就来安慰你、抚摩你,感情就这样建立起来了。"

"玩游戏的时候,还不许我们说消极的话呢!"詹姆斯说。

米丽阿姆说:"这种手段叫思考中断法。你们受到鼓励,只说积极的话、想积极的事,必然就会觉得心情很好。再加上你们从周围人那里听到的全是积极的事,慢慢地,你会为自己的消极情绪感到愧疚进而努力地赶跑它们。频繁的抚摩、拥抱,或是偶尔的亲吻,都可以加强这种美好的气氛。几个小时后,你们会觉得很累,但精神愉快、无拘无束。要是你想向别人推销什么东西,无论是二手车,还是对某种信仰的终生寄托,你都得想方设法先让别人拥有这样的感觉。"

詹姆斯和劳伦都若有所思地点点头。

"听你一分析,我觉得确实是这么回事。"詹姆斯说,"但当时我一点也没觉得不正常。"

"你当然不会感觉到。"米丽阿姆说,"当人们听到'洗脑''意识控制'等字眼的时候,常常会联想到被关在一个房间里,脑袋上顶着一支枪,或是被绑起来,眼皮上支着火柴棍,被逼观看录像。事实上,残酷的手段只会让人恐惧和反抗。像'幸存者'这样的组织,所使用的技术手段都极其精妙,所以也更有力量。"

阿比盖尔加重了语气:"现在的问题是,把这些孩子送到那种环境里安全吗?他们读过意识控制术的书,也曾听过你的讲解,但当詹姆斯和劳伦从那里出来的时候,仍然变得像行尸走肉似的,只会傻乐。"

米丽阿姆皱皱眉头,想了想说:"调查显示,那些了解意识控制术原理的人,都能免受影响。"

"可是,我们也的确了解了呀!"詹姆斯焦急地说。

"不对。"米丽阿姆说,"你在书上读过,也听我说过,这没错,但你并没有引起重视。你一进社区就放松了警惕,被几个漂亮女孩吹捧得七荤八素。"

詹姆斯不好意思地低下头，盯着脚下的水泥地。

"对不起，"劳伦说，"我们不是故意想搞砸……"

"亲爱的，别犯傻了。"米丽阿姆微笑道，"比你们年纪大、经验更丰富的人都没能抵挡住诱惑。希望你们能记住这一次的教训。

"只要你们尽量小心，慢慢地融入这里的生活，并时刻提防其他人言行背后的真实动机，那么，被洗脑的危险几乎等于零。明天放学后，到我学校的办公室来一趟，我会教你们几招集中注意力的基本技能，帮助你们免遭催眠或摆脱被人控制的状态。"

*　　　　*　　　　*

星期一晚上，艾略特打电话来，与阿比盖尔聊了一个多小时的生活和信仰问题。星期二，阿比盖尔打电话到社区，告诉他们第二天晚上她首次参加单亲父母课程时，会把全家人都带过去。

当晚，在停车场迎接他们的有艾略特、玛丽、伊芙和一个名叫娜塔莎的年轻女孩，娜塔莎是星期六晚上和劳伦交上朋友的。詹姆斯拥抱了伊芙，互相亲吻了脸颊，不过这一次他提醒自己：伊芙的热情是装出来的，只是想鼓动他和他的家人加入"幸存者"而已。

劳伦、詹姆斯和达娜马上被各自的女伴带往不同的方向。一群中年妇女正在社区会所上韵律操课，于是伊芙领着詹姆斯上楼，进入一间玻璃门面的房间。在购物中心破产前，这里是一家珠宝行。

里面到处都是沙发和软垫，一群十来岁的孩子在垫子上爬来爬去。墙上挂着电视机，正在播放内华达州建造第二艘"幸存者"方舟的有关节目。

詹姆斯笑着说："你们连自己的电视台都有啦！"

"嗯，先在方舟里制作成录像带，然后每周一次用航空快递送来。"伊芙点点头回答，"节目是综合性的，有时候播放普通的电视节目，有时候播放我们自己制作的纪录片和新闻。"

"我觉得不太好看。"詹姆斯说，"能不能转到别的台？"

"不行，"伊芙很不高兴地说，"我们不想把魔鬼的影响带进这里。何况我们的节目一播放，其他台就都收不到了。"

詹姆斯小心地跨过地上的软垫和孩子们的腿脚，不时有人朝他微笑，和他握手。几分钟后，一个身穿白色长袍的中年女人走了进来。她向詹姆斯自我介绍说她叫丽迪亚，然后就在屋子中央坐下。

"欢迎你，詹姆斯！"丽迪亚热情得就好像已经等了他一辈子似的。

她的话音刚落，房间里的二十多个孩子就鼓起掌来，然后重复了一遍同样的话。屋子里安静下来后，丽迪亚直视着詹姆斯的眼睛，脸上挂着微笑。

"詹姆斯，"她说，"上星期六你第一次来这儿的时候，玩得开心吗？"

詹姆斯点点头说："开心啊，很酷！"

"你看过楼下大厅里的展览，那么你肯定注意到我们为保护环境、为维护穷人利益做出的贡献了，对吗？"

詹姆斯又点点头，其实他并没有留心那些。

"但我听说你不相信信仰的力量。"

詹姆斯惊讶极了：自己随口对露丝说的话，怎么马上就被打了小报告？他开始担心，类似的话会不会再从别人嘴里蹦出来。

"嗯……"他小声答应着。

"詹姆斯，没关系的。"丽迪亚微笑道，"也许用不了多久，你的想法就会不一样了，因为我们能感觉到，你是一个友善、体贴的人。你刚搬到新的城镇，认识的人不多，我们理解你的感受。我希望你在这儿已经找到新朋友了，有吗？"

詹姆斯点点头回答："这儿的人都很好，好得不可思议。"

詹姆斯的心底升起一股寒意，因为他知道丽迪亚正试图控制他。四天前，自己轻易就被一帮人同化的情景还在折磨着他。要是这就是他的真实生活，而不是在执行任务的话，那么，他还陶醉在受人控制的温柔乡里而不自知呢！

"大家觉得詹姆斯会不会成为天使？"丽迪亚问道。

"会的！"屋子里所有的孩子齐声呐喊，并爆发出一阵热烈的掌声和欢呼声。

詹姆斯开心地笑了，不过他立刻有所警觉，于是用上了米丽阿姆教他的招数。米丽阿姆说，只要想一想自己生理上反感的东西，就能立即摆脱强烈的乐观情绪。詹姆斯早就想好了，再遇到这种情况，他就想一想十个月前在亚利桑那州吃到的那块湿漉漉的奶酪蛋黄酱三明治。每次一想起那个味道，他就恶心。

"詹姆斯，你愿意了解'幸存者'以及我们为地球所做的工作吗？"丽迪亚问道。

他犹豫着点了点头。

"詹姆斯，我们很想让你了解我们，成为我们的朋友。我们不想逼你做任何你不想做的事。但我们希望你收下这条项链，作为友谊的象征。"

丽迪亚站起来，从长袍前面的口袋里取出一条皮革项链。

她居高临下地站立着，对詹姆斯说："詹姆斯·普林斯，你愿意收下这条项链作为我们之间友谊的象征吗？"

"当然愿意。"詹姆斯一边回答，一边点头微笑，仿佛他真的很开心。

他半跪在地上，让丽迪亚给他戴项链。戴完项链，丽迪亚让他站起来，给了他一个拥抱。与此同时，孩子们在丽迪亚身后排成一行，拍着手，开始轮流和他拥抱。

他们都对他说同一句话："欢迎来到爱的海洋。"

欢迎仪式过后，詹姆斯被一群面带微笑的男孩女孩围住了，邀请他周末来参加野餐会、典礼和募捐活动。热情劲儿过去后，大伙儿陆续离开了，屋里只留下了伊芙和詹姆斯。

"是不是很激动人心啊?"她咧嘴笑道,"我很高兴你接受了项链,这是成为天使的第一步。"

"我不知道……"詹姆斯苦笑道,"你们人很好,但要是你不介意的话,我想说这里的一切都有点怪怪的。"

伊芙不置可否。"很多时候,我放学后会去敬老院。"她说,"明天你和我一起去,好吗?"

"为什么?"詹姆斯问道。

伊芙把头一歪,冲他很特别地笑了笑:"当然,去不去完全取决于你,我只是很想让你感受一下'幸存者'的慈善工作。"

16.敬老院

那天晚上,劳伦经历了同样的仪式,也得到了一条皮项链,所不同的是,在场的孩子都与她差不多年纪。阿比盖尔上完课,和艾略特手拉手出来了。她看上去很高兴,手里捧着很多"幸存者"组织的书籍,还有一套装在橘黄色碟片盒里的价值两百二十九澳元的影音资料,盒套上的标题是:《幸存下来——在乔·里根的教导下,在爱的海洋里彻底改变你的生活》。

为了让加入"幸存者"组织的过程显得自然逼真,一家人事先要求达娜对此事抱着一种怀疑的态度。她整个晚上都向一个十七岁的男伴提出各种尖锐的问题,涉及"幸存者"组织的方方面面,从批评社区生活的负面因素,到质疑乔·里根到底是不是真正的救世主,因为救世主不可能像乔·里根那样,堂而皇之地与十来个年轻女子生下三十个孩子。看到年轻的男伴被自己问得张口结舌,达娜非常得意。

普林斯一家从社区回到家时,已经是午夜了。第二天,詹姆斯上课时不停地打哈欠。总算熬到放学,他打开自行车锁,推着车穿过操场，到大门口与伊芙碰头。

他们在下午的大太阳底下骑了十公里路程，到达一个建筑群落，这里就是"北方公园敬老院"的所在地。艾略特正在一辆白色货车的驾驶座上等他们。

"詹姆斯！"艾略特跳下车，热情地打着招呼。他扯了扯詹姆斯汗津津的衣领，看到他戴着项链后，就把詹姆斯拉到怀里热情地拥抱他。接着，艾略特放开詹姆斯，从短裤口袋里摸出一颗上过油漆的木珠。

"每一颗木珠都象征着进步。"艾略特说，"今天下午，是你为我们社区所做的第一次奉献。"

"我还以为伊芙只是带我四处转转呢……"詹姆斯觉得自己还是显得有所顾虑比较好。

"我相信你和伊芙会过得很愉快。"艾略特故意不理会詹姆斯的话。

詹姆斯摘下项链，想把木珠穿上去，但他指甲太短，怎么也解不开皮绳扣。伊芙接过项链帮忙穿木珠，艾略特则带他去后备厢拿东西。凉气从车里冒出来，詹姆斯看到里面有好几摞大塑料盘。每只塑料盘里装的东西都一样：当地的报纸、甜食、香烟、小束的鲜花、酒，还有彩票。

艾略特拿出两只塑料盘放在柏油路上，然后上车取出两辆可折叠的手推车。他把双柄手推车打开，把塑料盘放在上面。

"这是怎么回事？"詹姆斯问道。

艾略特笑笑，拍拍詹姆斯的肩说："我还要跑六家敬老院。伊芙会告诉你要做什么。"

艾略特开车走了。伊芙穿好项链，给詹姆斯戴上。

"这手推车用来干吗？"詹姆斯问，"我以为你只是带我来参观的，难道不是？"

"哦……"伊芙听上去有些受伤，"我对艾略特说你愿意帮忙做些慈善工作……这下麻烦了，他肯定会对我发脾气的。"

詹姆斯装出困惑的表情，不解地问道："为什么？这只是个误会呀!"

"你说得对。但'幸存者'组织名声不太好,就是因为被人误会强迫别人做一些他们不愿意做的事。"伊芙解释道,"当然,你是知道的,事情绝不像人们想象的那样,事实上,你们所有的选择都是自愿的。可是,艾略特对这个问题特别敏感。要是让他知道我在强迫你做这些事,他一定会对我大发雷霆。"

詹姆斯心知肚明:这是一个圈套。先是艾略特给他木珠,然后故意回避詹姆斯的提问,接着伊芙说,要是詹姆斯不做这些事,自己就会有麻烦。

"我这就去给艾略特打电话,"伊芙苦着一张脸说,"哦,天哪,这回我肯定要挨骂了!"

詹姆斯笑了笑,说出了伊芙想听的话:"别,我做……刚才我只是有点儿惊讶,没什么啦!"

伊芙尖叫一声,一把抱住詹姆斯:"詹姆斯,谢谢你!你真是太好了!"

"别客气。"詹姆斯看了一眼手推车说,"我们怎么处理这些东西?"

"我们要推着车去敲每个房间的门,问问那些老年人要不要买东西。"

*　　　　*　　　　*

敬老院的一楼都是住人的,一般老年妇女的房间都带阳台和私人浴室。建筑很洋气,环境也不错,但似乎缺少生命的气息。走廊上嘎吱作响的地板让詹姆斯想起了医院。

管理员开门让他俩进去。詹姆斯跟在伊芙身后一间间屋子挨个儿走访,看她怎么推销。伊芙每次都会与房间主人聊上三分钟,这些人都已老态龙钟,很多人甚至卧床不起,无法动弹。伊芙说的话千篇一律,全是学校或社区的新闻,老人们则把自己的事告诉她。

几乎每个老人都买了,通常都是些小东西,比如巧克力、报纸;也有人托他们向艾略特订货,因为艾略特每周都会送货上门。这些要求花样繁多,比如有位老绅士想要一份钓鱼月刊,有位老年妇女要订购一种特殊品牌的卫生纸,因为"这儿给的卫生纸能把屁股擦得跟红萝卜似的"。

走了几个房间后,伊芙让詹姆斯单独去另外一边推销。他挨个儿推销了将近一个小时,每次都聊着同样的话题,以"今天伊芙去哪儿了"为开场白,以他们购买价值几澳元的货物告终。詹姆斯注意到,这些东西的价格是普通商店的两倍。

詹姆斯还差一个房间就到最后了。这个屋子里的人是刚搬进来的,门上的名字是爱米莉·威尔德曼。詹姆斯看到老人一脸茫然地坐在床头,行李还没打开,窗帘拉上了,而她显然一直在哭泣。

"你好!"詹姆斯推着小推车走进房间,友好地打着招呼。

"什么人? 是不是该死的童子军?"她粗暴地说。

詹姆斯用伊芙教他的话解释道,他是自愿到这里来推销东西的,盈利都用来资助第三世界国家的发展项目。伊芙并不清楚所谓的发展项目是什么,但米丽阿姆·朗弗德在书中揭露,"幸存者"慈善机构募捐来的钱,大部分被划为行政开支,但结果都落入了组织者个人的腰包。

"你有母亲吗?"爱米莉尖刻地问道。

詹姆斯想到了阿比盖尔,于是点点头。一想到自己的亲生母亲已经不在人世,他就觉得心头一阵刺痛。

"等她老了不中用了,你会卖掉她的房子,让她住到这种地方来吗?"

詹姆斯笑道:"你有一个很大的阳台,屋外还有花园,而且,这里的人都是好人。"

"这里有股老人味儿和尿味儿。"爱米莉直言不讳地说。

詹姆斯哈哈大笑:"其实没那么糟啦!"

"想让你好过点,就送你去医院;不想让你好过,就送你来这儿等死。"

爱米莉很瘦,看上去连站都站不直,然而詹姆斯还是感受

到了某种威胁。他推车准备离开："希望你能住下来，我打赌你很快就会适应的。"

"等一下，"爱米莉说，"给我来块吉百利巧克力。这两天我吃得不多，真想咬上几口。"

"三澳元。"

爱米莉听到这个价格吓了一跳。

"拿去吧。"她撇撇嘴，挥挥手说，"我宁愿把钱给非洲人，也不愿给我的浑蛋儿子。"

詹姆斯微笑着接过三澳元硬币，但当他推车走出房间，准备去敲最后一扇房门时，心里却很难受。这里的一切都在提醒他：有一天他也会变老，死去。

17. 用餐礼仪

距他们在"幸存者"社区度过第一个晚上已经过去了十天。阿比盖尔和三个"基路伯"小特工的业余时间,几乎都用来访问社区或是参加"幸存者"组织的活动了。

阿比盖尔已经进入角色,艾略特将此描述为"通往爱的海洋的个人之旅"。

她白天听"幸存者"组织制作的音乐、看录像,晚上驱车去社区,要么参加单亲父母课程,要么与艾略特一对一地咨询。她还自愿承担起筹集资金的工作,去市中心游说行人捐款。阿比盖尔没去社区的晚上,艾略特常常会打电话来聊很久,有一次甚至未经通知突然造访。

达娜一直表现出不愿入会的姿态。那个被她无情质问的十七岁男孩,已经被一个性格坚强的中年妇女换下去了。艾略特建议达娜参加一个课程密集的咨询班,以解决她所面临的"情感问题和敌对情绪"。阿比盖尔同意了,为此还开出了一张七百八十澳元的支票。

课程的设计是让达娜产生良好的自我感觉,同时巧妙地穿插一些"幸存者"组织的介绍,以及他们的生活方式可能带来的好处。

鉴于达娜的怀疑态度只是一种策略,目的是在不阻碍任务进程的前提下,让普林斯一家入教的过程显得更加真实可信,所以她没坚持多久便向咨询员妥协了,在其他人得到皮项链一周以后,也接受了皮项链。

劳伦在社区里交了很多同龄朋友。这些十岁左右的孩子不像年纪稍大的孩子那样掌握着熟练的控制技巧,所以劳伦的日子过得相对轻松些。当阿比盖尔和达娜参加咨询课程的时候,劳伦就在废弃的商厦里到处闲逛。

她最常做的事,就是在体育馆或生活区与朋友们一起玩。有时玩游戏,有时做功课,有时也会去参加每天晚上都会举行的社区活动。

劳伦觉得大多数活动都很有趣,特别是在体育馆玩游戏,还有就是拍手仪式,大家在一起唱唱跳跳,开心极了。但是有了第一次被蛊惑的深刻教训之后,她每次来社区都会运用米丽阿姆教给她的招数。对她来说,只要想一想詹姆斯脏衣服上的汗臭味,就足以使她高涨的情绪冷静下来。

由于詹姆斯融入得特别顺利,他没有像阿比盖尔和达娜那样经历一对一的咨询。但伊芙和露丝把他看管得很紧,连他上厕所时都会在门外等着他。她俩鼓励他参加社区服务,听有关乔·里根的教学与生活的讲座。他每天放学后都和伊芙一起去敬老院,而且结束后常常骑车去社区,而不是直接回家。

任务主管约翰·琼斯和克洛伊·布莱克一直待在布里斯班市中心的一家旅馆里。在阿比盖尔和三个"基路伯"小特工完全潜入"幸存者"内部之前,他俩能发挥的作用很小。不过,他俩做了很多背景调查工作,发现了一些秘密,其中一项就是:北方公园敬老院的真正拥有者和经营者是"幸存者"组织。

詹姆斯逐渐习惯于每天去敬老院推着小车卖东西了。经

常有视力很差的老年人请他帮忙读信,很多人都向他发牢骚,不是抱怨身体不适,就是抱怨护士服务不好,比如要收诊疗费,没有带他们去户外,床单不按时换洗,下水管道声音太吵,水从来不热,空调老是坏掉,等等。詹姆斯分不清哪些是真的服务不到位,哪些纯属是老年人的无理取闹。

伊芙鼓励詹姆斯多陪陪老人。

他逐渐发现老人们开始每天盼着他来,而且还准备好了要与他谈论的话题,有时是从报上剪下来的文章,有时是她们丈夫的战争勋章,有时是一张过去的旧照片……看着照片上的年轻新娘和袒胸露背的士兵,詹姆斯实在无法把他们与眼前这些步履蹒跚的老人联系起来。

詹姆斯陪伴爱米莉的时间最多,每次去都会与她待上十到十五分钟,部分原因是她让他想起了奶奶,但最主要的原因还是因为她比其他人有活力,而且她喝醉的时候尤其好玩。

爱米莉不停地往牛奶里掺伏特加,滔滔不绝地吐露一连串有关她儿子的趣闻。她有时管他叫笨蛋,有时又叫他金头脑。他曾买下一家廉价的航空公司,后来破产了,由此败掉了一大笔家产,接着又去经营连锁自助超市。爱米莉说自己只剩下"最后几百万"了。詹姆斯特别喜欢听"金头脑"为了证明店里出售的胶水是真正的强力胶,居然把自己粘在了一块石膏板上的故事。有人笑话他,他就大打出手,结果很倒霉,那人是澳大利亚轻量级拳击冠军。

星期五,也就是詹姆斯第一次访问"幸存者"社区两个星期以后,他走进爱米莉的房间,发现她正在用一台新的迷你音响听乔·里根的演讲。

"这是艾略特送新毛巾、浴室地垫来的时候给我的。"爱米莉没等詹姆斯发问就开始解释,"希望我没有冒犯你,因为我知道你和他们是一伙的,但在我听来,他简直就是在胡说八道。"

*　　　　　*　　　　　*

詹姆斯从敬老院回到家时已经六点钟了。他先去冲澡,下楼后发现劳伦在餐厅摆放餐具,马上就要开饭了。可当他看到阿比盖尔端着盘子走来时,完全掩饰不住自己失望的神情——盘子里是烤过头的意大利肉卷。

"各位,"詹姆斯撇了撇嘴,"我们的饮食标准与这儿的环境太不相称了。"

阿比盖尔笑道:"这两天我没时间。早上我都和艾略特在一起,今天下午花了三个小时把购物优惠券装进信封。"

"那是干什么用的?"詹姆斯问。这时,达娜进来了,在他身边坐下。

阿比盖尔耸耸肩:"这也是乔·里根经营的业务,是为大公司量身定制的促销手段。艾略特说他们人手不够,要我过去帮忙。"詹姆斯帮她把饭菜端上桌。

劳伦扭了扭身子说:"我讨厌艾略特,他实在是太狡诈了。"

达娜点头表示同意:"你们发现没有,此人几乎无处不在。"

"玛丽告诉我,艾略特每天晚上只睡四个小时。"阿比盖尔说,"毫无疑问,他曾经是方舟的高层人物,与'蜘蛛'吵翻后沦落到此地。他要把布里斯班社区建设成世界上盈利最高的社区,以重新赢得'蜘蛛'的欢心。"

詹姆斯有点困惑:"蜘蛛?"

达娜和劳伦异口同声地说:"里根的大女儿。"

"哦。"詹姆斯说。

"难道你不知道?"劳伦嘲笑他,"她就像电影中最恶毒的女巫。乔·里根八十二岁了,人人都说现在真正发号施令的是'蜘蛛'。"

詹姆斯开始动刀叉,这时阿比盖尔使劲清了下嗓子:"詹姆斯,我究竟得提醒你多少次:别光着膀子坐在这儿吃东西。"

詹姆斯不耐烦地回答:"我身上很干净。我刚洗过澡,还喷了除臭剂。"

"不关我的事。"阿比盖尔严厉地说,"我不想和穿着内衣的人一起吃晚饭,快去把衣服穿上。"

詹姆斯对阿比盖尔执着于用餐礼仪感到很不爽。"好吧!"他举起双手说,"真搞不懂你这是怎么了。"

阿比盖尔迅速回击:"詹姆斯,你要是不喜欢穿衣服,就自己做饭去。"

"好了,妈妈,别说了! 我这就去穿T恤。"

詹姆斯冲上楼去穿衣服。来这儿三个星期了,上学、做作业、去敬老院,还要把越来越多的时间花在社区服务上,这一切搞得他筋疲力尽。

詹姆斯回到楼下,重重地坐到椅子上,怒气冲冲地瞪了阿比盖尔一眼。

劳伦按捺不住要挖苦她哥哥几句,便啧啧有声地说:"詹姆斯,你真幼稚。"

"劳伦,你怎么想我一点也不在乎,就当你在放屁。"詹姆斯回敬道。

"注意用词。"阿比盖尔大声说。

"天哪!"达娜抱怨道,"能否请你们闭嘴? 每天吃饭时听你们拌嘴,我快受不了啦!"

詹姆斯闷头把意大利通心粉塞进嘴里。突然,阿比盖尔哧哧笑了起来。

"你笑什么?"劳伦问。

阿比盖尔抽了下鼻子,说道:"真有趣,我们开始像真正的一家人那样吵嘴了!"

三个孩子忍不住呵呵地笑。

"各位,对不起。"詹姆斯说,"我不是真的想要气大家,我只是有点累过头了。"

"我接受你的道歉。"阿比盖尔点点头说,"不幸的是,我预感到事情会越来越糟。艾略特今早来过家里,他对我说,他觉得我们对'幸存者'的贡献很有价值,所以邀请我们去社区里住一段时间试试。"

詹姆斯和劳伦笑着对视一眼,连达娜也满意地点点头。

"我想你肯定接受邀请了吧?"詹姆斯说。

"半推半就呗。"阿比盖尔语带嘲讽地说,"我对他说,我觉得这样太快了,我还不能确定自己到底想不想做出这样的承诺。当然,最后他说服了我。"

劳伦笑着说:"我打赌,他参观房间的时候,心里肯定在估摸:这房子要是捐给他的社区,大概值多少钱。"

"那是肯定的。"阿比盖尔哈哈大笑,"但他一旦知道这儿只是我们租来的,就肯定高兴不起来咯!"

18.时间表

搬进社区对执行任务有利,但詹姆斯很不开心,因为这段时间以来,他几乎没有自己的时间,连洗个澡都是急急忙忙的。从敬老院回来想玩会儿掌上游戏吧,也变成了一种奢望。而一旦住进"幸存者"社区,那就得整天和那些信徒纠缠在一起了。

星期六一大早,两辆白色货车开到房子前面停下。每辆车上下来一个中年"幸存者"信徒,开始搬运装满衣服和杂物的行李,这些东西是普林斯一家前一天晚上整理好的。他们还搬走了一台电脑和一台大屏幕电视机,阿比盖尔答应把这两样东西捐给社区展览中心。

普林斯一家乘坐奔驰车跟在货车后面,一路上畅通无阻。到达目的地之后,詹姆斯发现伊芙没在大门口接他,来的是保尔——一个他在学校和社区见过几次但没说过话的男孩。詹姆斯心里觉得很奇怪。

保尔十三岁,一张圆脸看上去特别孩子气。他抓起詹姆斯

的一只行李包,带他进去。两人从自动扶梯上到了三楼,这里詹姆斯从没上来过。三楼结构紧凑,用玻璃墙隔断,还有一个院子,以前曾是屋顶酒吧。

房间里很闷,沿墙铺着许多床垫。这里晚上要睡二十个男孩,汗味、臭屁味弥漫着整个房间。保尔指了指酒吧后面的一排柜子:"个人物品都放在那里。"

大多数柜门都敞开着,里面堆放着男孩们的衣物。詹姆斯走近一看,才发现柜子是公用的,每一层堆放的衣物都不同。

"怎么分得清自己的东西?"

保尔耸耸肩说:"詹姆斯,这里没有私人财产。除了运动鞋和牙刷等物品由于卫生问题无法公用,几乎所有东西都是公用的。

詹姆斯暗暗叫苦——他的名牌衣服和才穿了三个星期的校服,就要和这些破旧衣服一样变成公用的了。可是,除了叹气之外,他还能怎么样呢?唯一让詹姆斯感到庆幸的是,还好他没有把手表和掌上游戏机带来。

"哦,忘了给你见面礼了。"保尔说着,从短裤后面的口袋里掏出一本薄薄的小册子,书名是《幸存者手册》。封面上还粘着一个玻璃纸袋,里面装着一粒白色的珠子。

詹姆斯努力装出高兴的样子,说了声:"谢谢。"

"祝贺你。"保尔愉快地说,"朋友,你现在是天使了!"

詹姆斯已读过这本小册子。书中罗列了"幸存者"组织的主要思想。它于1973年首次出版,后来再版过十二次。每次再版,关于大灾难发生的时间和原因都表述得越来越含糊。

手册中还讲到了乔·里根关于天使、魔鬼和核灾难的理论。他宣称,魔鬼设计的核灾难正在一步步逼近,即将毁灭全人类。上天给了他启示,命令他建造方舟,并通过把人变成天使的方式来挽救少数人的生命。魔鬼仇视"幸存者"信徒,因为他们是上天派来对抗魔鬼毁灭全人类计划的。

书中宣称,"幸存者"信徒只有住在社区里恪守信仰,才能

保证生命安全,因为上天在这里密切地看护着他们。他们必须尽量减少外出,特别是不要接受电视、电台或报纸的采访。懒惰和消极会给魔鬼近身的机会。那些想要脱离组织的人,此前已经触怒了魔鬼,现在又想背叛上天,他们的下场是极端痛苦地死去,并被永久地打入地狱最底层。那些想要与叛徒联系的人,下场也是同样的。

米丽阿姆·朗弗德在关于"幸存者"组织的书中提到,乔·里根的目的是要吓唬信徒,使他们无暇顾及自身或反思自己的处境:

"幸存者"信徒在社区里的日常起居受到严格控制。他们睡得很少,清醒的时候总是情绪高涨。他们吃的是高糖分的食物,还有含咖啡因的刺激饮料。几方面的因素综合起来,使人产生一种陶陶然的感觉,这正如一名前信徒所描述的那样——"如履仙境"。不幸的是,长期缺少睡眠,加上不合理的饮食、高强度的活动,会严重损害人的健康。绝大多数人,正是因为过度疲劳以致激情消退,才最终选择离开的。

詹姆斯拿到一张详尽的时间表,上面规定了他的一切活动,还美其名曰:这是为了帮助他克服懒惰、避免被打入地狱的最底层。他把私人物品放进柜子,再把白色珠子穿进皮项链,这时已经是早上八点半了。詹姆斯迅速看了一眼星期六的时间表,保尔则在边上催促他赶紧去做晨间祷告。

星期六

6:45	起床
7:00	晨跑/体育锻炼
7:45	洗澡和个人护理时间
8:10	早餐
8:35	晨间祷告
9:00	工作
12:45	午餐
13:30	午后祷告

14:00　　募捐活动

17:40　　晚餐

18:20　　晚间祷告

18:50　　体育运动

20:30　　洗澡和个人护理时间

20:50　　睡前祷告

21:15　　回宿舍

23:00　　熄灯

这里的祈祷活动规模小,氛围愉快且进展迅速。詹姆斯和保尔坐在外圈。所有的男性信徒都手拉手,形成一个抵抗魔鬼的圆圈。这时,一个名叫维恩的灰发妇女走到圆圈中心席地而坐,把一只手鼓放在双腿间。她让所有的人安静,然后开始使劲地敲鼓。

"感谢上天选择我们,为我们提供避难所。感谢上天保护我们不受魔鬼的攻击。从这儿开始往下轮。"维恩随机选了一个人。

那个人感谢上天给他快乐,然后所有人齐声吟诵:"感谢上天。"第二个人感谢上天给了他可爱的孩子,所有人又齐声吟诵:"感谢上天。"维恩疯狂地敲着鼓,人们一个个轮流赞美上天。

轮到詹姆斯时,他脱口而出:"感谢上天让我成为天使。"

所有人都觉得他说得好,所以詹姆斯赢得了本次祷告中声音最响亮的集体吟诵"感谢上天"。轮了两圈,大家为三十件不同的事情感谢过上天之后,维恩把鼓放到一边,让大家站起来,轻轻抖动手和脚。

"深吸气——"维恩声音轻柔,接着又说,"呼气。"

詹姆斯读到过这种呼吸练习术,可是亲自参与还是第一次:通过简单的深呼吸,几分钟后,血液中的含氧量得到了提高,使人产生轻微的兴奋感。米丽阿姆教过他,可以用正常的呼吸来抵制这种强制性的深呼吸,只需做出夸张的动作,显得自己也在做深呼吸就行了。不过,詹姆斯觉得偶尔做一两次不会有害,所以决定试一试,看看到底是什么感觉。

大家快速地做了三分钟的深呼吸,最后维恩让大家镇静下来,放松全身肌肉,想象上天之爱温暖着自己的心灵。

"现在,"维恩恢复了正常语气,"找个人拥抱吧。"

詹姆斯转向保尔,两个男孩互相拥抱。

"你真英俊,上天爱你。"保尔真诚地说道。

詹姆斯忍不住笑出声来:"伙计,你实在是太有趣了。我相信上天也爱你。"

维恩从地上拾起手鼓,穿过拥抱的人群离开房间。詹姆斯和保尔是最后离开的。詹姆斯觉得很愉快,这种感觉就像自己奏出了一段美妙的摇滚乐,或是打游戏大通关时的感觉。

他俩来到大厦的走廊上,詹姆斯还在回想刚才的事,看起来,像维恩这样的老手,轻而易举地就能控制一屋子人的情绪。

"你喜欢祷告吗?"詹姆斯问。

保尔笑笑说:"当然。祷告的时候浑身充满活力,不是吗?"

詹姆斯点点头,低头看了看手中的时间表。"那么,"他说,"接下去的工作指的是什么?"

保尔脸上的神情突然黯淡了下来:"我周末最不喜欢的就是这个。"

"我们要做些什么呢?"

保尔苦笑着说:"这么说吧,谁要是做了四小时的拣选工,他就不会想看任何有关'幸存者'的书籍或视频了。"

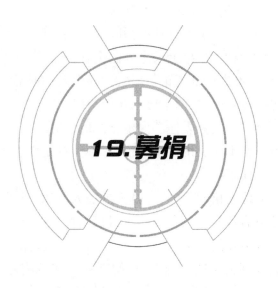

19. 募捐

从大厦出来,穿过马路就是"幸存者"组织的仓库。仓库很大,四四方方的像个盒子,是用带瓦楞的铝板建造的。詹姆斯和保尔从炙热的阳光下走进一扇双开门,过了好几秒钟才适应仓库里面的黑暗,并看清自己所站的地方是接待处。领班坐在用刨花板做成的柜台后面,他上衣的胳肢窝底下有两块汗渍。

"你好,乔。"保尔说,"他叫詹姆斯,是新来的。要两张相邻的工作台,因为我要教给他一些窍门。"

乔伸手到柜台下面拿出两个圆形塑料号牌,就是物品寄存处的那种牌子。

"詹姆斯,拿一瓶水吧,等下渴了好喝。"保尔指着金属架子上的瓶装水说。

两个男孩各取了一瓶水,穿过另一扇双开门,进入了仓库主体部分。

詹姆斯的第一感觉就是热。里面没有空调,室外的气温高达三十五摄氏度,仓库里比室外还要热。一排排的货架快顶到

天花板了，上面堆满了 CD、DVD，还有书，一些还没包装好，一些装在精美的盒子里，就像他前两天下午在爱米莉房间里见过的那种。

两个男孩在架子中间穿行了大约一百米，走到仓库前部，那里摆放着二十张工作台，都编了号，上面各有一台电脑。他们找到第十八号和第十九号。保尔告诉詹姆斯：先用电脑打印订单。订单第一联是发货地址和发票；第二联是给拣选工的，拣选工的工作就是把订单上的货品从架子上一一找出来。找齐货品之后，就从摆在工作台边上的盒子中间寻找大小合适的盒子，把货品放进盒子，再把盒子放到一根直通天花板的粗大塑料管下面。地上有一个踏板，踩动踏板后，塑料管里就会喷出聚苯乙烯泡沫碎块，把盒子塞满，以防货物在运输途中受损。整结实之后，把发票塞进盒子，再贴上发货地址，最后用胶带纸封起来或用绳子捆紧。

詹姆斯看着保尔做完一张订单，自己在踏板上使劲踩了踩，看到泡沫碎块喷出来之后，他也就明白该怎么做了。电脑给每张订单设定了时限，如果动作太慢超时了，工作台上的红灯就会闪烁。

接下来的四个小时，詹姆斯一刻不停地拣选货品，帮乔·里根完成了一单又一单生意。货品从十九元九毛五分的 CD《幸存者的工作——乔·里根激动人心的演讲》到三百九十九元的鸿篇巨制《建造方舟》，价格不等。每本铜版纸印刷的《建造方舟》里，都有一小瓶取自方舟附近、蒙乔·里根祝福过的圣土。

最畅销的货品是《激发雇员积极性教程》，那是专门推销给大公司的。封面上的广告语说，"美国最大的几百家公司"都在使用这个教程。每当看到打印机里吐出这种订单，詹姆斯的心都会往下一沉，因为这意味着他一次得发出几百套货品，内含课程资料夹、小册子和影音资料。

在整个过程中，詹姆斯喝了两升水。保尔的最后一张订单很大，等两个男孩干完这单活，四十五分钟的午餐时间已经过去了三分之一。他俩急急忙忙赶回大厦,在寒碜的公共浴室里快速冲了个凉,然后手里提着跑鞋、身上裹着浴巾冲回卧室。

詹姆斯打开衣柜,发现自己的东西都不见了。他没有大惊小怪,只是要从一堆洗过但看上去仍然脏兮兮的衣物里挑选出合适自己又不那么恶心的东西,这个过程还是挺打击人的。他最后挑中了一件有点紧的黄色T恤、一条内裤——关于这条内裤,最好别展开联想;还有一双灰色的运动袜,一条磨得破破烂烂的牛仔裤——说实话,这裤子还挺酷。

穿好衣服,两个男孩——此前他们已经错过了早餐——火速冲到楼下去吃午饭。食物显然是定额供应的,詹姆斯记得自己以前在儿童福利院吃的就是这种食物。他选的套餐里含有一份奶酪通心粉、一杯橙汁,还有一个撒了料的巧克力口味冰淇淋。吃完饭,保尔领他把盘子端到待洗处。詹姆斯看到阿比盖尔和达娜在里面紧张地干活,她们戴着发网和围裙,正从冒着热气的洗碗机里取出餐具。

詹姆斯朝她俩点点头,匆匆走了,因为他和保尔要赶去参加午间祷告。等他们到达时,发现大家已经围成圈子坐下在祷告了。玛丽是主持人,她看到詹姆斯和保尔进来,就停下吉他,朝他俩笑了笑。

"坐进来吧。"玛丽催促道。外圈的人马上往后挪了挪,让他俩挤进来。

祷告继续进行。詹姆斯坐在地板上,松了一口气。玛丽拍拍手,大家都跟着拍了拍手。接着,她开始吟唱,大家也跟着唱。在仓库里忙活了一上午,詹姆斯已经筋疲力尽,但橙汁和冰淇淋的糖分让他神经兴奋。一场祷告下来,他觉得很愉快,于是不得不提醒自己不要失去自制力。

祷告一结束,孩子们就跑向停车场。詹姆斯白天从没来过社区,所以当他看到这里每个人都是跑来跑去的,就感到特别吃惊。即便是成年人,也常常会在大厦的长廊上跑着赶路。看这架势,你要是快步走,别人就会当你在散步了。

詹姆斯和保尔上了一辆白色小巴士，并排坐下，车里已经坐满了一半。几分钟后，又上来八个孩子，伊芙、劳伦也在里面。艾略特从大厦里冲出来，钻进驾驶座，关上车门并发动汽车。

"我们的新成员感觉如何啊?"艾略特一边问，一边把车开出停车场。

"还不错。"詹姆斯点点头说，"不过，在仓库里拼命工作四小时，我可说不上喜欢。"

孩子们顿时安静下来。保尔戳了他一下。

"怎么啦?"詹姆斯不解地问。

保尔没作声。艾略特踩下油门，发话了："詹姆斯，这种言论极度消极。你熟悉了操作流程，学会了包装货品，是不是?"

詹姆斯答应了一声。

"你派了多少货?"

"大概一百来件吧。"詹姆斯回答。

保尔报出了准确数字："一百二十六件，只比我少了几件。"

"詹姆斯，你干得很棒啊!"艾略特说，"仓库的活儿非常重要。卖出一件货品就意味着赚到钱，可以用来建造和维护方舟。詹姆斯，你用你的劳动为建造方舟做出了贡献，你明白吗?"

"明白了。"

"好。"艾略特说，"下次你去仓库干活要转变观念，试着想象你派出的每一本书、每一张DVD都是方舟上的一块砖。还要给自己设定一个目标——派出一百五十件。我们这里干得最棒的人，平均一小时可以派出五十件。"

詹姆斯心里恨透了艾略特和他的高谈阔论，但表面上不得不循规蹈矩、假意奉承。

"能成为天使我很高兴。"詹姆斯说，"我会努力避免消极想法的。"

"好样儿的，"艾略特微笑着说，"这才是我想听的话。"

他们驱车来到布里斯班河畔一个名叫"南岸"的艺术休闲中心。这里有展览馆、市场、饭店、公园、游乐场和人造沙滩。孩子们下了车,艾略特发给每个人一只塑料盒,盒子上面有投币孔。

"好了,"他大声说,"祝你们好运。这里有很多人,快去募捐吧。看你们十二个人今天下午能不能募到一千澳元。六点差一刻我在这里接大家,别迟到了。今天我的时间表排得非常满。"

詹姆斯走过去和劳伦、伊芙以及其他几个女孩子打招呼。他看着伊芙说:"我以为今天早上你会来接我呢。"

"很高兴你成了天使。"伊芙的语气很冷淡。

詹姆斯试着和其他几个女孩说话,但她们好像都不太愿意搭理他。伊芙把十二个孩子分成四组,每组三个人,把他们派往"南岸"艺术休闲中心的不同区域。劳伦要求和詹姆斯、保尔一组,伊芙同意了。

"接下来怎么做?"劳伦旁边的一个伙伴问道。

伊芙笑着说:"大家就说是为癌症研究募捐。这个理由很好用,何况我们有段时间没用这个理由了。"

保尔加入詹姆斯和劳伦,三人一组出发了。詹姆斯每次走过人们的身边,都会微笑着摇摇手中的盒子:"澳大利亚癌症研究中心。"

大约每三个人里,会有一个人往盒子里投硬币。

"我们是不是在为建造方舟募捐啊?"劳伦看看附近没人,就小声发问。

"是的。"保尔回答,"但是,外界对'幸存者'组织有很多偏见。如果我们说是为了建造方舟募捐,不光募不到一分钱,反而会招来一顿臭骂。"

劳伦惊讶得张大了嘴:"可这是撒谎……"

保尔很自信地摇着头,说道:"劳伦,对魔鬼撒谎没关系,他们没有丝毫价值。"

走了大约一公里路，三人来到一个公园。保尔站在大门口，让詹姆斯和劳伦去另一个入口。

詹姆斯对路过的一家人摇摇盒子，笑着说："澳大利亚癌症研究中心。"

男子将一把硬币塞到蹒跚学步的儿子手中，小孩走过来，把它们放进盒子里。

"谢谢你。"詹姆斯真诚地说。

劳伦气得浑身发抖，回头看看保尔以防他听到。"真龌龊，"她低声咕哝道，"简直卑鄙透顶。"

"澳大利亚癌症研究中心。"詹姆斯对一位退休老人说道。那人没理他。詹姆斯转过头来看着劳伦："我知道，妹妹。但是为了完成任务，我们只能忍。"

"这个组织有严重的性别歧视：女孩子全得干家务！如果你觉得打包四个小时难以忍受，那你听听我得干些什么：今天早上是擦地板，明天早上要在洗衣房干四个小时活。"

詹姆斯耸耸肩说："劳伦，我说什么好呢？我们早知道这个任务异常艰巨。不如想想晚上吧，至少还比较放松。还有，星期一到星期五可以去上学。"

"我知道。"劳伦有气无力地摇摇头，"我只是发泄一下怒气而已。"她冲一个路人摇了摇盒子："澳大利亚癌症研究中心。"那人给了她几枚硬币。

詹姆斯咧嘴笑笑，努力想让劳伦高兴起来："等我再要到一些钱，我就打开这只宝贝盒子，去买个冰淇淋吃。你要不要？"

20. 恐惧

　　一下午走来走去募捐,晚上又和几个男孩子痛痛快快地踢了一场球,詹姆斯真的是累坏了。九点一刻睡前祷告结束后,他走上自动扶梯回到三楼的房间,发现他的床上有两只枕头,还铺上了旧床单。房间里住着二十六个男孩,年龄从八岁到十八岁不等。

　　男孩们脱掉衣服,筋疲力尽地倒在床上。年龄最大的两个孩子——山姆和艾德——打开旧电视机,开始播放DVD。詹姆斯还以为会是有关"幸存者"的节目,没想到电视机里居然响起了电影《驱魔人》的片头音乐。他曾在一次"基路伯"的夏季马拉松期间,在落脚的某家旅社看过这部电影,不过他想起情节后,马上就明白为什么要放这部电影了:还有什么比睡前看一部描述被魔鬼控制的女孩的电影更能影响少年信徒的意志呢?

　　詹姆斯的床紧挨着保尔的。电影放了二十分钟后,一个小男孩爬到他俩中间,保尔伸出胳膊搂住他。

　　"是我弟弟,他叫瑞克。"保尔小声解释。

詹姆斯冲小男孩笑了笑。几分钟后,瑞克觉得眼皮很沉,便打起了瞌睡。保尔轻轻捏了捏他的耳朵,把他弄醒。

"快睁开眼睛。"保尔的语气很坚决,"难道你想去测试?"

詹姆斯没问,但从瑞克的表情就能看出,他宁愿不睡觉也要避免那个测试。

电影快结束的时候,连年龄最大的男孩也快熬不住想睡了。当片尾字幕开始滚动时,山姆和艾德打亮了灯。他俩年龄最大,所以当他们环视躺在床上的一屋子男孩时,表情非常自负。对大多数小男孩来说,这个时候还能保持清醒实在是太难了。

"看来,我们得带走马丁。"山姆说。

两个人走到一个骨瘦如柴的九岁男孩跟前,他和詹姆斯隔了没几张床垫。只见他蜷缩在床上,身上除了一套红色内衣裤外,什么也没穿。

"测试时间到!"两个男孩大叫着把他摇醒。

马丁惊跳起来,身子拼命地往后缩,挣开来抓他的手:"不要……求求你们。"

"你为什么睡着?"艾德一把将不幸的小男孩拽下床,"你明知道必须看电影的。"

山姆恶毒地说:"现在,你得独自去面对恶魔了。"

"你真的是天使吗?只有天使才能在外面平安地度过一个晚上。"

"要是让魔鬼嗅到你的弱点,他就会缠着你,让你这一宿痛苦万分,不得安宁。"

"别这样对我!"马丁绝望地哀号起来。

山姆打开一扇玻璃门,艾德把瘦弱的小男孩拖到门外,丢在屋顶阳台上。马丁扒着玻璃门,把门敲得梆梆响,大声哭泣着求两个大男孩放他进去。

"美美地睡上一觉吧!"两个男孩说完,哈哈大笑起来。

马丁放弃了,他坐在碎石地上,单薄的身躯紧贴着玻璃门。山姆看到地上流进来一条亮晶晶的东西。

"瞧这小子!"山姆哧哧笑了起来,用脚踢踢哭泣的受害者身后的玻璃门,"你尿裤子了,脏小子。"

艾德从床上抓起马丁的枕头,把它当抹布用:"伙计,别担心,我们有东西擦了。"

年纪稍大的男孩都在笑,但小男孩们显然全被吓住了。山姆和艾德没什么真本事,詹姆斯估计自己一人对付他们两个绰绰有余。但是真要打起来,那么他进"幸存者"寄宿学校一事就基本没戏了。

看到瑞克用纤细的手指紧紧抠住保尔的肩膀,詹姆斯感觉很糟糕。"幸存者"组织严密控制着每一个信徒的生活,詹姆斯内心明白:要不是上层人物对此事视而不见,那么这些暴力条规是难以确立起来的。

一熄灯,瑞克就爬回到自己床上去了。詹姆斯用毯子蒙住头,不想听阳台上吓呆了的小男孩发出的沉闷呜咽声。

太阳出来后,马丁才被放进屋。由于在碎石上面蜷缩了一晚,他的皮肤上留下了很深的印痕。所幸的是,魔鬼似乎放过了他。

詹姆斯在"幸存者"社区的第一个星期天就这样来临了。他一起床就去外面的停车场上快跑了五圈,回来冲了个澡,然后去吃早饭。早餐是蜂蜜泡芙、燕麦片和橙汁。补充了糖分后,他就有力气跑去参加吟唱祷告了。二十分钟下来,精心设计的情绪调整术起作用了,詹姆斯发现自己摆脱了疲劳,感觉敏锐起来,心情也相当愉快。

尽管詹姆斯感到精神振奋,但他并不需要运用米丽阿姆教给他的思想控制术来平息它,因为只要想想接下去四个小时得不停地拣选货品,就足以让人万分沮丧了。在穿马路去仓库的途中,他遇到了保尔,便冲他笑了笑。

"每本书都是方舟上的一块砖。"

保尔漫不经心地牵动了一下嘴角:"艾略特会为你感到骄

傲的。"

他俩一走进仓库,领班就看着詹姆斯说:"你是不是普林斯?"

詹姆斯点点头说:"是的。"

"我刚接到电话,要你去管理处做一个新人测试。"

詹姆斯朝保尔扮了个鬼脸,便开开心心地离开了仓库。他回到大厦,走进一楼商铺区改装的开放式办公室,里面有十来张桌子,桌子上堆着纸,但一个人也没有。

一时间,詹姆斯还以为自己找错了地方。这时,一块布帘后面闪出了一颗脑袋,是艾略特的助手朱迪斯。她二十出头,五官匀称。詹姆斯走到布帘后面,看到劳伦和达娜已坐在桌边,往测试卷上潦草地填写答案。

"我不知道你们三个是一起的,"朱迪斯一边解释,一边递给詹姆斯一份试卷,上面写着"幸存者"综合测试(十三至十五岁),"不然我早餐时就叫你了。你有两个小时,快坐下来做题吧。"

朱迪斯指了指房间前方的一张桌子,那里离劳伦和达娜大概十米远,桌上放着几支削好的铅笔和一块橡皮。詹姆斯在办公椅上坐下,开始翻阅试卷。这份综合测试卷简单明了,上面有数学题、拼写题、小故事创作,还有 IQ 测试。

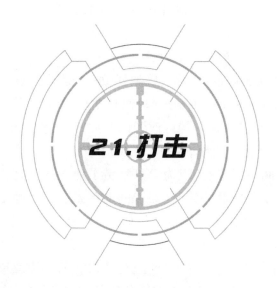

21.打击

詹姆斯·普林斯本应表现得性格内向、举止得体,然而由于周末连轴转,没时间做作业,星期一早上地理老师让交作业的时候,他就只有出丑的份了,而且课后还被留校三十分钟。

留校时间过后,詹姆斯从空荡荡的自行车棚取出自行车,以最快的速度骑往北方公园敬老院,路上为了闯黄灯,还差点撞上一辆马自达汽车。

到达敬老院时,詹姆斯还没有从刚才那场虚惊中缓过神来,他心绪不宁地推车进去,与接待处的可爱护士互相点了点头,然后把自行车推进储藏室。当看到伊芙的车旁还有两辆车时,他颇感奇怪。他脱下脏校服,换上干净的T恤,然后急匆匆地回到接待处。

"你看到伊芙了吗?她把我的手推车放哪儿了,你知道吗?"他问护士。

护士指了指走廊尽头伊芙推销东西的居住区:"手推车在那儿。伊芙和两个男孩一起来的,我还以为你今天不来了呢。"

"那两人是谁啊?"詹姆斯问。

护士耸耸肩:"我不认识他们,他们都进去了。"

詹姆斯走进居住区,看到了自己的手推车。他本该推着车去拜访老人的,可是他想当面问问伊芙,为什么整个周末都没来找他,而且他也想知道那两个男孩是谁。

当看到保尔从一个房间里出来时,詹姆斯心里明白了一半。紧接着伊芙推车出来了,最后是泰瑞。泰瑞和詹姆斯同班,詹姆斯曾不止一次看到他不情愿地待在"幸存者"社区体育馆的角落里。

"哈,你来啦!"伊芙欢快地说,"你认识泰瑞,对吧?他自愿来帮我们做慈善工作呢!"

"不错嘛!"詹姆斯说,"那么,他俩今天干得怎么样啊?"

伊芙笑笑说:"我把保尔介绍给了我的病人。从明天开始,他就接替我在这儿工作啦!我和泰瑞明天起去另一家敬老院。那边对'幸存者'来说还是处女地呢!所以,我们能得到这个机会,真的是特别高兴。"

"哦。"詹姆斯掩饰不住失望的情绪。

"怎么啦?"伊芙问道。

"没什么。"他耸了耸肩。

伊芙对保尔和泰瑞甜甜地笑了笑,说:"你们已经跟着我去了好几个房间,不如你们俩推着车去下一个房间吧,我要和詹姆斯说句话。"

保尔点点头,泰瑞转身去敲隔壁房间的门。

当保尔和泰瑞走进房间后,伊芙脸上的表情一下子变得严肃起来:"詹姆斯,你怎么了?"

詹姆斯把一只手撑在墙上,耸耸肩说:"我不知道。我上星期六搬到社区的时候,本以为会在门口见到你的。后来下午你对我说的话,让我觉得自己像是沾在你鞋底的狗屎。现在你又说以后你再也不来这儿了。我到底干了什么,使你这么生气?"

"你并没有使我生气。"伊芙微笑道,"我是来帮助你成为天使的。现在泰瑞有困难,需要一对一的咨询,我正在帮他。"

"但你还是可以和我打招呼的,不是吗?难道我们连说话都不可以了吗?"

"詹姆斯,现在你已经是天使了,我们再走得那么近,就不合适了。"

"为什么不合适?"

"因为我们已经长大,会互相吸引,而我们又没到结婚的年龄,这样做只会引起不必要的麻烦。"

詹姆斯摇摇头说:"伊芙,我并没有在请求你嫁给我,我只是喜欢能随时和你聊天。"

"在'幸存者'社区,少男少女会被分开,一直到他们长大到适合结婚的年龄。"

"但我们明明在一起打了好几个小时排球,还干了别的事啊!"

伊芙笑着说:"詹姆斯,那时候你还不是天使呢!我当时在帮助你,就像我现在帮助泰瑞一样。"

詹姆斯深受打击。他明白了,原来伊芙为了吸引他加入组织,一直在骗他,而他还以为两人之间真的互相吸引了呢!可惜他任务在身,没办法向她进一步示好,只能暗自渴望将来有一天能亲近她了。

"要不我去告诉艾略特,"伊芙说,"没准他会让你和我们的咨询员谈谈有关圣洁婚姻的信仰。"

"别!"詹姆斯倒吸了一口凉气,恼火地说,"难道你不能和我正常地聊天,而非要把一切都报告给艾略特吗?"

"星期天在公园,我和露丝看到你和劳伦吃冰淇淋了,而你们的募捐箱轻得可怜。"伊芙尖刻地说,"我们没有报告。要是我们报告给艾略特,你们可就有大麻烦了!"

詹姆斯无法相信伊芙居然会跟踪他们。他感到被人利用了,同时非常妒忌泰瑞。他真恨不得一把抹去伊芙脸上的嘲笑,可这时泰瑞和保尔从房间里出来了。伊芙又换上了甜蜜的笑容,詹姆斯也意识到应以任务为重,自己的自尊心不算什么。

"对泰瑞要特别友好。"伊芙面朝詹姆斯,语气很平静,"他现在真的十分需要我们的友爱与帮助。"

詹姆斯克制住情绪,点点头简短地说:"伊芙,对不起,是我糊涂。我还有很多东西要学。"

"好。"伊芙面露喜色,转头对泰瑞提高语调说,"怎么样,还顺利吧?"

"非常顺利。"泰瑞笑着说,"虽然她只买了薄荷糖,但对我们很亲切。"

伊芙抱住泰瑞,抚摩着他的后背说:"泰瑞,这事你肯定能干好,我看人很准。"

"是啊,"保尔在边上帮腔,"祝贺你首战告捷!"

作为局外人,詹姆斯觉得这一幕未免太傻了,然而一向沉默的泰瑞居然笑了,显然这些恭维话让他很受用。

伊芙继续敲下一个房间的门。詹姆斯回头去找手推车,开始推销。他从走廊尽头开始,这样他下一个就能访问爱米莉。詹姆斯一进屋就拿起一大瓶伏特加。

"嘿,看哪!这是艾略特给的赠品。"

"帅小伙,干杯!"爱米莉躺在床上说,她看上去脸色不太好,"帮我把枕头垫垫高,好吗?"

"你怎么啦?"詹姆斯走到床前,关切地问。爱米莉抬起身体,詹姆斯把枕头垫高,好让她靠在上面。

"胃不好,老毛病了。"爱米莉笑笑说,"今天净来来回回跑厕所了。我知道我的样子很傻,但你到了我这把年纪后,就知道拉肚子会耗尽体力。"

詹姆斯把伏特加放在床头柜上,他注意到上面又多了一堆"幸存者"组织的传单和DVD。

"我能帮你做些什么吗?要不要吃药?我去对护士说。"

爱米莉笑着说:"不用了,药不管用。帮我调一杯伏特加,好吗?我的手抖得厉害。"

詹姆斯抓起酒瓶，拧开金属瓶盖，然后拿起一只一升容量的塑料瓶。

"够了说一声。"詹姆斯开始往瓶子里汩汩地倒酒。

通常，当詹姆斯倒满三分之一时，爱米莉就会叫停，然而这次詹姆斯快倒满一半了，她也没吱声。詹姆斯只好停下来。

"我叫你停了吗？"爱米莉说道，口气很尖刻。詹姆斯没往心里去，他知道她就这脾气。

"你胃不好，难道还要喝这么烈的酒？"

爱米莉笑道："帅小伙，别那么胆小。伏特加对胃有好处。"

"真的吗？"詹姆斯咧嘴笑笑，很勉强地往瓶子里又倒了一些。

爱米莉的房间里有只小冰箱。詹姆斯拿出一排冰块，把它们挤到瓶子里，最后加入牛奶和红糖。他用一根塑料长勺搅拌了一下，再往一只玻璃大酒杯里倒了一些调好的酒。

"你调得很不错啊！"爱米莉一口喝下了三分之二，"再倒。"

詹姆斯倒酒时，瓶子里的冰块哗啦啦地响。他走到手推车边上，说："爱米莉，我得走了。今天我被留校，所以来晚了。"

"我知道你忙。"老太太说道，"但我还想问你一个问题，可以吗？"

詹姆斯瞥了一眼手表："好吧。"

"今天艾略特来过了。"

"他是这儿的常客。"詹姆斯说。

爱米莉笑道："他是为我的钱来的。"

詹姆斯早知道艾略特是冲着老人们的钱来的，但他装出很吃惊的样子。

"帅小伙，不是我想冒犯你。我知道你是'幸存者'的人。我听了一些CD，但我不认同里根先生天使和魔鬼的理论，所以我不想买这些东西。"

詹姆斯真想说"你太对了"，但他忍住没说——万一让艾略特知道他说过这话，就麻烦了。

"我不像以前那么有钱了,但到我死的时候还是能剩几个钱的。我只有一个儿子,可把钱留给他只会害了他。我真的很想死后一切都好好的。"

"你没有孙子吗?"詹姆斯问。

爱米莉伤心地摇摇头:"不过说实话,罗尼不会是一个好父亲,他脾气太坏了。"

"太遗憾了。"

"所以我想到了慈善机构。"爱米莉说,"我不愿意看到他们把钱浪费在造什么愚蠢的方舟上。不过,艾略特提到了'幸存者'发展基金。他说这个基金是专门帮助第三世界国家的。我想修改遗嘱,把钱捐给基金。你觉得这是个好主意吗?"

詹姆斯很想告诉爱米莉,世界各地有很多更值得她捐助的、更地道的慈善机构,它们真的是在帮助穷人。然而,为了任务起见,他不能说这些话。

"'幸存者'慈善团体的确做过很多事。"詹姆斯笑着说,"我相信你的捐款会让成百甚至上千人受益。当然,你的身体还健康得很呢,别想太多了。"

"哦,我觉得我活不了多久了。"爱米莉微笑着握住詹姆斯的手,"艾略特说话滴水不漏,但我隐约觉得他是个骗子。所以我想来问问你,詹姆斯,因为我信得过你。"

詹姆斯带着一丝惭愧的微笑,说道:"你怎么会这么想呢?"

"因为你是个好孩子,你有一张诚实的脸。"

"那好吧……"詹姆斯把手推车推到走廊上,"明天我再来看你。希望你马上好起来。记着,别喝多了。"

詹姆斯再也装不下去了。当门啪的一声关上后,他后背往墙上一靠,拳头握得紧紧的,内心异常沮丧。詹姆斯知道自己并不完美,他冲动,脾气暴躁,常常惹麻烦,但他从没想过自己会像艾略特一样,到敬老院里欺诈无依无靠的老妇人。

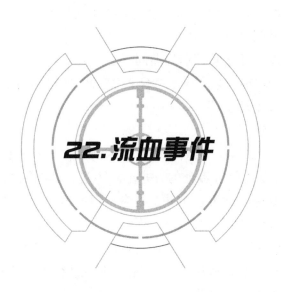

22. 流血事件

四个星期以后——

发件人:约翰·琼斯(johnjones@cherubcampus.com)

发送于:2016年3月23日8:51

收件人:特伦斯·麦克菲迪

抄送:莎拉·阿斯克,丹尼斯·金

主题:"幸存者"任务

亲爱的各位:

综观大家最近的来信,只能说潜入"幸存者"方舟的任务没有多大的进展。自从詹姆斯、达娜和劳伦搬进社区并接受新人测试以来,已经过去了一个月。

社区对私人财产实行严密管制,以至于我们与阿比盖尔和三个"基路伯"特工之间的联系变得极为困难。使用移动电话容易被人发现,澳大利亚情报机构的技术支持小组正在研究把微型无线电发射器藏在运动鞋底中的可行性。希望几天后这些设备就能到位。

　　我主要和詹姆斯·亚当斯联系,他放学后必须去敬老院推销糖果,我就在那里与他见面。尽管他努力表现得很勇敢,但我觉得他情绪消沉并且筋疲力尽。他常常无精打采的,而且跟我说话还老是走神。

　　我偶尔也与阿比盖尔碰头,她的表现同样不正常。四位特工努力不受"幸存者"组织精神控制术的诱惑,但高强度的活动和受限制的睡眠时间已经给他们的身体造成了一定影响。

　　我和克洛伊昨天会晤了澳大利亚情报机构的官员。米丽阿姆·朗弗德也在场,她对我们帮助很大。她与接受她心理辅导的前"幸存者"信徒取得联系,询问进入方舟寄宿学校所需的条件。

　　通常在参加新人测试后的一两个星期之内,能力强的学生就会被招进寄宿学校。这是因为聪明的年轻人不仅有究根问底的倾向,还有叛逆的天性。为了"幸存者"组织的利益,必须尽快把这些年轻人送到偏远地方,以便完全控制他们的生活。

　　不幸的是,不知出于什么原因,詹姆斯、达娜和劳伦迟迟未被招进寄宿学校。与澳大利亚情报机构协商之后,我们决定让我们的特工再在原地多待两个星期,但我们觉得任务成功的希望越来越渺茫。澳大利亚情报机构已经开始考虑改变行动计划,比如有可能派出大规模的警察或军队,向"幸存者"方舟发动突然袭击。

　　希望能尽快给你们带来好消息。

约翰·琼斯

　　附:莎拉,多谢你为我女儿购买生日礼物!

本信件含有机密资料,未经加密不得转发。

＊　　　　＊　　　　＊

　　星期四下午,詹姆斯有体育课,他满头大汗地玩了两个小时的触身式橄榄球,已经很不乐意了,更糟糕的是,学校里没有淋浴房,他只好带着一身汗臭味和泥巴青草味赶往敬老院。还好,他靠花言巧语哄住一个护理助理,让他使用空房间里的浴室。

脱衣服时，詹姆斯看了一眼镜子里的自己，觉得没什么吸引人的地方。衣服破破烂烂，头发被社区里的笨蛋理发师剪坏了，连皮肤也因社区生活方式的影响而遭了殃：身上好几个地方出了皮疹，尤其是后脖颈，他刚在那儿发现三颗大粉刺。

他正坐在光溜溜的金属床架上穿袜子，突然听到有人敲门。

"嘿！"艾略特走进来，兴致勃勃地打着招呼，"发生什么事了吗？"

詹姆斯耸耸肩，把脚撑进运动鞋："我不想把汗臭味带到每个房间。"

"好，我喜欢。"艾略特晃动着手指说，"有主见。"

詹姆斯当然知道艾略特并不喜欢。他不是反对詹姆斯洗澡，而是不喜欢"幸存者"信徒不按计划行事。任何违反规则的举动，不管多么微小，艾略特都会把它视作对自己权威的挑战。

"不过，下一次先向我报告，知道吗？"艾略特补充道。

"你在这儿干吗？"詹姆斯问。

"这里出了点状况。"艾略特说。

"什么状况？"

"威尔德曼先生——也就是爱米莉的儿子——给我打来电话。事情的起因是，我请来律师帮爱米莉立新遗嘱，但她的财产出了点问题，于是那个笨蛋律师去询问爱米莉的家庭律师，不巧那家庭律师和爱米莉的儿子是朋友，这样一来她儿子就知道了。长话短说吧，半小时前我接到了爱米莉的电话，她情绪很不好。她儿子在这儿不肯走，说一定要找我谈谈。"

"他很生气吗？"詹姆斯问道，暗自为"幸存者"组织无法染指老妇人的钱财而感到高兴。

"我没想到，爱米莉捐两百万给慈善机构会把他惹毛。"艾略特说，"我要想办法说服他。你和我一起去，因为爱米莉好像特别喜欢你。另外，我们人多的话，他儿子的行为会理智些。"

詹姆斯穿上干净的T恤,还在腋窝底下抹了些止汗膏,咧嘴笑道:"我很愿意效劳,老板。"

"这才是天使应该说的话。"艾略特说着拍拍詹姆斯的头,让詹姆斯觉得自己就像条狗。

沿着走廊再走五十米就是爱米莉的房间。她和儿子正坐在露台上,面前的桌子上有一瓶兑好牛奶的伏特加,还有吃了一半的鱼和薯片。

"罗尼·威尔德曼。"爱米莉的儿子自我介绍说,同时和艾略特握了握手。他个子矮小,但很结实,头顶已经半秃。

詹姆斯也和他握了握手:"很高兴见到你。"

罗尼点点头说:"我母亲很喜欢你,孩子。"

艾略特和詹姆斯在桌边的椅子上坐下。"好吧,"艾略特说,"你想和我谈谈,我理解你。"

"哦,我是想找你谈谈。"罗尼阴阳怪气地说,从皮本子里抽出一份折叠的文件,"这是我母亲新遗嘱的复印件。真是不可思议啊!她修改了一些条款,要把原先全部留给我的财产,抽出百分之九十给一个什么'幸存者'发展基金。"

爱米莉打断他说:"儿子,你挥霍光了自己的钱,可这是我的钱。我上次还卖掉房产给你填补巨额亏空呢!"

罗尼怒气冲冲地看了他母亲一眼:"父亲可不会这么想!话说回来,你要是真想捐钱给慈善机构,我们可以找牛津饥荒救济委员会或红十字会,而不是这些'幸存者'的疯子!"

艾略特面带微笑,口齿流利地说:"威尔德曼先生,'幸存者'的日常活动和为穷人募捐的慈善事业是完全不同的两码事。我们与世界上所有最重要的发展组织相互协作。去年,我们提供四百张病床给——"

罗尼在桌子上重重地砸了一拳,把詹姆斯吓得浑身一颤:"闭嘴!你这个满口胡言的臭——!"

"罗尼!"爱米莉马上打断他,"我告诉过你要控制自己的脾气。艾略特,你要不要喝点什么?"

艾略特点点头说："来杯黑咖啡吧。"

爱米莉笑着对詹姆斯说："你帮个忙，好吗？你想喝什么自己拿，冰箱里有可乐。"

詹姆斯刚好借机离开气氛紧张的露台。他把水壶灌满，开始烧水，然后打开一瓶雪碧喝了几口。

露台上的说话声越来越大，詹姆斯把咖啡粉倒进杯子。等水烧开时，艾略特和罗尼面对面站了起来，一副誓不两立的架势。

"我会让你为此事付出代价的！"罗尼大吼道。

"威尔德曼先生，如果我们能用文明的方式谈话，我想我们肯定会达成某种共识的。"

"文明？'幸存者'是世界上最大的敛财机器。除非我死了，乔·里根休想从我这儿拿到一分钱！"

"罗尼，那不是你的钱。"他母亲提醒道。

詹姆斯一看到两个男人仿佛要杀了对方的样子，而爱米莉神色紧张，心里便对她十分同情。露台上好像马上要爆发第三次世界大战了，他可不想在这种时候把滚烫的咖啡端出去，所以他端着冒热气的杯碟站在门口。

"你们这帮人玩的就是精神控制！"罗尼咆哮着，同时用手指点了点自己的太阳穴，"你们把她的头脑搞混，使她无法像常人那样做出决定。"

"听你母亲说，你挥霍掉的钱财已经够多了！"艾略特怒气冲冲地回击道。詹姆斯还是第一次看到艾略特发脾气。

"我敢打赌，你已经把你所有的大牌律师都找来了。"罗尼说。

艾略特冷笑道："如果你对新遗嘱的合法性提出质疑，我肯定会——"

罗尼暴跳如雷。他抓起桌上的切鱼刀，狂叫着冲向艾略特："我叫你笑！"

艾略特想往后退，但脚下被椅子腿绊住了。罗尼一刀刺进

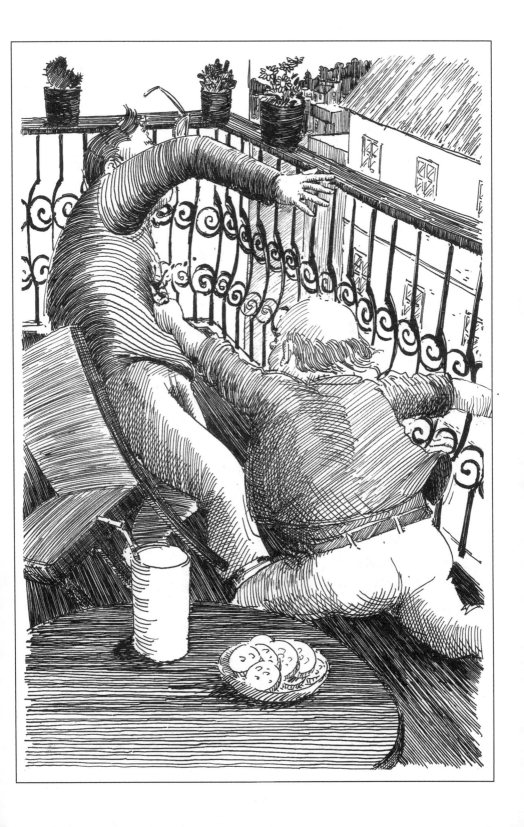

艾略特的肚子,艾略特往后一倒,摔倒在玻璃门边上。爱米莉见状大声惨叫。

"花吧,去把钱花掉吧!"罗尼大叫着拔出刀。

"罗尼!"爱米莉绝望地尖叫道。

"花吧!"罗尼嘴里重复着这句话,又往艾略特身上刺去,"去把钱花掉吧!"

詹姆斯连忙把咖啡杯放在地上,退回爱米莉的房间。罗尼手上有刀,且杀气腾腾,没时间犹豫了。他一把抓起爱米莉的水壶,里面还有一半热水,他拔掉电线,取下盖子。

罗尼的第二刀刺向艾略特的胸口,但刺偏了,结果只是刺破了艾略特的外套垫肩。眼看罗尼就要刺下第三刀了,詹姆斯当机立断,冲上露台把壶里的热水浇到他头上。

由于距离近,一击即中。矮个子男人捂住脸嗷嗷大叫,连连后退。詹姆斯知道,怒火能战胜疼痛,几秒钟后,他的对手必定会把自己轻松打倒。因此,趁罗尼还没站稳,詹姆斯举起水壶往他脸上使劲一砸。罗尼当即被砸昏了,一头摔倒在露台上。

詹姆斯从罗尼软绵绵的手中抽出沾满鲜血的刀,然后转身去查看艾略特衬衫上正在往外渗的血迹。爱米莉费劲地从椅子上站起来,回屋里去了。

艾略特摆摆手,示意詹姆斯靠近些,他有话要说。"快叫朱迪斯来。"他喘着粗气说,"别报警。"

詹姆斯犹豫着点点头,然后从艾略特的外套口袋里取出手机。他一把扯开艾略特带血的衬衫,扣子四下迸溅。伤口一塌糊涂,看不出到底有多宽,但詹姆斯知道首先要止血。他一把从头上脱下T恤,叠好压在艾略特的肚子上。

"听着,"詹姆斯把艾略特的手压在衣服上,"用力压住,不要移动。"

"这是个意外。"艾略特重复道,"快叫朱迪斯来,别报警。"

"知道了。"詹姆斯没好气地说,"但你总不想因为失血过多

而死掉吧,是不是?"

爱米莉已经按响了床头的紧急报警器。马上有一男一女两名护士冲上露台来抢救,詹姆斯站起身,松了一大口气。

"我的天哪!"男护士看了看艾略特,不禁惊呼起来。他抬头看见詹姆斯手里拿着手机,便说:"快叫救护车,我们处理不了。"

女护士蹲在罗尼跟前,检查他脸上的烫伤。詹姆斯拨打电话叫救护车,电话还没接通,他突然看到爱米莉砰地摔倒在床边的地板上。

23.转机

　　詹姆斯担心爱米莉是心脏病发作,幸好她只是因惊吓过度而昏迷了。詹姆斯坐在救护车后部,握着爱米莉的手。艾略特和罗尼在另外一辆救护车上。罗尼还处于昏迷状态。艾略特失血很多,但医生说伤口并不致命。

　　他们来到一座现代化的急救中心,三名伤员马上被推走了。詹姆斯一个人留在挤满病人的等待室里,他光着上身,手上还沾着艾略特的血。他打电话给朱迪斯,朱迪斯十分钟就赶到了,和她一起来的还有维恩。朱迪斯去探视艾略特,维恩则留下来询问詹姆斯。詹姆斯以前并不知道这名灰发妇女是"幸存者"组织的律师。他如实向维恩讲述了事情的经过,维恩马上把情节重新编排了一下。

　　"有人报警了吗?"维恩问道。

　　詹姆斯摇摇头:"艾略特不让报警。我刚才对急救中心的医生说这是个意外。"

　　"干得不错。"维恩点点头,"万一警方介入,你就说你当时在浴室里,什么也没看见。那所敬老院是我们经营的,我会安排下去,让员工对此事严加保密。艾略特会说这是个离奇的事故:当时他正提着水壶,不小心滑了一下,倒向罗尼,而罗尼正好手上握着切鱼刀。罗尼不会对此提出异议的,因为说出真相只会让他因故意杀人罪而坐牢。而且,那个老女人也不会想看到自己的儿子被警察带走。"

詹姆斯困惑不解地问:"我们为什么要隐瞒呢?"

"你问为什么?"维恩笑着说,"想象一下吧,要是此事让媒体知道了,他们会怎么写?'幸存者'组织让一个八十七岁高龄的妇女修改遗嘱,结果妒忌的儿子跳起来,刺伤了社区主管。这会成为全国性丑闻的,我们会因此而损失几百万元。"

"但是……"詹姆斯倒吸一口气,完全惊呆了。

维恩没理他,继续严厉地说:"詹姆斯,你要这样理解:如果魔鬼把爪子伸进我们的组织里,我们就会被撕成碎片。这是对'幸存者'组织的一次攻击,一次来自地狱最底层的攻击。"

詹姆斯想起自己有任务在身,于是开始努力地琢磨,作为一名天使在这种情况下应该怎么说。

"也许我应该祷告。"他说道。

维恩点点头说:"好主意。爱米莉的房间号是多少?"

"八十六号。"

维恩拿出手机,打电话到社区,开始厉声地发号施令:"马上派两个人去北方公园敬老院,到八十六号房间,用漂白剂和热水把整个房间擦洗干净,包括露台和露台上的桌椅也要彻底清洗。别拖延,立刻去。我和詹姆斯马上回来。要是警察或媒体闻风而来,你们就说什么也不知道,明白了吗?"

*　　　　*　　　　*

在"幸存者"社区,消息总是传得很快。劳伦吃晚饭时就听说詹姆斯出事了,后来她碰到达娜,结果达娜也已经有所耳闻。等她上三楼去宿舍做作业时,几乎每个人都在谈论这件事。但人们说法不一,唯一能确定的是,艾略特已被送往医院。

劳伦从室外抄小路去体育馆,路上看到保尔,就把他拉到一条小巷里。

"我哥哥在哪儿?"劳伦问,"他为什么没和你一起从敬老院回来?"

保尔摇着头,把食指放在嘴唇上,说道:"对不起,劳伦。我发过誓要保密。"

保尔打算离开,但劳伦堵住了他的去路:"保尔,我哥哥还好吗? 我一定要知道。"

"他没受伤,我只能告诉你这么多。"

劳伦还想刨根问底:"到底是怎么回事?"

"我不能告诉你,维恩要我发誓保持沉默。他们大概马上就会发布公告的。"

保尔又想走开,但劳伦再一次拦住了他。

"别这样!"保尔提高嗓门抗议道。

劳伦急着想了解实情,她迅速环顾四周,确定周围没人后,便一把抓住保尔的手腕。她把保尔的胳膊反扭到身后,把他顶到墙上。保尔比劳伦大两岁,但他根本无法挣脱劳伦的控制。保尔是个好男生,劳伦并不想伤害他,出此下策,只是急于了解詹姆斯的安危。

"我发过誓的!"保尔喘着粗气说,"你想怎么折磨我,请便! 我要是破坏誓言,魔鬼会一百万倍厉害地折磨我。"

劳伦手上加了点劲,保尔痛得大口喘气。她开始担心保尔受邪教影响太深,以致宁愿被拧断胳膊也不肯破坏誓言。

"求求你了!"保尔快哭出来了,"别让我破坏誓言。"

劳伦并不想真的拧断保尔的胳膊,也不想因此而惹上麻烦,所以她松开手,往后退了两步。

"你怎么搞的!"保尔恼羞成怒,哭丧着一张脸,"我告诉你了,他没受伤! 你还想怎样?"

"我想知道一切。"劳伦略微夸大了自己的绝望情绪,"你有弟弟,如果瑞克出了什么事,难道你不想知道吗?"

保尔好像吃软不吃硬，劳伦暗暗后悔自己刚才没想到用这一招。

"那好吧……"保尔为难地说，"维恩要我发誓绝不把这件事说出去，但我想告诉你詹姆斯在哪儿应该没关系，然后你自己去找他吧。但你必须发誓，绝不说出是我告诉你的。"

劳伦点点头："我以天使的名义发誓，要是我违背誓言，就落入炼狱永受折磨。"

这是"幸存者"信徒最重的誓言，保尔听她发了这个誓，似乎放心了。

"詹姆斯在艾略特的办公室里。"

"艾略特也在那儿吗？"

"他不在，但是维恩在。"

劳伦笑了："好吧，我去看看他。"

"你最好离远点。"保尔说，"维恩正在气头上，要是你现在去，就正好撞到枪口上。"

劳伦撒了个谎让保尔放心："好的，我过会儿再去，看他们会不会发布公告。保尔，你人真好。对不起，我伤到你了。"

"没事，不疼。"保尔也撒了个谎，"但你要是再这样，我就要去报告了。"

保尔离开后，劳伦把此事细细想了一遍。她很想去找达娜或阿比盖尔商量一下，但她们现在都在当班洗餐具，而在嘈杂的社区厨房里，她们是没法私下说话的。不如直接去艾略特的办公室，万一被人发现，她就说，刚才无意中听到有人说看见詹姆斯进了艾略特的办公室。

劳伦走进大厦，直接朝一楼尽头的办公室奔去。走廊里人很多，她知道在这里她必须加快步伐直奔目的地，否则马上就会有热心的天使来问你想去哪里。

她路过几个星期前做新人测试的敞开式办公室，那里没人。麻烦的是，她从来没往里面走过，不知道通往高层人物私人办公室的双开门后面到底是什么样子的。

她小心翼翼地探头朝门里张望了一下，然后走进空无一人的走廊。里面有成堆的办公用具，两侧的玻璃门里是办公室。她蹑手蹑脚地走到左边的复印机和复印纸箱中间，透过百叶窗帘的缝隙往办公室里窥视。她看到维恩正坐在办公桌前神情激昂地打电话，不禁一阵紧张，马上蹲下身子。

过了几秒钟，劳伦镇定下来，又伸出头去仔细察看，确定詹姆斯没在里面之后，她走到走廊对面，查看另一间办公室。

詹姆斯正坐在沙发上，后脑勺贴着玻璃窗。劳伦很想敲窗吓他一跳，可现在显然不是时候。她轻手轻脚地走进办公室。詹姆斯已经洗过澡，头发还是湿的，身上只穿着运动鞋和他最喜欢的破烂牛仔短裤。他转过头来看到是劳伦，就冲她笑了笑。

"事情怎么样了？"劳伦压低嗓门问道。

詹姆斯把事情简要地讲了一遍，并催促劳伦马上去找达娜和阿比盖尔商量。劳伦正要离开，可这时维恩走了进来。

"你怎么在这里？"维恩劈头盖脸地厉声喝问。

劳伦马上装作无辜小女孩的样子，用惊恐的声音哼哼唧唧地说："我害怕魔鬼抓走哥哥，我要看到他平安才放心。"

维恩很生气，正想发作，但突然转变了语气："好吧，我正想叫你妈妈到这儿来一趟呢。"

"叫她来干吗？"詹姆斯问道。

"你还记得来这儿时做过的新人测试吗？"

"听你一说我就想起来了。"

"是这样的，我很高兴，你的成绩非常出众。这样的高分，足以让你升学进入方舟的精英寄宿学校了。可不巧的是，方舟正在进行整修，所以暂时不接收新学生。不过，依照目前的情况，在艾略特的事情平息之前，你最明智的做法是离开这里。我刚才向伊琳娜·里根汇报了这里的情况，她已经同意破例接收你进入'幸存者'寄宿学校就读。"

詹姆斯的大脑高速运转起来。他非常高兴能去寄宿学校，然而按照计划,至少要有两名"基路伯"特工,甚至三名都得进入寄宿学校。

"哇!"詹姆斯深吸一口气,"我听说过那个学校,这似乎是极高的荣誉,只是……"

维恩皱着眉头问:"只是什么?"

"我不知道。"詹姆斯耸耸肩,"我爸爸离开我们了,然后我们搬来这里,接着又搬到社区,现在你又要我去这么偏远的地方。"

"詹姆斯,"维恩宽慰他说,"你的家人不再只有劳伦、达娜和阿比盖尔了,你拥有天使之家,这个家比任何家庭都要强大一万倍。"

"我知道。"詹姆斯情绪低落地耸耸肩,低头看着地毯,"不是我不想去,我只是不愿意一个人去,我害怕。"

劳伦这时明白了詹姆斯的意图,便接过了话头。"我有没有通过测试呢?"她热情洋溢地问道,"我也想去方舟,这样我就能陪着詹姆斯了。"

维恩看上去很为难。一方面,她显然觉得,打电话求伊琳娜·里根再接收一个学生很难办;但另一方面,她迫不及待地想要掩盖艾略特的事情,而把詹姆斯送到几百公里以外的内地,就能大大降低泄露此事的可能性。

最后,维恩下了决心,看着詹姆斯说:"如果我打电话到方舟,说服他们接收劳伦入学,你们俩能保证一定会去吗?"

"能不能让达娜也一起去?"劳伦问道。

"不行!"维恩异常坚决地说,"达娜不可能去,我们对她另有安排。"

詹姆斯和劳伦快速交换了一个眼神,差点就想笑。

"好吧,我想我会和劳伦一起去的,"詹姆斯说,"只要妈妈同意。"

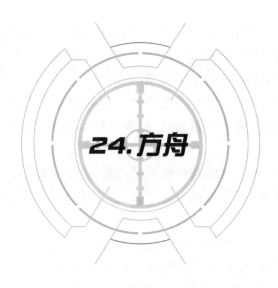

24.方舟

　　阿比盖尔表现得就像普通的母亲一样,一听到自己的两个孩子要被送到七百公里以外的寄宿学校,马上表示反对。当然,她最终让维恩说服了自己,同意詹姆斯和劳伦离开。

　　"幸存者"组织在布里斯班郊外二十公里的地方拥有一座小型私家机场,用自己的飞机在布里斯班和方舟之间运送物资、邮件和人员。晚班飞机在十点钟起飞。维恩运用手中的权力挤掉了两名乘客,好让詹姆斯和劳伦跑路。

　　两个孩子除了身上穿的衣服外,只随身携带了几样个人物品,如牙刷和除臭剂。"幸存者"故意不让成员拥有钱财和私人物品,好让他们一切都依赖社区,离开了社区就无法过正常人的生活。

　　阿比盖尔驾车送他们去机场,达娜也获准打破社区时间表的严格规定到机场送行。她与詹姆斯坐在奔驰车后排,劳伦坐在副驾驶座,膝盖上摊着一张地图。

　　尽管阿比盖尔还没有正式把车捐给"幸存者"组织,但事实上搬进社区以后,她让很多要出门办事的人使用这辆车。内饰已经变脏,车里弥漫着婴儿屎尿的臭味,皮饰上面还被戳破了好几处。

当车子开出社区停车场,詹姆斯回头望了一眼,心里知道自己永远不会再回来了。每次他去一个地方——甚至是监狱——执行任务,总会有一些人或事令他想念,而这里没有一个人给他这种感觉。这些人个个执迷于邪教生活,念念不忘什么魔鬼啊,方舟啊,所以他一点也不喜欢他们。与一群整天除了微笑没有其他面部表情的人打交道,你是不会产生任何情感共鸣的。

最不能接受这个结果的人是达娜。她看上去很痛苦。

"你还好吧?"詹姆斯问。

"你觉得呢?"达娜气恼地反问道,"我执行任务时从来没打破过僵局,看来我要穿着灰色T恤退休了。"

阿比盖尔说话了:"达娜,你的态度不对。我们每个人都是小组的一部分。"

达娜厌烦地把头转向一边:"阿比盖尔,别拿这种废话来安慰我了。"

劳伦扭头说:"我和詹姆斯真的为你求过维恩了,可维恩态度很坚决,她说对你已经另有安排。"

"无论如何,"达娜痛苦地说,"希望他们能记住我这辉煌的洗碗生涯。"

"谁也不知道结局会怎样。"詹姆斯说,"没准,你不去是件好事。"

"求求你别说了,好吗?"

詹姆斯扭头看向窗外的落日。

开了大约五公里后,阿比盖尔在一家名叫"饥饿的杰克"的汉堡快餐店门口停了下来。她找到公用电话,向约翰通报了最新情况。约翰要詹姆斯听电话。

"你紧张吗?"约翰问。

"有点。"詹姆斯承认,"他们是一群疯子,而且那里基本上与世隔绝。"

"我知道。"约翰说,"记住,不管遇到何种危险,最重要的是确保生命安全。危险来临时,只要能找到交通工具,就马上逃离。我和克洛伊会在方舟边上监视。我已经在离方舟二十公里的一个大农场里租了一所空房子。我和克洛伊要开车过去,明天一早就出发,晚上应该就能到。"

"我们怎么联络?"詹姆斯问。

"我正要说这个。那些小型无线电接收器正从墨尔本空运过来。澳大利亚情报机构的工程师做了大量测试,以确保它们足够结实,即使藏在鞋子里,也不会因为出脚汗或使劲踩踏而损坏。他们已经攻破难题了。"

"我们怎么才能拿到呢?"

"今晚没办法给你们了,方舟守卫很严。不过,每天早上孩子们会出来跑步,就像你们绕着'幸存者'社区跑步一样。你要跑在队伍最后面,时刻留意四周有没有记号或包裹。"

"什么样的记号?"

"我们还没想好。"

"约翰,你的话一点也不能鼓舞人心。"

"詹姆斯,这我知道。对不起,这次任务的每个环节都安排得比较匆忙。还有一件事:千万不要用方舟的电话来谈论任务。据米丽阿姆的一个病人说,伊琳娜·里根在电话里安装了窃听器。还有传言说,一些高层人物的办公室和卧室里也装了窃听器。所以,只要是谈论任务,你们就必须跑到室外或公共场所,并且尽量把声音压低。"

"知道了。"詹姆斯说,"我会把这些告诉劳伦。"

"好!"约翰说,"祝你们好运。"

詹姆斯摇着头说:"看来,我们真的需要好运。"

*　　　　*　　　　*

飞机上有六名乘客。詹姆斯和劳伦坐在狭窄的第三排,身后的机舱尾部塞着一摞铝制货箱。起飞时,天已经黑了。在两个半小时的旅途中,他们将飞行七百公里。一路上几乎都是黑暗的沙漠,没有灯光,偶尔能看到被月光照亮的岩石轮廓。

距离感、孤独感和飞机上通风设备里吹出的凉风,让詹姆斯觉得脊背上一阵阵发凉。他有很多话要对劳伦说,但机上有四名"幸存者"信徒,他只能忍住不说话。座位靠背竖得太直,空间又太狭窄,他根本无法入睡,只能靠看点东西打发时间。有一本翻旧了的目录,上面是俗气的方舟纪念品;还有乔·里根最著名的演讲录像,录像封面上的乔·里根正露齿而笑。

詹姆斯随便翻阅着,这时妹妹把头一歪,靠在他的肩头,手滑到了扶手下面,落在他裸露的膝盖上。詹姆斯把手放在妹妹的手上,与她手指交叉握住。多年来,他们一直是这样。

还剩一百五十公里了,地平线上亮起一抹橘黄色。光圈越来越大,最后能辨认出那是三个巨大的金色尖顶,在灯光的映射下熠熠生辉。尖顶中间是一个巨大的穹顶,其规模之大,在全世界也排得上名次。这座六边形的建筑物,每个角上各有一座角楼,顶部还有一个三十米高的十字架,那是为了驱赶魔鬼而设计的。

虽然詹姆斯看过方舟的照片,但眼前的巨大建筑物还是让他目瞪口呆。它既有堡垒的森严,又有赌城拉斯维加斯的浮华。你绝对想不到,在澳大利亚内陆会有如此壮观的建筑。詹姆斯已经顾不上乔·里根靠洗脑和欺诈赚钱来造方舟的事实了,他完全被眼前的景观迷住了。

这时,飞机为了对准跑道降落,来了个急转弯。詹姆斯听到耳边传来劳伦的惊呼声:"这是我见过的最最疯狂的东西!"

先前小飞机是在简易机场的小跑道上起飞的,与之形成鲜明对比的是,迎接它降落的是一条能容得下大型喷气式飞机的跑道。控制塔边上有一幢玻璃立面的二层建筑,上面有一条亮着灯光的标语:欢迎来到乔·里根国际机场。

机场建于20世纪90年代。里根的初衷是要把方舟建成一

个赚钱的旅游胜地,所以设想要建造上百家旅馆,还有高尔夫球场和迪士尼主题公园。后来,里根改变了口径,宣布方舟是圣地,不能让魔鬼进来。马上有人批评说,里根的论调掩盖了一个基本事实,那就是:很少有游客会冒着酷热来到澳大利亚内地,把假期用来访问一个邪教组织。

由于里根落空的野心,詹姆斯、劳伦和其他乘客从机场到方舟必须走一段很长的路程,他们要穿过几百米阴森沉寂的走廊,进入一个空荡荡的迎客大厅。大厅里很多灯都坏了,行李传送带上积满了灰尘,十多年来就没转动过。最后,他们走到出口,门外是一条直通方舟的宽阔坡道。

詹姆斯和劳伦不知道他们要去哪儿,所以跟在其他四名乘客的身后。他们进入一道铁闸门，看到一个黑色直发的瘦高个女子站在那儿，每个乘客都恭恭敬敬地向她鞠躬。詹姆斯和劳伦见过照片，所以知道这就是乔·里根的大女儿伊琳娜，人称"蜘蛛"。

当"蜘蛛"上前一步做自我介绍时，詹姆斯觉得这个绰号真的是十分贴切。她穿着一件黑色的紧身翻领套头衫，十根手指像铅笔似的又细又长。詹姆斯以为她会像巫婆似的喋喋不休，可她微笑着张嘴说话时，却只是用澳大利亚口音发出了简单的问候。

"嘿！"伊琳娜说，"是詹姆斯和劳伦，对吧？欢迎你们登上方舟。"

两个孩子对"蜘蛛"笑笑，并与她握了握手。她带他们穿过角楼，来到室外的一条宽阔通道上。方舟内共有六条这样的步行道路，分别从每一个角楼通往方舟中心的巨型广场。

广场上有"幸存者"组织的标志，建筑的巨大穹顶和三个金色尖顶闻名世界，可其余的建筑却简单得令人惊讶。它们大多只有一两层高，都是最实用的结构，屋顶是金属瓦楞板，窗户是白色有机玻璃，到处都是廉价货。詹姆斯觉得自己好似身处镇上最豪华的饭店，可菜单上居然只有巨无霸和炸薯条。

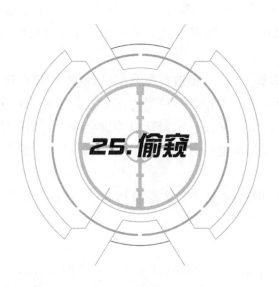

25. 偷窥

"醒醒,快起床!"一个名叫乔姬的大块头女人高喊着冲进詹姆斯的卧室。

这里的设施还行,有八张金属床、私人橱柜,还有淋浴房和洗衣房,比布里斯班"幸存者"社区凑合着用用的东西好多了。

詹姆斯睡眼惺忪地起身下床。他凌晨一点钟到的,没脱衣服就睡了,没有惊醒屋里的其他七个人。男孩们胡乱地穿上校服:白色橄榄球衫,蓝色短裤和蓝色球袜。詹姆斯有点磨蹭,因为他得把新衣服从橱柜里取出来,扒掉塑料包装纸,摘下标签和贴纸。

詹姆斯穿好衣服,站到队伍后面,等着上厕所。他是最后一个,尽管他没洗手就出来了,可还是没能赶上其他人,不知道他们都去哪儿了。

乔姬从另一间卧室里出来,她惊讶地皱着眉头瞪着眼睛,冲着詹姆斯大吼:"你怎么还在这儿?"

"我没有时间表。"詹姆斯解释,"我不知道该去哪儿。"

"全体学生的时间表都是一样的!"她大声叫喊道,唾沫星子溅到詹姆斯身上,"跟着其他人。"

"但他们都走了。"

"如果你不想挨罚,就要跟上。下楼,出门,去训练区晨练。"

詹姆斯冲到楼下的走廊里,穿过大门,来到阳光灿烂的室外。走下几级台阶后,他来到宿舍后面的一块泥地上,已有一百五十名学生排成了四列长队,他们的年龄从十岁到十七岁不等,每个人都穿着白上衣,但每一队学生穿的短裤和袜子的颜色不同,以表示他们住在不同的宿舍楼里。

詹姆斯站到蓝色队伍的最后面,这时他看到劳伦站在他前面两排的黄色队列里。乔姬和其他几名教师站在队伍前面,带领学生做起了老式学校里的热身操。他们做伸展运动、弯腰运动,用力往前推、往上举,脚下还使劲蹬、奋力跳,在两个动作的间隙,还要吟唱短句子:

"上天,早上好。我们是您的天使。我们在此侍奉您。让我们强壮。请保护我们。我们心灵诚实。我们思想纯洁。我们要带领人类穿越黑暗。"

八段吟诵和每个动作要反复做十遍。在泥地上蹦跳了十五分钟后,詹姆斯已是上气不接下气。他的皮肤沾上了一层红色沙土,脑子里只剩下吟唱的句子。

接下去,教师给他们两分钟时间歇口气。接着,四列队伍被带领着穿过一个角楼,要出去绕圈跑步。詹姆斯估计每圈大约有一公里半。大家先以中等速度跑了一圈,随着指令官大喊一声"加速!",孩子们开始以最快的速度跑剩下的两圈。詹姆斯看到劳伦在前面,就跑到她身边。

"你还好吧?"詹姆斯喘着粗气问道。

"要是能再多睡一会儿就好了。"劳伦说话的声音随着跑动的步子而颤抖,"我腿上全是沙子。"

詹姆斯挠挠肚皮说:"说到这个,我都快疯了。"

　　　　　　*　　　　　*　　　　　*

　　"你叫什么名字?"当这队满身尘土的男孩走回蓝色宿舍区时,其中一个男孩问詹姆斯。他大约十二岁,但实际年龄恐怕还要再小一些,长着一个凹凸不平的扁鼻子。

　　"我叫詹姆斯。"

　　"我叫莱特(原文为 Rat,即老鼠的意思。——译注)。"

　　詹姆斯简直不敢相信自己的耳朵:"你说你叫老鼠?"

　　"是这样的,我的名字是莱斯伯恩(原文为 Rathbone,只看前三个字母就是 Rat。——译注)。但你要是这样叫我,我就踢你屁股。"

　　詹姆斯笑了笑,同时也很惊讶,因为"幸存者"信徒从来不说粗话的。

　　"你怎么不说话了?"莱特问道。很明显,他为自己能让詹姆斯吃惊而感到得意。

　　"我累坏了。"詹姆斯无精打采地耸耸肩。

　　莱特点点头说:"你表现很好。我见过很多新来的,一到这儿就热晕了。"

　　"你来这儿多久了?"詹姆斯问道。这时,他们走到了楼梯下面。

　　"我一生下来就在这儿。"莱特回答。

　　他从领口扯出皮项链,上面穿着六颗珠子。他指了指金色的那一颗。

　　"这表示什么?"詹姆斯问。

　　莱特笑着说:"这表示我是王室成员。"

　　"什么?"

　　"乔·里根把最好的留到了最后:我是他第三十个孩子,也是最后的一个。"

　　"酷。"

　　莱特摇摇头,就好像詹姆斯是个傻瓜:"有什么酷的?"

　　詹姆斯又一次觉得无话可说。这时,他们来到男生宿舍门口。孩子们都脱掉衣服洗澡去了，莱特却在门口停了下来。

"你喜欢女孩吗？"莱特直截了当地问。

詹姆斯笑了："当然。"

"那就跟我来。"莱特咧嘴笑了起来，扯着詹姆斯的上衣就要走。

詹姆斯还在犹豫："你想干吗？"

莱特不耐烦地说："别像个娘儿们似的。快来！只要一分钟，我保证你喷鼻血。"

詹姆斯努力猜测他到底想干吗。一方面，他觉得在摸清形势前应该小心谨慎；另一方面，莱特明显不是那种被"幸存者"组织洗过脑的小屁孩。也许，他会是个有用的同盟者。

"那么走吧。"詹姆斯说，"我们不会惹麻烦，是吧？"

"詹姆斯，别像个傻瓜似的过一辈子。我会一直站在你身边，这事我做过一百万次啦！"

詹姆斯让莱特带着来到走廊上。走了几步之后，莱特打开一扇门，他俩走进一间极其闷热的屋子，那里有一只很大的热水器，热水器上的管子通往四面八方。

莱特朝角落里的一张桌子走过去，一面低声对詹姆斯说："小点声。"

他爬到桌子上，示意詹姆斯也上来。詹姆斯脸朝墙壁站到桌子上。眼前是一道铁格子窗，莱特已经在盯着里面看了。詹姆斯把眼睛凑到一道缝隙前，不禁倒吸了一口气。

"怎么样？过瘾吧？"莱特低声说道。

詹姆斯看到里面是一间雾气腾腾的浴室，挤满了住在隔壁宿舍楼里的女孩。她们嘻嘻哈哈的，有的在往头发上抹香波，有的在用沐浴液搓身子。

"哦！"詹姆斯张大嘴看呆了。

"来这儿一趟值吧？"

"太值了！好家伙，我真想一辈子待在这儿。"

詹姆斯的眼睛都不知道该往哪儿看了。

突然，莱特伸手猛推了一把铁格子窗，同时大声喊道："小心，有人偷看！"

詹姆斯还没反应过来，莱特就已跳下桌子，朝门口跑去。为了搞恶作剧，他事先拧松了铁格子窗上的螺丝，这一推，铁格子窗咣的一声掉在浴室里，把里面的女孩吓得尖声大叫，夺门而出。

詹姆斯也跳下桌子冲向门口。房门被莱特砰的一声关上了。詹姆斯拧动门把手想开门，却听到钥匙在门锁里转动的声音。

"你这个臭小子！"詹姆斯大叫，用力踢门，"让我出去！看

我怎么揍扁你!"

詹姆斯四下看看,心里一阵恐慌,因为他发现想从这里逃出去是不可能的。浴室里传来女孩们的痛骂声:"你会挨罚的,变态!"

三十秒钟之后,有人在门口说话了。他听出那是乔姬的声音。

"马上把门打开!"

她梆梆敲了几下门。詹姆斯对乔姬的低智商极不耐烦:"难道你以为我会把自己锁在里面吗?"

敲门声停止了。可没多久,乔姬又像火山爆发似的大吼起来。

"莱斯伯恩·里根,快给我出来!"

没人回答。她又大叫道:"别又等我冲进浴室把你揪出来!"

詹姆斯听到门外一阵骚乱,好像是莱特被几个男孩扭送到走廊上。

"是他干的吗?"乔姬厉声问道。

在这种关头,普通孩子都不会应声,但是"幸存者"信徒受到的教育是:谁要是对老师撒谎,魔鬼就会来带走他。

"老师,我们看见莱特和新来的在一起。"

"他半分钟前跑进浴室的。"

莱特对室友尖声大叫:"你们这帮告密的臭——"

"莱斯伯恩!"乔姬吼道,"你惹的麻烦已经够多了,难道你还想让我用肥皂洗洗你的舌头吗? 钥匙呢? 快拿出来!"

莱特根本没把乔姬的命令放在眼里,他呸的一声说:"你想怎么样? 你制不了我。"

"老师,我们找到钥匙了。"一个男孩说,"是在莱特的脏短裤里找到的。"

钥匙在门锁里转动。

门开了。乔姬一把抓住詹姆斯的衣领,把他揪到走廊上靠墙站立。地板上到处是水迹,那是男孩们身上滴着水跑来跑去时留下的。现在,只有莱特留在走廊里,他满头洗发香波的泡沫,除了腰间围着一块浴巾,全身一丝不挂。

詹姆斯怒气冲冲地瞪了莱特一眼,然后对乔姬说:"老师,是他把我骗进去的。"

"我知道他骗了你,"乔姬点点头说,"我也知道是他把你锁在里面的。但是,瞧他的个子,不是他搂着你的腰,把你抱到桌子上去的吧,是不是?"

"不是……"詹姆斯无力地回答。

"我要你们两个都去洗一下,然后下楼等着。你们会受到严厉的惩罚。"

"那么早饭呢?"莱特问。

"你还嘴硬!"

*　　　　*　　　　*

詹姆斯走进卧室,里面弥漫着浴室里跑出来的雾气。其他男孩有的在穿衣服,有的已经下楼去吃早饭。

"伙计们,谢谢你们支持我!"莱特对着空气大喊。他扯下浴巾,冲到浴室里洗头发去了。

詹姆斯脱下被汗水浸湿的衣服后,也跟着进了浴室,里面只有他们两个。莱特往后退到墙角,脸上露出了害怕的神情。

"我应该打得你屁滚尿流!"詹姆斯一只手指着莱特,同时怒气冲冲地从架子上抓起一瓶香波。

"我不怕!"莱特还要逞强,但看到詹姆斯一步步向自己逼近,态度不禁软了下来。最后,莱特被逼到后背靠在瓷砖上,鼻子离詹姆斯的胸口只有几厘米远。

"来呀,打我呀!"莱特壮起胆子挑衅说,"我不在乎。那老太婆就想你这么干! 你并不是第一个。"

詹姆斯因冲动而陷入困境的次数已经多得数不清,最近他慢慢转变成为"无敌忍者"。

"你为什么要跟我开这种愚蠢的、无意义的玩笑?"

莱特没好气地说:"打我好了,咱们来个了断。想叫我对你感到内疚,没门儿!"

詹姆斯无法断定莱特究竟是哪种人。他到底是反对"幸存者"组织呢,抑或只是行事古怪?

"我们会受到什么样的惩罚?"詹姆斯问道。

"哈哈,你会喜欢的。"莱特咧开嘴笑了,转过身去给詹姆斯看他的屁股。

詹姆斯后退一步,看到上面有结痂的伤口和青肿的瘀伤。

"你不是在开玩笑吧?"詹姆斯倒抽了一口冷气,突然开始担心自己是不是惹上了大麻烦。

莱特耸耸肩:"他们爱怎么打我就怎么打我吧,我才不会听他们的话。不过,话说回来,你也不是那种人,对不对?"

"哪种人?"

莱特笑道:"你并不真的相信他们那一套。"

"你何以得出这个结论?"詹姆斯一面往头发上抹香波,一面紧张地问,"我宣过誓,还得到了项链。"

"你确实已经戴上了项链。"莱特说,"但是,如果你真的相信那一套,你就不会跟我进锅炉房偷看女孩子洗澡,而且你要是真信,刚才就会劝我悔改并接受惩罚。"

"也许,我只是容易受到诱惑而已。"詹姆斯说。

莱特摇摇头说:"如果你是个蠢货,那么我现在就已经被揍扁鼻子倒在地上了。"

"莱特,别自以为是,也许我马上就会叫你尝尝那种滋味。"

"好啦,说说你是怎么到这儿来的吧!"

詹姆斯向他讲述了艾略特如何被刺,维恩又是如何想方设法掩盖这件事。说着说着,他俩洗好澡回到卧室,开始用浴巾擦干身子。

"我知道这个人。"莱特点点头说,"我们这儿以前管他叫'鳗鱼艾略特',因为他十分圆滑。你知道吗?这三个月来,方舟里就只出现过你和你妹妹两张新面孔。"

"我知道。布里斯班的人说,这里正在进行整修。"

莱特笑了:"你看到有地方在整修了吗?"

詹姆斯突然意识到自己根本没看见:"那么,到底是怎么回事?"

"乔·里根马上要死了。"莱特说,"'蜘蛛'不想此事被方舟外面的人知道,因为一旦爸爸去世,他的信徒就会受到各方面的打击。"

"为什么?"詹姆斯问。

莱特很高兴,因为他终于抓到一个愿意听他发表议论的人了:"'幸存者'组织的整套理论都建立在上天要求乔·里根建造方舟拯救人类的基础上。试想,如果他死了,还怎么拯救我们呢?"

"说得对。"詹姆斯沉思着点点头,"看得出这事很棘手。"

"除此之外,他死后,组织里会产生权力之争。"

"谁和谁争呢?"

"一方是我爸爸的第四个妻子苏茜,另一方是我的大姐姐'蜘蛛'伊琳娜。苏茜神志健全,她甚至不戴'幸存者'的项链。伊琳娜和其他大多数人正好相反,他们相信手册上的每一句话。他们说如果爸爸死在大灾难之前,就说明魔鬼胜利了。所以他死的时候,应该马上采取行动。"

"什么样的行动?"

"他们认为,爸爸死后,魔鬼会从地狱里出来杀他们。所以他们要住在堡垒里,堡垒的地下室里应该存满军火弹药。这种想法很不健康。"

詹姆斯想到自己应该表现出深陷信仰之中的样子:"这怎么可能是真的呢? 幸存者手册上说……"

莱特爆发出一阵大笑:"完全正确! 詹姆斯,你的信仰只存在于薄薄的纸页上,事实上,它压根儿就是空中楼阁。"

"不对!"詹姆斯一面穿上短裤,一面不自信地反驳道。

他很担心:要是连一个十一岁的孩子都能看穿他,那么别

人呢?

"你知道吗? 我爸爸在澳大利亚军队中服役时,做过一次IQ测试,得了一百九十六分。这说明他是个真正的天才。你知道我得了几分?"

"不到三十分吗?"詹姆斯咧嘴笑道。

"一百九十七分。"莱特说,"我是你这辈子能遇到的最聪明的孩子,所以别再瞒我了。"

这可真够讽刺的,詹姆斯忍不住想笑:"你真那么聪明的话,为什么屁股会像球队练习用的橄榄球呢?"

莱特耸耸肩:"很多人对我说过,我这是'聪明反被聪明误'啊!"

26. 体罚

　　除非有外人在场,否则"幸存者"的组织活动通常是男女分开进行的。詹姆斯和莱特被带进一个大厅,脸朝下躺在木地板上。在他们周围,寄宿学校的全体女生围坐成里外两个圈。詹姆斯不知道接下去会发生什么,唯一可以确定的是莱特和他在一起。这个小男孩因为以前经历过这种事,所以看上去一点也不害怕。

　　这次活动由乔姬带队,她选择的乐器是一支口琴和一把电吉他。十五分钟的拍手、唱歌、吟诵程序结束后,乔姬换上了冷峻的语调:

　　"方舟是神圣的净土,但犯罪行为会把魔鬼带进这个地球上最纯净的地方。在我们原谅他们之前,他们首先要受到严厉的惩罚。我们必须抽打他们,把魔鬼从罪人的心中驱赶出去。"

　　乔姬兴奋地从短裤里抽出一根木条,握在手中。两个女孩搬来一张课桌放在圆圈中心。有人把詹姆斯从地上拽起来,他尴尬地朝劳伦瞥了一眼。

　　她们在詹姆斯的腰间绑上护腰,用魔术贴箍紧,以防他尾椎骨受伤;接着拽下他的短裤,露出光屁股。两个男孩的嘴里各被塞进一块塑料嚼子,免得他们咬伤自己的舌头。最后,他们被人摁住,一起趴在课桌上。

　　"那些尊严被偷窥狂损害的女孩,你们的责任是站出来,惩罚这两个色鬼。"乔姬说着,踮起脚跳了一下。

　　十多个穿着蓝袜子的女孩站起来排成一队。詹姆斯心里一惊——明明当时浴室里只有七八个人啊!可现在他嘴里塞着东西,根本没法申辩。

　　"这个年龄大的男孩是新来的,每人打一下。"乔姬说,"莱斯伯恩顽劣成性,每人打他三下。开始!"

　　詹姆斯的头悬在课桌边上,能从桌子底下看到女生穿着运动鞋走过来。第一个女孩走上前,从乔姬手中接过木条,噼啪一下打到了莱特屁股上,桌子随即往前摇晃了一下。

　　当莱特挨到第三下时,詹姆斯看到他的眼角渗出了泪花。

　　"莱斯伯恩,我原谅你了。"穿蓝袜的女孩说完这句话,就挪到詹姆斯身后。

　　詹姆斯等着第一板打下来,心里很害怕,不禁浑身发抖。木条打得他身体猛地一震,但并没有想象中的那么疼。

　　"詹姆斯,我原谅你了。"女孩板着脸,退回到队伍里,把木条交给下一个女孩。

　　很不幸,詹姆斯有点放松得过早了,第二下比第一下重,而且接下去是一下比一下疼。

　　第十三个女孩在詹姆斯的屁股上打完了最后一下,接着,乔姬便用力把他从桌子上拖起来,取出他嘴里的嚼子。女孩们排着队离开房间上课去了,詹姆斯马上解开腰上的护垫,提上短裤。他注意到木条被丢在地板上,上面还沾有血迹。詹姆斯摸了摸屁股,除了一处轻微的擦伤外,其他没什么。

　　接着,他退后一步去看莱特。这个十一岁的男孩共挨了三十九下板子,屁股上、大腿上血迹斑斑,他正挣扎着想从桌上爬

起来。

"小家伙,起来吧。"乔姬特别心满意足,"年轻人,我们会把魔鬼从你身上打出去的。"

莱特抵住桌子挺起身,詹姆斯连忙抓住他的胳膊帮他站稳。他擦掉脸上的泪水,皱着眉头轻蔑地注视着乔姬。

"一点也不疼。"他说。

乔姬没理他,走过来盯着詹姆斯。

"新来的,"她说着,从地上捡起带血的木条在詹姆斯面前晃了晃,"现在你知道企图把魔鬼引入方舟的后果了吧?从今往后,你必须绝对服从,听明白了吗?"

"明白了,老师。"詹姆斯拼命压制住心头的愤怒。

看到莱特的腿上鲜血直流,詹姆斯真想从乔姬手中夺过木条,以其人之道还治其人之身。他有的是力气,但他知道这样做后果非常严重。他为执行任务而来,不能因为一次疯狂的冲动而毁掉六个星期的努力。

"好——嘞!"乔姬龇牙咧嘴地命令道,"你们俩,去小房间!"

詹姆斯猜测,所谓的"小房间"里既不会有空调,也不会有沙发。他猜对了。乔姬命令两个男孩举起双手放在脑后前进,来到方舟混凝土围墙边上的一个金属棚。里面大约只有三步宽,地上是沙子,还有两只水桶。一只水桶里盛着饮用水,上面浮着一只塑料杯子;另一只则是当马桶用的。

詹姆斯和莱特极不情愿地走进小房间。里面虽然没有窗户,但阳光从金属板的缝隙中照射进来,光线足够了。

"好好反省吧。"乔姬严厉地说道。

金属门咣啷一声关上了,还上了两道插销。詹姆斯顿时感到空气异常闷热,不由得惊慌失措。

莱特见詹姆斯呼吸困难,便语气坚定地说:"镇定。"

"我没法呼吸了……"

"小口小口地吸气,你的肺马上就会适应这里的高温。"莱特用手拍拍詹姆斯的肩膀,鼓励他说,"你会没事的。离金属墙板远一点,别烫伤了。"

詹姆斯平静下来,呼吸越来越深长。莱特用鞋把滚烫的沙子翻到底下,这样地上会凉快一些,就能坐下来了。

"我们要在这儿待多久?"詹姆斯问。

"待到下午一点钟放学。"

"还有五个小时呢!"詹姆斯倒吸了一口气。

詹姆斯学着莱特的样子翻动沙子,然后侧身躺在地上,这样他隐隐作痛的屁股就不会碰到地面了。他回忆起接受基础

训练时的痛苦经历,还想起了他们喊的口号:不管多么艰苦,"基路伯"特工不屈不挠。不管多么艰苦,"基路伯"特工不屈不挠。

这难道不是"基路伯"的意识控制手段吗?想到这里,他不由得自嘲起来。但是,"基路伯"的严格管理和"幸存者"方舟的生活方式,它们之间还是有着天壤之别的:任何一个加入"基路伯"的孩子都知道自己的奋斗目标,而且只要他愿意,可以随时申请退出,而在"幸存者"组织里,这事绝对无法想象。

几分钟后,詹姆斯的呼吸恢复了正常。他还喝了三杯水,把晨跑时消耗的水分都补充回来了。

"伙计,"由于高温,莱特说话很慢,"这事得怪我,我欠你的。你想要我怎么还都行。"

詹姆斯嘲笑他:"一个屁股被打开花、爱惹是生非的小孩,能帮到我什么呢?"

"比你想象的要多得多。"莱特生气地说,"我是里根的儿子,这很管用。我向某些人稍微吹吹耳边风,你就发达了。"

詹姆斯心里盘算着怎样让莱特在任务中发挥一些作用,同时又不暴露自己的目的。

"那好吧,大人物先生。"詹姆斯说,"这儿是不是和布里斯班一样,大家都得干活?"

"那当然。每天下午一点钟放学,然后就是干活,一直干到吃晚饭。"

"你能不能帮我和我妹妹找点轻松的活?比如文案工作就不错,千万别安排我们去洗厕所、洗衣服。"

"没问题。"莱特一口答应,口气大得令詹姆斯吃惊,"我去和我继母苏茜说,她是我爸爸的第四个老婆,是方舟里第二有权势的人,仅次于'蜘蛛'。"

"那么,你的亲妈妈呢?"詹姆斯问。

莱特做了个手势,就好像他的脖子上有根套索,语气也变得哽咽起来:"我妈妈对付不了我爸爸的其他女人,气得上吊自杀了。"

"天哪！"詹姆斯倒吸了一口气，"我很难过。"

"真正难过的人是我。"莱特说，"你在这个疯人院外面有家人。如果你屡屡犯错挨揍，他们就会把你踢出去，这样你就能和你爸爸或其他亲人住到一起了。我可是要一直在这里待到年满十八。"

"难道你爸爸一点也不在乎你挨揍吗？"

"他八十二岁了，全靠氧气瓶呼吸。他有三十个孩子，而我只能让他回想起自己那个自杀的疯老婆。"

"唉。"詹姆斯叹了口气，表示遗憾。

"我妈妈活着的时候，可酷了。我们和爸爸一起，去世界各地的'幸存者'社区参观。那时我五六岁，到哪儿都受到王室成员般的待遇。我们到达机场时，照相机的闪光灯一直对着我们闪啊闪。我记得去日本的'幸存者'社区参观时，我想像普通孩子那样玩，但没有一个孩子敢靠近我，因为他们怕我的身份。他们给我玩具，鞠个躬就跑开了。"

"如今，你失去了往日的荣耀。"詹姆斯说。

"简直就像从云端掉下来似的。现在，我是别人的拦路石咯！我不是信徒。我太聪明了，那些洗脑手段对我不起作用。可我没别的地方可去……"

27.亿万富翁之妻

太阳越升越高,金属棚里的气温也变得越来越难以忍受。詹姆斯变换着各种姿势,想让自己舒服一些:侧卧、俯卧、蹲着、站着,穿上衣服、脱掉衣服——唯一好受的是弄湿衣服盖在脸上。

万幸的是,每过一个小时,就会有一个圆脸女孩过来把桶里的水加满。这女孩的一举一动,包括点头、歪头、微笑,都深深地烙上了"幸存者"信徒的影子,而且每次她都会带来甜蜜的祝福:"让汗水把魔鬼带出来,上天会原谅你们的。"

两个男孩都没戴表,不过莱特被多次关过小房间,仅凭太阳的位置就能推测时间。他推测已经快到一点钟了,便让詹姆斯用剩下的水把自己洗一洗,然后穿上运动鞋和衣服,准备好跑回去。

"我完全热晕了。"詹姆斯喘着气说,"连能不能走路都不知道,还怎么跑?"

"如果你想得到好工作,就一定要打起精神来。"莱特说,

"我帮我继母从办公室里偷过文件,所以她欠我一个人情。但不管怎样,她是乔·里根的妻子,有点疯疯癫癫。你不可能随时去敲她办公室的门,打声招呼就得到你想要的东西。我们得趁她在教堂后面的餐厅里吃午饭的时候找她。"

詹姆斯点点头:"好吧,但我真的是一点力气都没有了。"

圆脸女孩一打开门上的插销,莱特就粗野地把她撞到一边,冲了出去。看到莱特不顾口渴和伤痛,径直冲向五十米开外的一幢平房,詹姆斯觉得他真的很坚强。他努力跟上莱特的步子。室外阳光很强,刺得他眯起了眼。

莱特绕到平房边上,哐啷哐啷地走下金属梯子到达地下室。他抓住一扇金属门的橡胶把手,门上有一个黄底黑字的辐射标志,写着"紧急防辐射区"。门有十五厘米厚,为了推开它,莱特双足发力顶住地面,使出了浑身的力气。

"我了解这里的每一条通道。"当詹姆斯跟着他走进一个光线昏暗、天花板很低的房间时,莱特这样说道。墙壁上挂着一排防辐射服装,墙上还有许多喷头。

两个男孩穿过第二扇门,来到一条走道上,这里的地板被日光灯照得闪闪发亮。扑面而来的空气很阴凉,詹姆斯马上觉得精神一振。他们奔跑着经过很多房间,房间里都是过了时的电子设备、供给品和通风装置。

"这些是什么啊?"詹姆斯大声问道。走廊里回响着他们的脚步声和呼哧呼哧的喘气声。

莱特回过头来看了看,说:"方舟里有很多不为人知的地方。地下有四层,这里储存的罐头食品足够我们在地下生活好几年呢。"

方舟开始让詹姆斯感到害怕了。布里斯班的"幸存者"信徒行为古怪,深谙意识控制之道,但他们没有地下储藏室、核防护服装和枪支弹药,他们也不会把孩子打出血,并把他们关进闷热的金属棚子里。

正常情况下,跑四分钟不会让詹姆斯消耗多少体力,但这次不同,当他跑到走廊尽头的一排电梯前面时,累得差点就趴下了。小房间削弱了他的体力,使他浑身肌肉僵硬,脑袋里嗡嗡作响。

"好了。"莱特带领詹姆斯跨进一架巨大的货梯,电梯里溅了一地的油漆,"等下我们出去时,你一定要举止得体。这里是圣殿餐厅。"

"怎么回事?"

"方舟的高层都在这里享用美食,哪像我们,只能在寄宿学校里吃罐头食品。所以你得行为检点,不要随便乱说话。"

詹姆斯还以为他们走出电梯时会看到一个豪华场所,但是除了实木桌子看上去还值点钱,墙上挂着一些方舟的黑白艺术照片外,圣殿餐厅就跟普通的食堂没什么两样。

两个男孩刚想进去,可是一个身穿白衬衫、黑裤子的干练男子走了出来。"请原谅。"他语气生硬,显然没把两个穿校服的男孩放在眼里。

莱特从领口掏出项链,叮叮当当地晃了晃那颗金珠子。

男子紧张地后退一步,说:"哦,对了。你是莱斯伯恩,是吧?"

"哦,你说对了。"莱特用嘲弄的口气模仿道,"我继母在吗?"

"她喜欢一个人吃饭。我不能……"

莱特没理他,领着詹姆斯穿过几张桌子,径直走向一个绝色美女。她正在喝意大利蔬菜汤。她那头纹丝不乱的乌黑长发以及脸上的精致妆容,都表明她的生活不受"幸存者"亡命时间表的限制。

"嘿,莱特!"苏茜是一口美国音,见到自己的继子,她既高兴,又有些疑惑,"你们怎么不坐下?"

詹姆斯觉得自己的伤差不多好了,可以坐下。莱特却摇摇头说:"我喜欢站着,可以吗?"

苏茜嘲笑道:"哦,亲爱的,你今天挨了几下板子?"

"三十九下。"

"哟!"苏茜把脸转向詹姆斯,摇摇头说,"詹姆斯,我觉得他喜欢挨打,有受虐狂倾向。"

詹姆斯也有点疑心了,在浴室里,莱特确实要詹姆斯打他来着。

"我一点也不喜欢。"莱特生气了,"我只是想让他们知道,打我没用。"

餐厅是自助式的,不过苏茜的地位很高,有专门的侍者。那名侍者穿得和门口那家伙一样。

"这两个孩子打扰您了吗,里根夫人?"

"我看上去像是被打扰的样子吗?"苏茜怒气冲冲地反问道,吓了詹姆斯一跳,"问问他们想吃什么,给他们拿过来。"

由于是自助餐厅,这里没菜单。詹姆斯不知道这里有什么,莱特做主给他点了汉堡包和炸薯条,还有冰淇淋和百事可乐。

"给莱特拿个橡胶圈来,让他坐下。"苏茜说。詹姆斯听了觉得好笑。

苏茜一点也不像"幸存者"信徒,她对名贵珠宝服饰的明显偏好,倒是能解释为什么一个二十三岁的女模特当年会放弃职业生涯,嫁给了一个七十五岁的亿万富翁。

"你怎么会知道我的名字?"詹姆斯问。

"詹姆斯,你的到来是方舟里的特大新闻。"

莱特注意到苏茜喝完了意大利蔬菜汤,知道时间不多了,便说:"我来这儿是有事要你帮忙。"

"你真让我惊讶。"苏茜嘲笑道。

"咳!"侍者清了清嗓子。

詹姆斯回头一看,惊讶地发现侍者手里果真拿着一个充气的橡胶圈。他还以为苏茜在开玩笑,现在看来,餐厅真的有几个橡胶圈,专门为那些挨了打的孩子备着呢。

莱特咧嘴笑笑,小心翼翼地在橡胶圈上坐下,以免屁股上的伤口受力。过了没多久，汉堡包、薯条、一大瓶百事可乐被端上了桌。这些食物比詹姆斯一个月来在布里斯班"幸存者"社区吃到的任何食物都要好。

"你想要我帮什么忙？"苏茜说着，起身要走，"快说吧，我还有别的事。"

"是关于詹姆斯的工作。"莱特解释道，"他不喜欢洗厕所，也不喜欢其他累断腰的体力活。"

"我妹妹也一样。"詹姆斯急忙插嘴，然后好声好气地补充道，"如果可以的话。"

"我能得到什么好处呢？"苏茜笑着问，随手把一只精致的路易威登包背在肩上。

"那是迟早的事！比如，从办公室里偷来的文件和备用光盘。"莱特压低嗓门说。

苏茜紧张地朝四周看了看："你想让全世界的人都知道吗？"

"但此事对你最大的好处是，"莱特咧嘴笑道，"如果你插手新人事务，会让'蜘蛛'气得跳脚。"

莱特指着面前的食物说："要是我在这儿吃完这些东西，就会错过下午的祷告仪式。"

"没事的。"苏茜点点头说，"告诉他们你在执行我交给你的任务。安心吃完吧，别惹是生非。"

苏茜说完大踏步地走了。詹姆斯感激地冲莱特点点头，说道："干得漂亮，莱特。谢谢你。"

"别客气，伙计。你不知道，我总算找到一个可以正常聊天的人了，这感觉真好啊！"

28.无线电收发器

　　劳伦到方舟的第一天,遇到的唯一怪事就是詹姆斯和莱特挨打。寄宿学校教授常规课程,这里有空调,有电脑,有现代教材,只不过与外界完全隔绝:电脑无法联网,没有电视、杂志和报纸。教师要学生们死记硬背"幸存者"手册上的内容,如果学生们想了解第一次世界大战后的历史,那就会大失所望。

　　劳伦没有和詹姆斯说上话,所以她不明白自己为什么在厨房才干了半小时的活就被人叫出来,还让她脱下手套,去办公室里做轻松的助理工作。她还看到莱特也在那里。她的主要工作是查找文件、传递信息,还有为大人冲咖啡。

　　方舟里最不如意的东西无疑就是伙食了。午餐是黑橄榄拌意大利面条,这是劳伦最讨厌的食物了,何况里面还有沙子呢。晚餐是烤干的土豆,放在一堆烤豌豆上面,还有甜点,包括一份香草冰淇淋、一小块松糕。常规饮料是含有大量糖分的橘子汁和可乐,这些都能让年轻人保持活力。

　　学校里没有家庭作业,因此祷告仪式结束后,劳伦就去玩了会儿撞柱游戏,打了会儿篮球。接着,她受邀参加了一种奇怪的蹦跳吟唱游戏。一起玩游戏的女孩都很有礼貌,时不时地拥抱新人、鼓励新人。但是,她们的言谈笑容都像是一个模子里铸出来的。劳伦不禁猜想,要是撕下这些人的面具,没准能看到这群"机器人"的脑袋里全是发光的二极管和集成电路。

* * *

第二天早上,太阳才刚升起,劳伦就被一声大吼给惊醒了。她强迫自己睁开眼睛,心里感到一丝恐惧。"幸存者"信徒的时间表安排得很紧凑,劳伦知道,接下去她将忙个不停,直到十六个小时之后才能再回到床上睡觉。要命的是,她看不到完成任务的前景,还要为即将到来的每一天担惊受怕,特别是他们的每次冒险行动都意味着可能会挨板子。

房间里的女孩都已经起床,套上前一天晚上运动时穿的脏衣服。

"懒虫们,打起精神来!"一个名叫维里蒂的女孩大声说道,"这是崭新的一天,上天给了我们新的挑战。"

这话让劳伦想起廉价生日贺卡上那些让人恶心的语句。她很想告诉上天收起那些挑战,好让她赖在床上看会儿电视,然后在厨房里做她最爱吃的薄饼,先和面,再往上面加巧克力酱和冰糖。

空想是不现实的,劳伦还是得起来做事。她穿上臭烘烘的黄袜子,套上橄榄球衫,上完厕所,然后追着其他女孩子去宿舍前的操场上晨练。詹姆斯已经在蓝队里了,旁边就是莱特。

劳伦很想和哥哥说话,但是这里的男孩女孩不光分开睡觉,还分开吃、分开学习、分开祷告,连玩耍都是分开的。所以,想要和詹姆斯说会儿话不容易。晨练时没机会,接下去的绕场跑也不行。不过,当进入自由冲刺跑阶段时,她终于逮到了机会。

"你的屁股怎么样了?"劳伦故意放慢速度,让其他人超到前面去。

詹姆斯上气不接下气地说:"屁股上青一块紫一块的,不过感觉没那么糟糕。"

"你真的去偷看浴室里的女孩了?"

"说来话长。"詹姆斯不想再提这件事,因为这让他感到难堪,"有件事很重要:和我一起挨打的人是里根的儿子。我和你得找个地方好好聊聊。"

"最早也得今晚。"劳伦说,"我们可以在运动时间溜出来,到房子之间或别的什么地方碰头。"

他们转过一个拐角,突然听到哔剥一声响。劳伦立刻停下来,用一只脚在地上跳着,就好像崴了脚似的。

詹姆斯以为她真的受伤了,赶紧跑回来,焦急地问:"你没事吧?"

劳伦从牙缝里挤出几个字:"傻瓜,快检查周围! 这是约翰发来的信号。"

发生了这么多状况,詹姆斯完全忘了约翰要把微型无线电收发器给他们这码事。这事安排在拐角处,真的是太妙了,因为跑在前面的人不会回头看,跑在后面的人被墙角挡住了,什么也看不见。

劳伦坐在跑道上,脱下运动鞋,假装痛苦地揉着脚。詹姆斯则在地上搜寻,很快就发现柏油马路边上有一只金色的烟盒,而澳大利亚内地不卖这种烟。

詹姆斯明白了,刚才的哔剥声就是有人在几米以外的石头间发射烟盒弄出的声响。他拾起烟盒,发现得解开拴在烟盒上的一根尼龙绳,显然有人考虑到万一射歪了,好拽着绳子把烟盒再拉回去。

詹姆斯把烟盒放进短裤口袋里,心里还在疑惑怎么会这么凑巧,不迟不早恰好在这个时候发射烟盒过来。不过,此刻他没时间细想了,因为经常跑在队伍最后面的老师和几个掉队者这时已转过了拐角。

劳伦单腿站立,身子靠在方舟的围墙上。嘴唇上留着小胡

子的老师停下脚步，微笑着问她："怎么啦？"

"我不小心崴了脚……没什么大碍。"

＊　　　　＊　　　　＊

在布里斯班，达娜绕着大厦跑完步刚回来——她每次都能比其他女孩领先半圈跑完全程，这一次，她惊讶地发现阿比盖尔正站在浴室外面等她。

"我在外面忙了一整天。"阿比盖尔急忙解释，"仓库里真是够忙的。我昨天从迈克尔那里拿到了这个。"

"迈克尔是谁？"

"既然约翰和克洛伊去了方舟，迈克尔就是我们与澳大利亚情报机构的联络人了。"

阿比盖尔说着，把一张书签似的长方形白纸片递给达娜。

"这东西我用有点多余。"达娜郁郁寡欢地说，"但愿詹姆斯和劳伦已经拿到了这个。"

"我猜他们临时装配了一个小玩意儿，把这东西发射给了詹姆斯和劳伦。估计是一辆装有摄像头和液压枪的无线电控制的小车。"

达娜勉强笑了笑，摇摇头说："你007电影看多了。"

有几个人跑完步回来换衣服。阿比盖尔赶紧转身离开，达娜则冲那几个女孩挤出了"幸存者"信徒特有的微笑。

"干得好，女孩们。"

"谢谢你，达娜。"伊芙说着，拨了拨红色长发。

达娜并没有进去冲澡，而是把自己关在厕所里。她坐在马桶上，从小袋子里抽出无线电收发器。它有弹性，不到一毫米厚，五厘米长，后面是一块太阳能电池板，就像计算器上的那种，还有两颗按钮，其中一颗是开关，另一颗是发送信息用的。

她打开折叠得细细长长的使用说明书。上面写着：

超低能耗多谱无线电收发器

范围：两公里内

电池使用时间：两小时

太阳能电池板充电时间：十二小时

快速充电：十五分钟强烈的光照可用来紧急收发信息十分钟

不用时关机以保存电量。

把传送时间设定在最低值。

达娜看完后，把说明书塞进嘴里，嚼成湿漉漉的纸浆，然后吐到马桶里冲了下去。

她脱下运动鞋，拽出鞋垫，把微型无线电收发器藏在鞋底。她很难过，"基路伯"的每项训练她都能拿高分，但她执行任务时却从未取得过突破性进展。

达娜不想恨詹姆斯和劳伦，他俩都是好人、好特工，尽管詹姆斯常常自以为是。但这一次，他俩很荣耀地去方舟里执行任务了，而她只能待在社区里。一想到这个，她就觉得愤愤不平。特别是劳伦，她才十一岁，就已经穿上深蓝色T恤了！苍天啊！

有人梆梆地敲门，接着传来了伊芙的声音："你在里面没事吧？"

达娜咬紧牙关。"幸存者"组织甚至不让信徒独自在厕所里待五分钟，就怕他们产生消极情绪。

"我在擦屁股。"达娜没好气地回答。她穿上运动鞋，竭力控制住怒火。

"哦。"伊芙对达娜粗鲁的表达方式感到不安，"维恩要我们放学后去见她，所以今天你别去工作了。"

达娜想起劳伦说过，维恩对她另有安排，但她实在是心理不平衡，无法燃起希望。她在厕所门后面伸了伸舌头，朝伊芙竖起中指，但她装出愉快的声音回答道："伊芙，谢谢你告诉我。我会去的。"

＊　　　　＊　　　　＊

詹姆斯询问了周围的男孩，发现只要不惹麻烦，一般不会挨打。大多数室友在学校里已待了好几年，只是偶尔挨过几下板子,也都不重。尽管挨打的经历使詹姆斯一进方舟就备感痛苦和震惊,但从好的一面来说,这也为他和莱特之间建立珍贵的友谊打下了基础。

一上午都要上课,接着是吃午饭、做祷告,詹姆斯逐渐找到了状态。他满怀信心地走在洒满阳光的小路上,去见他的上司——厄尼。

"你好,伙伴!"厄尼开心地拍着手说。

"你好!"詹姆斯热情地回答。

厄尼六十多岁了,浑身充满活力。他卖了房子,离开一大堆吵闹的孩子,过上了"幸存者"信徒的生活。他完全够资格上

"幸存者"组织的海报:长相帅气,有着古铜色的皮肤和浓密的八字胡,很像商业电视剧里的慈祥老爷爷。

厄尼负责开货车,把信件和包裹送往东面一百多公里外的小镇邮局。他以前都是单干,不明白组织为什么突然给他派来一个助手。不过,厄尼不是那种爱寻根究底的人,有詹姆斯和他做伴,他似乎非常高兴。

货车停在车棚里,那里共停放着二十多辆汽车,其中有乔·里根的宾利车和防弹豪华轿车,这是他以前身体状况不错时参加公众活动用的。

装信件的布袋从办公室的金属斜槽里滑落下来。詹姆斯和厄尼一次分别拿起两袋,把它们扔到货车后面的车厢里。厄尼坐到驾驶座上,先是慢慢地把车开出角楼的汽车通道,接着便踩足油门疾驰而去。

厄尼说前面五百公里都没有车速检测装置,所以把车开到了一百五十公里的时速,这已是货车所能达到的极限速度了。

货车在坑坑洼洼的柏油路面上颠簸着前进。詹姆斯坐在乘客座位上,可以从后视镜里看到车后面扬起的尘土。詹姆斯感到很惬意,因为接下去几个小时里他可以好好放松一下了。可惜车上没有收音机,要是能收听到电台,那就完美了。

29. 大人物

"坐下吧。"维恩指了指办公室里的沙发说。

伊芙和达娜仍旧穿着校服,她们在沙发上坐了下来。

"乔·里根认为,妇女对大灾难后幸存下来的人们非常重要。"维恩斜靠在办公桌上,面对着两个十五岁的女孩开口说道,"方舟和社区里的大多数高级职位都由女性担当,我们的祈祷仪式也是由女性来主持的。当黑暗时期过去后,像你们这样的女孩将成为新文明的根基——你们是母亲、妻子和领导者。"

达娜与"幸存者"信徒在一起生活已经很久了,非常了解这样的开场白意味着有人想要达到某种目的。

"达娜,很遗憾你没能和兄弟姐妹一起去方舟寄宿学校。伊芙,我知道你很独立,照顾自己绰绰有余;而且,你在招募年轻新成员方面成绩斐然,这里不能没有你。不过,我们有一个非常适合你们发挥才能的特殊任务。这个任务只需几天就能完成,并将使你们得到方舟里所有高层人物的关注。"

达娜瞟了伊芙一眼,发现她一脸兴奋与期待。她觉得十分奇怪：像伊芙这样精通意识控制术的聪明女孩，怎么就看不清自己已经被人控制了？不管怎样，达娜的好奇心也上来了，并稍稍感到激动：也许在这次任务中发挥重要作用的，不光只有詹姆斯和劳伦。

"'幸存者'是一个大型组织。"维恩继续说，"同时，我们的债务规模也很庞大。正在建造的内华达方舟要花七亿美元，而且我们还计划在寸土寸金的欧洲和日本购买大量土地建造方舟。我们急需大量资金来完成这些工程，因此选中你们这些女孩来帮助完成一项任务。在我继续讲下去之前，我要你们发誓严格保守秘密。你们不能向任何人透露你们的任务目标，即便是好朋友和家人都不行。"

维恩伸手从办公桌上拿起一本"幸存者"手册："你们必须拿着它发重誓。"

伊芙把手册贴在胸口，看着达娜，似乎在说：哦，天哪！这难道不是迄今为止发生过的最为神奇的事情吗？

"作为一名天使，我郑重起誓，若违背誓言，就在地狱烈焰中永受折磨。"

达娜接过手册，努力用庄重的语气重复了一遍伊芙的话。

"不能告诉任何人。"维恩再三强调，"对父母和兄弟姐妹，你们可以这样说：上面派你们去悉尼上几天课。"

"可是，究竟是什么任务呢？"达娜问道。

维恩摇摇头说："我不知道。这次的任务是苏茜·里根直接下达的，她要两个身体强壮、擅长游泳的女孩。如果你们接受这个荣耀，我就马上安排你们飞往达尔文。"

*   *   *

劳伦对男孩子没兴趣，她觉得他们很吵很讨厌，他们大都热衷于运动，而且运动之后不洗澡。有一次，她最要好的朋友贝萨妮狂热地喜欢上了一个名叫阿伦的男孩——那男孩的呼吸总是带有一股奶酪和洋葱圈的味道。她也从来没有想过和男孩子约会。

可是,劳伦惊奇地发现自己还蛮喜欢莱特的。莱特比一般的十一岁男孩显得成熟,鼻子才到劳伦眼睛这儿,没准将来一直会这样。除了那个扁鼻子,莱特其他地方长得都不坏,人也特别聪明;而他特立独行的行事方式又使他既具有英雄气概,又容易受到伤害。除此之外,莱特还是个开心果。

当劳伦像个小"幸存者"信徒那样高效率地发送信息、复印文件时,莱特却一直在胡闹。一会儿,他摆弄着两只订书机,把它们当作两只小狗在桌上转圈追打;一会儿,他又和劳伦打赌说,自己能把舌头放在滚烫的灯泡上面坚持十秒钟。结果,才三秒钟他就坚持不住了,跳着脚去找凉水。他还往一个胖会计的咖啡杯里吐了口唾沫,因为那人责怪劳伦拿错了文件。

当然,大凡男孩子总爱炫耀自己,以引起别人的注意。但莱特显摆的方式比较容易让人接受,因为他现在处境孤立,没有一帮愚蠢的伙伴鼓动他做出更加幼稚的事情。

六点钟,他们的工作时间就要结束了。莱特走到劳伦面前,把一本薄薄的皮质活页夹递给她。

"你想不想见见大家伙?"

劳伦咧嘴笑了,她知道大家伙指的就是大人物:"乔·里根吗?"

莱特点点头,打开活页夹,里面是一些刚打印出来的信件,和一沓支票整整齐齐地夹在一起。

"这些东西得让我爸爸签字。你只需把它拿到他的住所,敲门进去,在他床边等候他签完字就行了。"

劳伦兴奋地点点头。去一趟里根的住所再回来,就会误了晚餐,但她听很多人描述过乔·里根的超豪华住宅,没有理由拒绝这个千载难逢的机会。

莱特熟知方舟里的每一条地下通道,他在一张便条上给劳伦画了张草图,告诉她如何走捷径到达里根的住所。一路上,劳伦通过一道旋转楼梯走到地下,穿过几百米长的狭窄通道,通道的天花板上凝结着水滴,墙上是一块一块的霉斑。

走廊尽头是一扇厚重的大门。劳伦犹豫了几秒钟，突然想打退堂鼓。最后，她推门进去，看到里面是装修豪华的居室。

这里不像方舟的其他房间，没有木纹墙纸、轰隆作响的通风管或大面积的淡紫色油漆，又长又宽的走廊上铺着白色大理石，空气中弥漫着香草的气息。走廊一侧有一条二十厘米宽的小水沟，里面流淌着清水，水面上漂浮着装有白色鲜花的玻璃罐。

莱特画的草图上有一个指向左边的箭头，那个方向上有一条很长的曲线。对照现场，劳伦认出曲线是一个往上延伸的斜坡。斜坡一侧是大幅玻璃面墙，外面是一个露天温泉水疗中心；斜坡另一侧的墙上挂着巨幅油画。劳伦虽然不是艺术爱好者，但还是认出那些三米宽的画作下方都有毕加索的签名，肯定每幅都值几百万美元。

"年轻的女士，要帮忙吗？"

劳伦抬头看到一个穿着三件套的亚洲人，正靠在栏杆上往下看。

"我从办公室过来。"劳伦解释道，同时感到自己穿着运动衫和宽大的运动短裤有些太随便了。

"啊哈。"男子说，"莱斯伯恩去哪儿了？"

劳伦一边转身走上楼梯，踏上厚实的地毯，一边回答说："他在整理文件，所以他们派我来了。"

男子为劳伦带路。他一直将戴着白手套的双手背在身后，直到走到结实的枫木门前时，才夸张地弯下腰，把手伸到前面请劳伦进去。

转了几个弯，经过五扇门之后，两人进入了一个光线昏暗的房间。两扇大窗户上的窗帘拉得严严实实，阴暗的角落里有一张床，一个身穿丝绸睡衣的人上气不接下气地从床上坐起来。

"您的信，先生。"男管家装腔作势地说着，然后回头看看劳伦，"我在外面，等一下领你回去。"

劳伦朝乔·里根走去，她闻到一股消毒水的味道，还注意到老人的鼻子上插着氧气管。

"你一定是劳伦。"老人喘着气说。

劳伦惊讶极了：里根怎么会知道她是谁？她没能掩饰住惊讶的表情。

"我的身体可能不行了，但我仍然是个消息灵通的人。走近点。"

当劳伦走近时，乔伸出穿着丝绸衣服的手臂拥抱了她。劳伦感到很恶心，因为他脸上胡子拉碴，睡衣上隐约有股难闻的气味。

"你是个美丽的天使。"乔放开了劳伦，"我能感受到你旺盛的生命力，你有一个灿烂的未来。"

"能见到您，真的是太棒了！"劳伦装出"幸存者"信徒应有的表情和语气。

而事实上，她能感受到的只有难闻的气味以及全世界成千上万"幸存者"信徒的悲惨命运。

"眼镜和钢笔。"里根指了指床头柜。

劳伦把他要的东西拿给他。里根把眼镜架到鼻梁上，打开文件夹，开始在信件和支票上签字。他的手一直在颤抖。劳伦凑上前想帮他拿稳文件夹，可被他"嘘"的一声喝退了。

这时，一扇侧门打开了，苏茜没敲门就一阵风似的冲了进来。她走到床边，拿起签过字的信翻阅着。劳伦没见过苏茜本人，但马上凭着对照片的记忆认出了她。

"乔，你看过信没有？或许你根本没看，无论她拿什么来你都签？"苏茜连珠炮似的发问，"比如这封信，你看过了吗？"

乔放下笔，疲惫地看着他年轻的妻子："亲爱的，伊琳娜知道自己在干什么。"

"是吗？"苏茜说，"这是我们在日本销售工业公司所占股份的委托书。至少，我应该传到布里斯班，让我们的人核查一遍吧？"

乔摇摇头说:"我们的人?你是说你的人吧?"

"'蜘蛛'想把我排挤出去。"苏茜说着,用靴子后跟噔噔地敲着木地板,"亲爱的,你可能活不了多久了,但我还有很长的日子要过。你一咽气,你那恶毒的女儿就会把我踢出家门。难道我活该这样吗?难道你希望看到我在悲惨中度过余生吗?我也要参与公司控股,我得说多少次才行啊?"

乔举起手在面前挥了挥,说:"宝贝,你会得到赡养的。伊琳娜是我的女儿。"

"很遗憾,那个清晨四点钟守在你床边,帮你叫医生,帮你擦掉脸上脏东西的,不是你的女儿。"

乔指着劳伦说:"有女孩在呢,我们能不能别这样?你让她感到难堪了。"

"你休想转移话题!"

"够了!"乔咆哮道,这么大的声音从一个虚弱的老人嘴里发出来,显得特别有力量,"我需要休息,恢复体力。你吵得我耳朵痛。"

说完,乔把文件夹往床头柜上一甩。里面的信件四处飘散,文件夹砸中了花瓶。花瓶倒在劳伦面前的地板上,劳伦急忙往后跳。她以为花瓶会碎,可它只在地板上弹了一下,瓶子里的水开始往外流淌。

劳伦把花瓶扶正,然后本能地从柜子上抓起一把纸巾,弯下腰去擦地板上的水。

"你在干吗?"苏茜把怒火全喷到了劳伦身上,"我叫你擦了吗?给我出去,笨蛋!"

劳伦被这一连串的咒骂吓住了,马上直起身。

"这些信怎么办?"她唐突地问道。

"告诉办公室,苏茜·里根会在她丈夫身体好转之后,让他处理这些信件的。"

劳伦点点头,转身急匆匆地想要离开。可她刚抓住门把手,苏茜就冲过来,用涂着指甲油的手掐住了她的脖子。

　　"你告诉莱特，"她厉声说，"如果他还想找我帮忙，那么从现在起，最好由他本人来送文件，并且要把文件交给我。"

　　"好的。"劳伦点点头，她感到自己的颈动脉被掐得突突直跳。

　　"还有，"苏茜的指甲抠得更深了，"女士，管好你的嘴。如果你把这里的事说出去，我马上就会知道。我会打电话给学校，让他们狠狠地打你一顿，打得你一个月走不了路！明白了吗？"

　　劳伦点点头。苏茜松开手，一把将她推出门外。

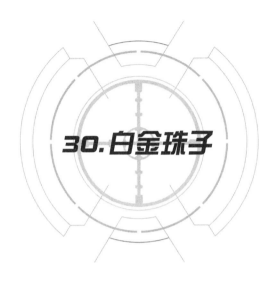

30.白金珠子

在打的去布里斯班机场前,达娜通过藏在鞋底的无线电收发器,向迈克尔简短地说明了航班信息。迈克尔说,他已经安排澳大利亚情报机构的特工去达尔文机场接应她们了。她们到哪儿,特工就会跟到哪儿,进行近距离监护。

伊芙在社区里总是表现得很自信:见到人频频点头,习惯性地抿嘴微笑,步伐铿锵有力。但是一到外面,遇到不熟悉的环境,她就像变了个人似的,完全蒙了。她从八岁起就入住社区了,脑袋里只有魔鬼、天使和其他"幸存者"组织教授的胡言乱语。对她来说,真实世界太吓人了。

伊芙一直在担心归她保管的一百元钞票的安全,这钱是用来支付旅费的。她还不停地向达娜问这问那,比如她们该在机场吃什么样的食物啦,飞机上有没有厕所啦,飞机起飞时会不会恶心难受啦,等等。办理登机手续的地方人很多,她瞪大眼睛看来看去,非常担心会与达娜走散,于是非要挽住达娜的胳膊不可。

"幸存者"组织把人洗脑成这个样子,实在让达娜抓狂。如果把毒品卖给一个孩子,你会因此而被捕入狱,可邪教把孩子们的头脑搞得如此混乱,却没有人管。

不过,伊芙的胡搅蛮缠没能浇灭达娜的兴奋情绪,因为她终于在向任务的下一个阶段突破了。她不知道这趟北行目的是什么,只知道任务的机密等级越高,其目的就越是不可告人。

从东海岸的布里斯班飞到达尔文,要花四个小时。达尔文人口稀少,是澳大利亚北方地区的首府。波音737着陆时已接近午夜。

两个女孩拎着装有私人物品和换洗衣服的小件行李,直奔达尔文国际机场的到达大厅。一个男人举着写有她俩名字的牌子,已在那里等候。男人体格健壮,个子很高,满头金发在后脑勺上扎了根马尾辫。

达娜觉得这人很面熟,想了好几秒,才想起在监控录像上见过这张脸。他就是三个月前布鲁斯·诺里斯在香港一家酒店里痛打过的那个家伙。

"欢迎来到达尔文。"男子说着,与伊芙握了握手,"我叫巴里,巴里·考克斯。"

*　　　*　　　*

第二天,达娜在一张舒适的双人床上醒来。浴室里有水声,走廊上有人在走动。她光着脚踩在吱呀作响的木地板上,去窗口察看外面的情况。昨晚,她们坐了半个小时的车到达这里,当时周围漆黑一片,什么也看不清。

达娜拉开窗帘,透过一扇脏兮兮的纱窗,看到三十米开外有一幢破房子。房子之间的地带土地焦裂,堆放着各种生锈的破烂。破房子边上停放着一辆黄色货车,车身上有一个卫星天线的图案,下面漆着"雷牌天线"的字样。

达娜料想自己会喜欢生活在这样一个地方:稍微有些破旧的房子,离市中心不远。在这里你可以随心所欲,没有人来打扰。每星期去城里采购一次。有一个性格内向但英俊的男朋

友，他爱在车库里干重活，平时喜欢看书。有两三条狗，绝对不要小孩……

浴室门咔嗒一声开了，伊芙走了出来。她已经穿好衣服，正在看表："达娜，这个时候在社区我们该举行仪式了。我觉得如果我们一起祈祷，就能聚集力量赶跑魔鬼。"

达娜的想象就这样被伊芙打断了，她真想发火。两个女孩坐到床边，拥抱在一起。伊芙读了几段"幸存者"手册上的话，然后两人闭上眼睛，把那几句话重复吟唱了一遍。

等两个女孩睁开眼睛时，发现门口站着一个中年妇女。她叫尼娜，昨晚临睡前出现过。她的脸很长且脸色红润，从她皮项链上的一堆珠子推测，她是"幸存者"组织的骨干。

"天使啊！"尼娜夸张地叹息道，"一来就看到两个漂亮女孩在真诚地祈祷……这是我见过的最奇妙的景象哦！"

这些恭维话差点让达娜恶心得吐出来，不过，她强迫自己模仿伊芙，挤出热情的笑容。尼娜冲进屋，热情地拥抱她们，嘴里还不停地啊啊乱叫。

"达娜，你快去穿好衣服，然后你们去厨房。我和巴里会边吃早饭边向你们说明任务。"

＊　　　　＊　　　　＊

詹姆斯和莱特面对面坐着，桌上放着两大碗冰燕麦片、两大杯橙汁。两个男孩刚洗完澡，头发湿漉漉的，还没从晨练中喘过气来。

突然，莱特脸色一变，说："臭狗屎！"

"怎么啦？"詹姆斯问道。他回头望了一眼，不用莱特回答，他已经知道了答案。只见乔姬正向他们走来。

"詹姆斯，你为什么要这么干？"乔姬责问道。

"我干什么了？"詹姆斯有所防备地反问道。

"我指的是你和莱斯伯恩的关系。和他交朋友不会给你带来任何好处，只会给你惹麻烦。真到那一天，我可是要痛打落水狗，绝不会手下留情。"

詹姆斯不知道该如何作答,因为他既不想得罪莱特,也不想得罪乔姬,所以他很有策略地舀了一勺燕麦片到嘴里大嚼起来。

"办公室有个通知。"乔姬说,"今天早上,厄尼要专门出车去发货。他说有很重的东西要搬,所以要你陪他一起去。"

"上天保佑你,谢谢你告诉我这个消息。"詹姆斯很有礼貌地回答,努力表现得像一个优秀的"幸存者"信徒。

然而乔姬并不领情:"吃完早饭就去停车场。快,要快。"

乔姬一走开去找别的人,詹姆斯就对莱特咧嘴而笑:"伙计,亲爱的,新兵今天不用上课咯!"

莱特摇摇头,朝詹姆斯竖起食指:"别高兴得太早咯,自以为是的家伙。"

*　　　*　　　*

这里离方舟两千公里。达娜、伊芙和尼娜坐在塑料餐桌前,面前已经摆好了刀叉。巴里·考克斯穿着白背心和游泳裤,正在阳台上做早饭,有培根、炸薯饼、煎鸡蛋,还有蘑菇。不过,喷香的早餐被一股令人作呕的漂白粉味道给破坏了。

"放开胃口吃吧。"巴里开心地说,"今天会很忙。如果一切按计划进行,我们的领导会非常高兴。"

"基路伯"特工都善于从别人嘴里挖掘情报。而巴里似乎话中有话,等着别人来发问。

"你没戴皮项链。"达娜说,"那么,你们的领导是谁?"

"我是个环保主义者。"巴里说,"地球就是我的领导。我猜你们都听说过'帮助地球'组织吧?"

看到伊芙在摇头,达娜就向她解释:"这是一个恐怖组织,攻击目标是石油工业。最近三四年里,你只要看报、看电视新闻,就会听说过它。"

"我肯定没看过。"伊芙愤怒地回答,"魔鬼的生活与我无关。"

"难道你没有在学校里听别人说起过它吗?"巴里问道。

"如果有人谈论这种事，我就会在心里默默吟诵，把这些声音赶走。"伊芙说，"何况，我们一般只和其他'幸存者'信徒交往。"

巴里微笑着从炉前转过身来，把平底锅里的煎鸡蛋分到四个盘子里："我们从不把自己视作恐怖分子。但是，传统的环保组织总是败在口袋里有上亿美元的企业和政府手里。所以，我们认为只有采用极端手段，才能进行有效的还击。"

尼娜满面笑容地说："伊芙，亲爱的，你知道吗？乔·里根和他的妻子都热衷于环境保护运动。这次正是苏茜·里根本人亲自下达命令，把你们俩派到这里来。我们今天要做的事具有重大的历史意义。一方面，我们有机会对环境保护运动进行声援；另一方面，也能筹集到大量资金建造更多的新方舟。"

"乔·里根知道我们在做的事吗？"伊芙激动地问，"我的意思是，他会不会知道我的名字和我做的事？"

尼娜笑了："当然会啦，宝贝！而且我保证会有奖励，比如表彰大会——哦，对了，也许还会奖给你一颗白金珠子呢！"

白金珠子！这可是"幸存者"信徒所能得到的最高奖励！伊芙兴奋得从椅子上跳了起来。

"真不敢相信，这事会发生在我身上！"她尖叫道。

达娜装出高兴的样子，拍了拍伊芙的后背。"同志，你还没得到那颗珠子呢。"她朝对面的巴里看了一眼，后者已经分好食物，坐下来吃东西了，"那么，我们得做些什么？"

巴里笑了笑："没什么特别的，只是炸沉几条超级油轮而已。"

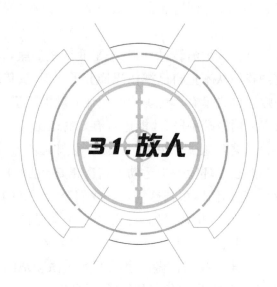

31.故人

厄尼从来不减速。当货车从柏油路急转到一条土路上时，詹姆斯感到安全带把身体一侧绷得紧紧的。这里看不到什么路标，只有过往车辆留下的车辙。远方的地平线上出现了一幢房子，还有一幢附属建筑。

"你以前来过这儿吗?"詹姆斯问道。

厄尼点点头说:"我每周来这儿送一次信。这里住着几个美国人，可听说他们马上就要离开了。"

"他们是干什么的?"詹姆斯又问。

"做油漆生意的。"

詹姆斯露出惊讶的表情:"他们怎么在内地做油漆生意啊?"

厄尼耸耸肩:"因为如果在内地做生意，会比较容易拿到澳大利亚公民身份。布赖恩带我参观过，这个小行当很不错。他们不做大众化的产品，只做小众的专业涂料，比如天然涂料、保护画作和古董的涂料。"

"你怎么会帮他们收发邮件的呢?"

"今天你就像好奇的小狄更斯呢,是不是?"厄尼说,"他们是苏茜的朋友吧,我觉得。"

"我只是随便聊聊。"詹姆斯耸耸肩,一副无所谓的样子。

詹姆斯知道再问下去就会显得可疑了。五分钟后,厄尼呼啸着把车开到房子跟前。这幢房子看上去已有些年头,边上那幢没有窗子的长方形建筑却是新建的,它是水泥框架结构,覆盖着金属瓦楞屋顶。

厄尼按响喇叭,詹姆斯则开门跳下货车。快到中午最热的时候了,詹姆斯的脚刚接触到红土地,一群苍蝇就扑上来围着他打转。

"他们肯定就在这附近。"厄尼伸长脖子看看房子后面,"我去车间找找,你去屋里看看。"厄尼向水泥建筑走去。詹姆斯走上木头门廊,敲了敲纱门。

"有人吗?"

他推开门,发现里面是厨房。地上有几只行李箱,工作台上的盒子里装着刀叉等用具。

"嘿!"詹姆斯喊了一声。

他朝屋里走去,发现冰箱门上贴着几张照片,都是普通生活照:一张是两个戴着臂章的小孩站在游泳池边,一张是学校,一张是一对老年夫妇在饭店出席家庭聚餐。突然,其中一张照片叫詹姆斯大吃一惊。

"哦,该死。"

那张照片拍的是一个小男孩,在一个阴雨天里站在鹅卵石海滩上。詹姆斯一眼就认出他来,两年前在他的首次"基路伯"卧底任务中曾遇到过他。他叫格雷戈里·埃文斯,他的父亲布赖恩·邦格·埃文斯是美国得克萨斯州的生物学家,也是"帮助地球"组织的成员,曾涉嫌用致命的炭疽病菌谋杀两百名石油公司的执行官和政客。布赖恩是世界头号通缉犯,但一直逍遥法外;他制造炭疽病菌的实验室和实验器材也从来没有被人发现过。

詹姆斯的脑子快速地转动起来。现在,一切都已经豁然开朗:厄尼说起这儿有个人名叫布赖恩,同时,制造油漆需要混合化学药剂,这为他们制造生化武器或炸弹提供了巧妙伪装。

这是一个重大发现!找到"帮助地球"组织的实验室将成为全世界头条新闻。但是,詹姆斯面临着一个重大难题:当年他使用罗斯·雷的假身份在英国威尔士执行任务时,曾好几次遇到过布赖恩·埃文斯。布赖恩只要一见到詹姆斯的脸,事情就会穿帮。

詹姆斯紧张得胃部缩成一个球,他预感到事态随时都会恶化,最好的策略就是拿起屋里最厉害的武器。他想到工作台上的盒子里也许有刀,但他还没来得及挪动脚步,就听见有人走过来,紧接着响起一个熟悉的得克萨斯口音。

"嘿,小家伙。"

*　　　　*　　　　*

吃完早饭,达娜、巴里、伊芙和尼娜出发了,要找个地方为接下去的袭击行动做些训练。巴里在他那辆斯巴鲁旅行车后面拖了一条三米长的小艇,驱车带他们来到一个没有人的海滩。

他们把车停在湿软的沙滩上。风很大,海面上波涛汹涌。四个人把小艇从拖车上卸下来,接着,巴里和两个女孩去车上换好潜水服,然后回到海边。尼娜则留在后车座上等他们。

摩托艇渐渐驶离海岸,舷外的马达激起了巨大的水花。巴里开始用单调的声音讲解:"今天早上你们要学的东西并不复杂,但是你们一定要仔细听好,否则晚上的行动就会失败。"

他教两个女孩怎么掌舵、怎么控制油门,还让她们分别练习了几分钟。接着,他拿出两台GPS导航仪,告诉她们如何用GPS导航。他还在防水地图上指出一组坐标,要伊芙找到那个地方。

有了GPS,连五岁小孩都会出海航行。十分钟不到,他们

就到达了目的地。那是一个天然海港,两侧突出的岩石把风浪阻隔在海港之外。这里的水很清,一条新近被撞坏的汽艇底朝天地卧在水底,船身闪烁着微光。

"好了,关掉引擎。"巴里说,"收好GPS,集中注意力。"巴里拉开背包拉链,取出三个厚厚的金属盘。

"炸沉一艘大船不是件容易的事。"巴里说,"这是一艘十万吨级的油轮,带有密封舱,船身是双层的。想要炸沉它,要么驾驶一条满载炸药的小艇朝它冲过去,要么把炸药仔细地安装在油轮合适的位置上。"

"原油泄漏怎么办?"达娜问道。

"'帮助地球'组织只袭击空油轮。但是,对方的防备意识已经提高了,世界各地的海军都在监视巨型油轮,不管它们是满的还是空的。所以,这次我们独辟蹊径,要炸LNG。"

"什么是LNG?"伊芙问。

"液化天然气(Liquid Natural Gas,首字母即LNG。——译注)。这个区域有世界上最大的天然气田。另一方面,日本虽然缺乏天然气资源,却是世界第二大天然气消费国。

"天然气在高压下会爆炸,因此,远途运输的唯一方法是把它冷却到零下七十摄氏度液化。在到达目的地之前,都必须保持这个低温。液化过程需要用到价值上亿美元的特殊设备。用来运输液化天然气的冷冻油轮,其造价也高达一亿美元。"

"真贵!"达娜咧嘴笑了笑,"这些事我还是头一次听说。"

巴里点点头:"很多人都不知道,其实液化天然气工业耗资巨大。一方面,炸毁LNG设备会给石油公司造成巨额损失,另一方面,天然气燃烧过程产生的污染较小,不会对环境造成持续性破坏。"

达娜笑了:"这么说,海面上不会漂浮原油,也不会有浑身粘满原油的黑乎乎的海鸟。"

"完全正确。"

"你刚才说到了设备,"达娜提出疑问,"可我以为我们是去炸油轮的。"

巴里点点头说："如果你趁油轮补给时炸沉它,就能给终端设备狠狠的一击。"

达娜表情严肃地说："但如果我们被抓住,就会被关进监狱,永不见天日。"

伊芙在达娜背上打了一下,生气地说："别这么说,连这样想都不行! 这是消极的想法。我们'幸存者'信徒心灵诚实,上天会保佑我们的。"

*   *   *

詹姆斯不安地转过身来面对布赖恩·埃文斯,可那不是他。口音相同,五官相似,可站在眼前的是一个满头鬈发的年轻人。

"我是迈克。"男子说,"你是和我们的厄尼一起来的吧?"

詹姆斯点点头。

"我看到你在欣赏我小侄子的照片。"

"是的,他真可爱。"詹姆斯回答,"那是在布莱顿(英国南部海岸避暑胜地。——译注),对吧? 我认出背景里的码头了。"

"我不清楚。我哥哥娶了个英国女孩,是他拍的。你是英国人?"

"不是。但最近三年我基本上住在英国。"

"从你的口音听出来了。你说话像真正的伦敦男孩。"

厄尼推开纱门进来了,脸上带着惯有的微笑:"你们已经认识了吧? 迈克,刚才你没听到货车开来吗?"

迈克点点头:"急刹车声和喇叭声都听到了,但我恰好要到屋顶去取几盒文件。"

"布赖恩不在吗?"厄尼问道。

"他今天晚上回方舟,出发前会到这儿来一趟,还有一些事需要了结。"迈克回答。詹姆斯听后,大大地松了一口气。

"好吧,祝你们在南方发展顺利。"厄尼说,"我会想念和你们聊天的日子。"

"非常感谢。"迈克点点头说，"我们的客户遍布全球。我觉得我们会发展得很好。"然后，他转身对詹姆斯说："年轻人，希望你身上的肌肉都很给力。去把车间清理干净。"

厄尼朝詹姆斯笑笑，然后对迈克说："不用担心，你应该看看这男孩帮我扔邮袋的样子，壮得像头公牛，对不对，孩子？"

詹姆斯很讨厌被大人关照，但听到有人把他比作"公牛"，却又忍不住想笑。

＊　　　　＊　　　　＊

达娜抱着一个金属罐坐在小艇边上，身体向后一仰，扑通一声掉进海里。这是她第五次练习了，却是头一次戴上黑色眼罩，目的是模拟夜间潜水。现在虽然是艳阳高照，她却只能看到物体模糊的轮廓。

她用一只手划了四下水，然后停下来换成狗刨式。她用脚趾感觉周围的事物，最后确定脚下的东西就是沉船的船头。这艘船沉入水中没多久，所以还没生锈。

达娜浮上水面做了几下深呼吸，让血液里充满氧气，然后又一头扎入水中。她一边用手指触摸船体，一边托起胸前那只金属罐。金属罐很沉，底部装有强力吸铁石，哐地一下自动吸附到了船体上。她感觉到一些海底生物受到惊扰从她身边游过。

假炸弹安放完毕。达娜摸索了一阵，最后摸到了一个开关，上面有一根防止意外引爆的保险针。此时，达娜已经快憋不住气了，但一想到要是现在浮上去呼吸，那么再次潜到水底找那颗"炸弹"就会是一场噩梦，所以她拼命地坚持住。

拔保险针需要一定的技巧。她什么也看不见，操作起来就更难了。终于搞定后，达娜按下开关，然后双脚在船体上一蹬，浮上水面深吸了一口气。

小艇漂出了几米远，她得游回去。当她抓住小艇一侧的绳子试图爬上去的时候，却看到巴里把另一颗假炸弹送到了她面前。

　　"还不错，"巴里冷冰冰地说，"但是放炸弹的时候动作要慢。我在上面都能听到它吸到船体上的声音。记住，你头顶二三十米的地方可能会有人站在甲板上，这么大的声响他们肯定会听到。"

　　"这个天杀的！"达娜在心里默念，一边叹了口气，把脸上的头发拨到一边。

　　"让我喘口气吧。"

　　巴里摇摇头说："回到那边去。今天晚上你要连着潜三次水，所以你必须现在就适应起来。"

32. 最新消息

　　詹姆斯、厄尼和迈克花了半小时,把生活用品和车间里的沉重设备装箱后搬上货车。

　　詹姆斯很想联系约翰,把发生的一切告诉他。有一次,他找到机会离开那两个男人,却发现他的微型无线电收发器无法进行远距离信号传输。

　　他们回到方舟时已是中午。当车快开到乔·里根国际机场的时候,厄尼驾车从国际机场篱笆墙的一道豁口直接冲了进去。停机坪上只有一架小型运输机,厄尼一个急刹车停到它边上。

　　头顶的涡轮风扇呼呼作响,飞机的副驾驶员打开货舱,放下一个靠动力升降的斜坡道。接下去的卸货装货很累人,特别是在高温下,尤其不幸的是,飞机排出的废气使得周围的空气更加炙热了。

　　在把货物放上斜坡道之前,首先要称重量。放上去之后,还要沿着塑料地板把它推进货舱,再捆扎好。副驾驶员拒绝帮忙,手中拿着一块写字板自命不凡地站在一旁,只管计算货物的重量和费用。

货物装载完毕后,詹姆斯已是满头大汗。迈克·埃文斯和两位驾驶员坐上飞机,接着飞机沿着跑道开了出去。厄尼看了看表。

"你回去吧,可能还赶得上祈祷仪式,然后吃午饭。"厄尼说,"我得把车开回停车场。一点钟送邮件的时候我们再见。"

"明白,老板。"詹姆斯装出情绪饱满的样子。

厄尼刚把车开走,一阵震耳欲聋的声音袭来。飞机才滑出去不到二十米,驾驶员就在加大油门准备升空了。詹姆斯连忙用手掌捂住耳朵。飞机排放出一阵灰烟,熏得他够呛。这一切过去后,詹姆斯揉了揉刺痛的眼睛,呸呸地往飞机跑道上吐了几口唾沫,想把刚才呛到嘴里的烟尘吐干净。然后,他拖着疲惫的脚步往航站楼走去。

当他进入航站楼的时候,厄尼的车已经不见踪影,飞机也变成了一道白色烟流前端的灰色小点。无意中发现"帮助地球"组织的实验室所带来的震惊已经过去了,然而詹姆斯一直无法放松下来。一方面,他还是很有可能会碰到布赖恩·埃文斯,从而被揭穿身份;另一方面,实验室的装备此刻正以每小时几百公里的速度被载往别的地方。

他非常想和他的任务主管取得联系,告诉他们发生的事情。

尽管周围没人,但詹姆斯不得不提防航站楼里的摄像头。他走进离得最近的厕所,本想先用冷水洗把脸的,可他拧开水龙头发现没水。边上两个水龙头也一样。

詹姆斯只好作罢。他把自己关进一个厕位,发现马桶里没水,一股臭味从下水道里涌上来。由于时间紧迫,詹姆斯也只能将就了。他放下马桶盖坐了上去,然后脱下运动鞋,把手伸到湿答答的鞋垫底下,取出无线电收发器。

他按住按钮,将薄薄的塑料片放到耳朵边。它热乎乎的,

带着一股脚丫味儿。

"约翰,你在吗?"

回答的人是克洛伊:"詹姆斯,你的声音很清楚。"

"约翰在哪儿?"

"他飞去达尔文监护达娜了。"

"达娜在那儿干吗?"

"具体情况不清楚。"克洛伊说,"只知道维恩派她去那里执行特殊任务。"

"好吧。"詹姆斯深吸一口气,定了定神,因为刚听到的消息让他感到吃惊,"听着,我时间不多。'帮助地球'组织的前实验室离方舟只有七公里,就在一条土路旁的附属建筑里。"

"前实验室?"

"是的。我刚把实验室里的设备装箱送上一架飞机,飞机的号码是A0113D。我不知道它要飞往哪里。"

"知道了,"克洛伊说,"我会把这个情况通知澳大利亚情报机构。他们应该能追踪到这架飞机的应答机。"

"前提是他们没有关掉应答机。"

"这事不是没有可能,而是极有可能。"克洛伊承认,"很高兴和你联系上。今天早上,我和澳大利亚情报机构通过消息。他们已经在通过朗堡金融公司监视'幸存者'组织的金融业务,结果发现他们在日本证券市场上有大笔交易,他们买下了那些会随能源价格上扬而上涨的股票。而一旦'帮助地球'组织发动袭击,能源价格就会飙升。"

"他们为什么要去日本市场买卖呢?"

"詹姆斯,这个还不清楚。"

詹姆斯想了几秒钟,然后说:"'帮助地球'组织这次投了很多钱,这说明它的目标很大。"

"的确如此。"克洛伊说,"'幸存者'组织的高层这次很自信。他们从商业银行借入了几百万元,并且购买的是杠杆很高的金融衍生品,而不是传统的股票,其中大多数是短期期货合约,也就是说,接下去的一两天里,必然会发生袭击事件,以使'幸存者'组织牟取暴利。"

"说得对。"詹姆斯说,"我会尽力调查,一有发现马上与你联系。但我不能保证,你知道在这个鬼地方想要找个时间自由行动有多难。"

*　　　　*　　　　*

从海滩边回来后,巴里·考克斯命令两个女孩先睡一会儿。达娜从运动鞋里取出无线电收发器,然后躲到被子里,偷偷把收发器放到嘴边。

"有人吗?"她低声说道。

当听到约翰的声音传过来时,她放心了。

"达娜,你的声音很清楚。"

"谢天谢地!"达娜吸了一口气,"约翰,听着,我有最新消息。我正在执行'帮助地球'组织的袭击行动,目标好像是一艘超级油轮的装卸终端。我们会在今晚或明天凌晨采取行动。"

"你知道地点在哪儿吗?"

"不知道。不过,我能肯定油轮会停靠在冷冻天然气装卸终端边上。你听说过这种装卸终端吗?"

"没有。不过,我马上就去查。等我两分钟,我边上就有一位澳大利亚情报机构的特工,她是当地人。"

达娜焦急地等待着约翰再一次说话。

"查到了。"约翰说,"她说澳大利亚的冷冻天然气装卸终端为数不多,这些天然气都是出口到日本的。最近的一个装卸终端离这里只有五十公里,它是那里规模最大的工厂。"

"听上去很像我们的目标。"达娜说。

"她还说这是澳大利亚北部唯一的冷冻天然气装卸终端。还有,刚才在海滩边,我一直在用双筒望远镜观察你们。你能肯定和你在一起的就是巴里·考克斯吗?"

"肯定是他,我一到这儿就认出他来了。你知道,他下巴上被布鲁斯打坏的地方还老是发出有趣的咔嗒声呢。"

"那就有点麻烦了。"约翰说，"早知道他在这儿，我就派克洛伊上这儿来了。"

"为什么？"

"考克斯可能在香港见过我。我不能靠得太近让他看见，以防他认出我来。那个在车里等你们的女人名叫尼娜·理查兹。她是个经验丰富的环保主义者，很有可能是'帮助地球'组织的人。澳大利亚情报机构已经怀疑她一段时间了，但一直没有找到证据。"

达娜有点惊讶："你肯定吗？她表现得完全像一个'幸存者'信徒。"

约翰笑了起来："你不也一样吗？我猜想，'帮助地球'组织需要人手来执行计划中最危险的部分，苏茜·里根愿意派人手给他们。尼娜当然知道，自己越是表现得像一个'幸存者'信徒，就越能争取到你们的支持。"

"那么，接下来该怎么办？"达娜问，"现在目标、时间都有了，我们还得等多久才能采取阻击行动？"

"揭露巴里和尼娜的最佳时间，当然是他们正在行动的时候。但我不想让你陷入巨大的危险中。我必须和澳大利亚情报机构的人谈一谈，研究一个对策。在你出门前，一定要再与我联系一下。"

"好，回头再联系。"达娜说，"我有自己的房间，所以联络起来比在社区里方便多了。"

33. 偷听

　　劳伦发现,办公室里的工作十分枯燥:处理社区里提交上来的问题,在不同社区间调遣"幸存者"信徒,付账单,为全世界的"幸存者"信徒采购大量衣食等供给品⋯⋯

　　她知道这里可能会有一些证据,证明"幸存者"与"帮助地球"之间有联系,但储存在电脑里的文件成千上万,存放档案的房间都有好几个,根本无法区分哪些是普通文件,哪些是有价值的情报。她唯一能做的,就是一有机会就侦察,可她并不乐观。想要碰到好运,起码得几个星期,甚至几个月也不一定。

　　莱特讨厌办公室里的工作。他专挑跑腿的活儿,每次出去跑腿都会趁机躲进一个放旧家具的房间,几个小时都不回来。办公室很大,大家互相看不见,所以要溜掉很容易。

　　莱特最喜欢从厨房偷出饼干和牛奶,然后钻到一张破桌子底下看小说。遗憾的是,方舟里只允许大家看乔·里根的文章以及少数的经典名著,而那些经典名著也只限高年级同学在上英国文学课时阅读。莱特最喜欢的小说是《奥利弗·特维斯

特》，那是他从教室里偷来的，已经读过十二遍了。书已破烂不堪，莱特用一根橡皮筋扎住它，防止书页掉下来。

比起办公室里的工作，劳伦更喜欢跟着莱特混，不过，她尽量让自己忙一些事，因为她知道闲聊是无法让任务获得进展的。莱特很固执，他说服劳伦挪出半个小时和他一起坐在桌子底下聊电子游戏。莱特小时候在飞机上玩过这些游戏，非常着迷，很想知道一切细节，比如不同的操作键盘上有多少控制按钮，记忆卡上能存多少游戏，最流行的游戏是什么，等等。当然，方舟里不许大家玩游戏。

时间到了，劳伦正要离开房间去工作，突然听到门外有人在说话，于是她停下脚步，因为她不想让人发现莱特的私人角落。她等着门外的说话声马上停止，但恰恰相反，说话的声音越来越响了。

"是谁啊？"莱特小声问道。劳伦听出是乔·里根的妻子和大女儿的声音，马上兴奋起来。

"是苏茜和'蜘蛛'。"

莱特喜欢偷听，所以马上从桌子底下爬了出来。两个孩子都快把耳朵贴到门上了，突然，苏茜后退着撞到门上，把他们吓得猛地跳开。

"'蜘蛛'，把你的手从我身上拿开！"苏茜大声喊道。

"我发现一个漏洞，"伊琳娜也提高嗓门，"五天里不见了七千万！"

"与我何干！"苏茜吼道。

"只有父亲和我能动用那笔钱，可现在，朗堡金融公司把它花光了。"

"你问我？你怎么不去问你父亲？"

"苏茜，你别跟我胡扯！我可不是刚出生的小孩。我知道你整天折磨我父亲，就想让他把账号交给你管。他是个病人，你辜负了他对你的信任。"

"阿莫斯·朗堡替我们赚了很多钱。"苏茜大声回敬道，"赚钱的时候你怎么不喊呢？要不是因为我，内华达的方舟现在还留在图纸上呢！还指望在日本和欧洲造方舟？做梦！"

"这么多钱，他到底是用什么神奇的办法赚来的？"

"投资。"

"少来！吹什么牛！我虽然不是金融专家，但也能明白，三个星期得到百分之两百的回报，这绝不会是什么合法交易。"

"你只管闭上嘴数钱吧！"苏茜厉声喝道，"你不乐意的原因只有一个——是我的人和朗堡金融公司联系上的。在我关注投资之前，'幸存者'组织有什么？是自动饮料售货机、募捐箱，还是电力公司的账单？乔还想在这鸟不生蛋的地方建造迪士尼乐园？可笑！他都快把我们逼上破产的绝境啦！"

莱特冲劳伦咧嘴笑笑，还耸耸肩，意思是说"我不比你明白多少"。他根本不知道，其实劳伦听懂了每一句话：苏茜·里根是"帮助地球"与"幸存者"间建立联系的幕后人物；乔病得厉害，做不了决策；"蜘蛛"被排挤出去了。

"还有，"苏茜说，"关于你那宝贝父亲，你最后一次陪夜是什么时候？你最后一次来看他又是什么时候？"

"要不是你千方百计地挡着，我怎么会见不到他！"

"你给我滚！"苏茜被激怒了，"忙你的祈祷仪式去吧！发你那些傻乎乎的小珠子去吧！"

"魔鬼！"伊琳娜尖叫道，"真恶心！我父亲居然和一个没有信仰的人睡在同一张床上！"

苏茜咯咯笑了起来："哦，哦！既然我们说到这儿，那不妨说穿了吧：伊琳娜，你父亲根本不是什么神的代言人，他成立'幸存者'组织只是为了赚钱。"

莱特听到这种亵渎神明的话，脸上乐开了花。劳伦则假装很震惊。

伊琳娜伤心得一塌糊涂，大声抽泣起来："我父亲是个伟人，是先知。上天会因为你对我们的所作所为而惩罚你的。"

虽然劳伦早就知道苏茜和伊琳娜之间的权力斗争，但直到现在她才明白，原来两个女人对乔·里根、对"幸存者"组织的看法是如此截然不同。

"我没兴趣和你争论了。"苏茜最后说，"滚蛋！"

"蜘蛛"狠狠地砸了一下门。劳伦和莱特还以为她会进屋，便急忙退回到桌子底下，但等了几秒钟，门外一点声音都没有，他们就知道伊琳娜和苏茜已经走了。

劳伦松了一口气，对莱特笑笑说要去复印，就匆匆离开了。她溜进厕所，从鞋底抽出无线电收发器，呼叫克洛伊，把苏茜和伊琳娜吵架的内容告诉她。

"你描述的情况证实了澳大利亚情报机构从其他人那里得到的消息，其中包括你哥哥提供的消息。"克洛伊说，"但我们不知道，原来伊琳娜和其他普通信徒一样，对'幸存者'与'帮助地球'之间的关系一无所知。"

"苏茜到方舟前，是不是和环保组织有关系呢？"

"这还不知道。"克洛伊说，"美国方面只发现苏茜在做模特时拒绝穿皮草，而很多模特喜欢穿。到底苏茜是出于关心环境的目的呢，还是为了中饱私囊，这个我们不清楚，我们只知道苏茜在用'幸存者'组织的钱资助'帮助地球'。"

劳伦从晨练以后就没和詹姆斯联系过，所以克洛伊把最新进展都告诉了她，其中包括詹姆斯发现实验室、达娜参加袭击行动的情况。

"你知道你哥哥现在在哪儿吗？"克洛伊问。

"他送完邮件回来后，肯定会马上去吃晚饭，然后做晚祷。"劳伦压低声音回答，因为她听见有人在外面走动。

"那么，你能不能找个时间，等詹姆斯回来后与他碰个头？"

"我试试看吧。"劳伦有所保留地说，"办公室正好挨着停车场，詹姆斯一回来我就能看到，可是老师把我们盯得很紧。如果我们消失时间过长，就会受到盘问，要是错过了祷告，那就要挨板子了。"

"明白。"克洛伊说，"不过，你不用担心那些了。澳大利亚情

报机构本想通过你们和别的行动搜集到更多的证据,但现在澳大利亚政府已经知道'帮助地球'组织的袭击迫在眉睫。万一公众得知政府事先知情却不预警,就会造成重大的政治影响。"

"你说得对。"劳伦说,"不过,这对我们意味着什么呢?"

"今晚八点半,情报部长会发表电视讲话,宣布国家进入最高警戒状态。除了必要的工作人员外,所有油气田设施里的员工都要撤离。达娜和她的恐怖分子搭档将在乘坐小艇执行任务时被逮捕。方舟会受到武装攻击,所有高层人物都会被拘留起来审问。"

"攻打方舟的是谁?"

"早在方舟和'帮助地球'组织之间的联系被发现时,澳大利亚军方就在训练他们的战术战队,准备对方舟进行突然袭击。他们担心,从地面进攻的话可能会陷入攻城状态,方舟里的人就有时间销毁资料了,所以他们决定动用小型空降部队:四架直升机、六十名战术战队的突击队员,还有澳大利亚情报机构的十二人后备队。目标是把部队空降到方舟内部,在'幸存者'组织采取武装行动之前控制住局面。"

"这么说,我得冒险了。"劳伦一边用手掌擦着额头,一边说,"六个角楼上都有武装警卫。莱特说地下室里藏有大量的非法武器。这儿周围什么也没有,就算是几公里外直升机的轰鸣声都能听得到。"

"劳伦,他们是专家,我们必须相信他们的能力。我肯定他们已经周密考虑、反复训练过了,但我还是希望进攻开始时,你和詹姆斯已离开方舟。部队预计抵达的时间是今晚八点,就在天黑以后。你和詹姆斯还有两个多小时的时间撤离。

"詹姆斯送完邮件回来,你必须马上与他碰面。如果安全的话,你最好能潜入苏茜·里根的办公室,把任何看上去有价值的数据资料复印下来。直升机开过来时,她肯定会在第一时间销毁证据。"

劳伦想了想,说:"我只去过一次里根的住所……"

"和詹姆斯商量一下。如果你觉得太冒险,就不要去。我的首要任务是保证你们的安全。偷辆车,直接开出角楼,或从别的出口出来。撤离之前先通知我,我会在附近接应你们。"

"好的。"劳伦渐渐明白了接下来几个小时内事态的严重性。突击队员进攻方舟,"帮助地球"组织和"幸存者"之间的关系将成为全世界所有电视节目的头号新闻。

"我从来没有出去过,"劳伦说,"但我觉得这应该不难。每个角楼上只有几名警卫,我们完全可以偷偷靠近放倒他们。"

"好极了! 记住:安全第一。"

"明白。"劳伦说着,飞快地瞥了手表一眼,"两三个小时后,我们再见。"

"基路伯"特工通常会随身携带基本的电脑黑客工具,但方舟对私人物品有严格规定,使得他们无法携带这些东西。劳伦的工作时间到点了,她从文具柜里拿了一沓空白光碟,然后走进收发室。

"你要和我一起回学校吗?"劳伦刚想转身离开,却被莱特的声音吓了一跳。

"你不用把要签字的东西拿去给乔·里根吗?"

莱特摇摇头,看了看劳伦手中的光碟:"老头儿情况不妙。苏茜认为他现在的状态看不了任何信件。"

"好吧。"劳伦紧张地说。

"这些光碟是用来干吗的?"莱特问道。

"哦,"劳伦后悔没事先想好理由,只好临时瞎编一个,"我要把这些东西送到会计那儿去。"

"哪个会计? 你要是还有事要做,我可以帮你带去。"

"不,不用了。"劳伦结结巴巴地说,"我猜他已经下班了。"

莱特突然笑了起来:"你是不是在搞什么名堂?"

劳伦故作不耐烦地说:"别瞎说,我才没搞什么名堂呢。"

"你蒙不了我的。"莱特说,"难道我没告诉过你,我的智商是一百九十七吗?"

"嗯……让我想想。"劳伦抿嘴一笑，把食指放在嘴唇上，然后皱起眉头，做出一副努力回忆的样子，"我想最近几天里你可能提起过三十六次，或是三十七次啦!"

莱特有点不高兴地说："好吧，我得去找点吃的。明天下午见吧。"

"没准早上就能见到。"劳伦笑着说。

她跟着莱特走出收发室，心里很伤感。和莱特在一起很有意思，可她也许永远也见不到他了。她躲到一块隔板后面，等莱特走远了，又折回到收发室。

邮戳机后面的墙上有一扇窗，位置比较高，她得踮起脚才能望见楼下的停车场。货车一定是刚才劳伦走开时到的，因为詹姆斯和厄尼正准备离开。劳伦慌了：等自己从走廊出去，穿过消防门，走下金属楼梯，也许哥哥已经走远了。而一旦他进入学校区域，就没法再和他联系上，因为在那里男生女生被完全隔离开来。

劳伦把光碟塞进裤袋，掉头就往外跑。突然，她想起传送邮件袋的滑道。她咣的一声打开滑道盖板，钻了进去。光滑的金属斜坡就像操场上的超大号滑梯。

滑道里黑乎乎的，只有几缕光线从悬挂在底部的厚橡胶帘之间透进来。人们嫌麻烦，没有把滑道接合部位打磨光滑以免刮坏邮袋，所以劳伦每滑过一个接缝，屁股上就会剧烈地震动一下。穿过热乎乎的橡胶帘后，她冲进光线阴暗的停车棚，大声喊叫起来。

"詹姆斯!"

他已经在几百米以外了，正和厄尼一起走在一段土路上。听到喊叫声，詹姆斯好奇地回过头来张望。

劳伦挥挥手臂，朝她哥哥跑过去。

詹姆斯意识到劳伦可能要同他说一些重要的事情，不能让厄尼听到，所以他简短地与厄尼道别，转身向劳伦走去。

"嘿!"詹姆斯咧嘴笑道，"你还好吗？怎么了？"

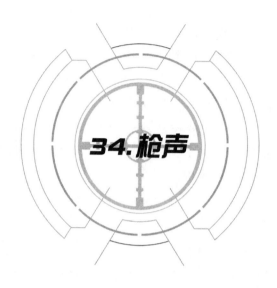

34. 枪声

　　达娜帮尼娜做了些素食意大利肉酱面当晚餐。每个人都很紧张，只有巴里把面前盘子里的食物吃掉了一大半。伊芙自告奋勇要去洗盘子，可巴里不以为然地笑了笑。

　　"英雄不用洗盘子。"他撇了撇嘴说，"况且我们不会再回来了，又何必自找麻烦呢？"

　　尼娜伸出手，拉住坐在她左右两侧的两个女孩的手，说："最后，我们来做个祈祷吧！"

　　伊芙把手伸给巴里，笑着说："来吧！你用另一只手拉住达娜，我们围成一个圈，挡住魔鬼。"

　　巴里不太感兴趣，但照办了。所有人闭上眼睛，把手紧紧地握在一起。

　　"上天，我们感谢你……"

　　达娜一闭上眼睛就觉得自己像要飘起来似的。她努力排斥尼娜的祷告，让自己平静下来。

　　吃晚饭前，她给约翰发过消息。约翰说澳大利亚情报机构会监视他们的一举一动。特工已经在斯巴鲁旅行车下面安装了一个追踪仪，而且附近三十公里长的海岸线上，每个主要港口都已配置了警力。

按照设想，巴里等人一坐上小艇，被证明与炸药有关联后，就会被拦截。万一出了纰漏让他们坐船溜了，三艘澳大利亚海岸警卫队的舰艇和一艘澳大利亚海军的巡逻艇也会在他们抵达液态天然气装卸终端之前将他们截获。

这一切本该让达娜感到安心，但她胃里的意大利面条还是在不停地翻腾。

祈祷一做完，巴里便站起身，大声打着饱嗝，嘴里说道："晚饭不错，谢谢尼娜。我们该出发了。女孩们想去洗手间或是还有什么事要办的，就快去吧。"

"我准备好了。"达娜笑笑说，"要不要我们帮忙把设备搬到车上去？"

巴里摇摇头："船上的设备都交由支援人员去办了。我们无须搬东西，我们要做的就是上船、出发！"

达娜有点失望，因为搬运设备上船能为警察赢得时间来逮捕他们。

巴里看着两个女孩说："你们俩，一个跟我去处理一个小问题，另一个留下来帮尼娜放火烧房子。"

"你觉得他们会追查到这里吗？"伊芙问道。

"小心为妙，绝不能留下指纹和DNA。"巴里说，"爆炸时间设定在我们离开后二十分钟。这房子很旧，而且是木质结构，很容易就会烧起来。"

伊芙对达娜笑笑说："如果没什么问题的话，那就由我来帮尼娜吧。"

达娜耸耸肩，看着巴里说："那么我跟你去吧！"

于是，尼娜和伊芙去把汽油罐、导线和一大捆雷管从车库里搬出来，达娜则跟着巴里来到门厅。巴里个子很高，不用梯子也能碰到天花板。他伸手抓住一个把手，拉开头顶阁楼的木制活板门。他踮起脚,把手伸进漆黑的门洞,拿出一支装有消声器的自动手枪。

巴里把弹匣卸下来又装回去,以确保弹匣没有被卡住。达娜面露惊讶之色,问道:"那是干什么用的?"

巴里大笑道:"有点小问题,要和几个魔鬼解决一下。"

*　　　　*　　　　*

"我觉得就是这条路啊……"劳伦咕哝道。

她站在地下通道的尽头,盯着面前的小橱柜。凝结水不停地从天花板上滴下来,因为潮湿,地上的垫子都卷了起来。

"莱特画的地图我记得很清楚,我肯定就是这条路。"

詹姆斯已经失去了耐心:"承认吧,我们迷路了。"

"我们没迷路。我大致知道我们在哪儿,只是觉得刚才路过那个堆满椅子的房间时拐错了一个弯。"

詹姆斯看看手表,说:"快六点半了。我们已经走了十五分钟,再这么瞎转悠,我们可耗不起。"

"我知道,我又不傻。"劳伦没好气地说,"你只要闭上嘴,让我好好想想……我从办公室的走廊下来,向左拐了两个弯,走下旋转楼梯,然后……"

詹姆斯走了。

"你去哪儿?"

"我去找出口标志,然后上楼梯,离开这里。"

"詹姆斯,我肯定能找到的。"劳伦一边跟在詹姆斯身后,一边说,"这些走廊我全都认得。"

"那是因为这些走廊看上去一模一样。"

这时,前面五十米处的一扇门咣当一声打开了,一个穿厨师服装的男子推着一辆金属手推车走了出来,手推车上摞着许多什锦水果罐头。当厨师向出口走去的时候,詹姆斯和劳伦把后背紧紧地贴在墙上,一动不动。

"至少,我们错过的这顿晚餐不怎么样。"詹姆斯咧嘴笑道,"我受不了什锦水果。"

他们在原地等了半分钟,确定厨师出去之后才挪步,向通道尽头的T字路口走去。

劳伦一边走,一边看表:"詹姆斯,我们还有时间。我们能不能最后再走一次啊?"

詹姆斯叽叽咕咕地说:"好吧,但只走一次,找不到就出去。"

突然,莱特的声音从边上响起,听上去离他们只有几厘米:"如果你们告诉我想去哪儿,我保证能帮上忙。"

詹姆斯和劳伦吓了一大跳,赶紧转身去看。

"天哪!"詹姆斯倒抽了一口冷气,"你从哪儿冒出来的?"

他们马上意识到,莱特是从他们刚路过的那扇门里出来的。

"我就知道你们有所图谋!"莱特看着劳伦说,"记得收发室里的滑道盖板吗?你忘了关。"

詹姆斯快速思考着对策。要打晕莱特简直是轻而易举,然后可以把他捆起来关进房间。可是,一方面他不想伤害朋友,另一方面,很明显莱特帮得上忙。

"如果我告诉你真相,你能带我们去苏茜·里根的办公室吗?"

劳伦两眼盯着詹姆斯,焦急地说:"不行,你不能说。"

向外人透露"基路伯"的秘密,就跟犯了吸毒罪一样,是要被驱逐出"基路伯"的。

"你能带我们去吗?"詹姆斯没理睬妹妹,又问了一遍。

"我熟悉这里的每一条走廊和秘密通道。"莱特说,"不过,要是被人发现我在苏茜·里根的办公室里,我肯定要挨板子,在小房间里关上一个月!所以,你们最好能给我一个这样做的充分理由。"

"我们不会回学校了。"詹姆斯说,"我们正在逃跑,外面有辆车在等我们。如果你肯帮忙,我们就带你一起走。"

"你是当真的吗?"这回轮到莱特倒抽一口冷气了,他大笑几声后，语气一下子变得小心翼翼，"但是……我是说，为什么我们得先去苏茜·里根的办公室？"

"时间不多了。"詹姆斯故意拖延时间，好编造一个可信度高的谎言，"你带路，我们边走边说。"

＊　　　　＊　　　　＊

巴里出了后门，穿过一片荒草地，然后大踏步地走进邻居家花园后面的茂密林地。

"小心周围。"巴里说，"自从住进来后，我在这儿见过几条蛇。"

达娜对他的特别提醒无动于衷。即便没有毒蛇，眼前这个手持武器的大个子也够她担心的了。

"你害怕吗？"巴里问。

"不怕。"达娜耸耸肩回答，"我们要去哪儿啊？"

"几个月前，我在香港被人抢劫，真是件怪事：有个小孩戴着铜指套偷袭我。我醒来后发现自己躺在地上，姿势是救援体位，而且全身被捆得干净利落，不像是一个孩子能做到的。我觉得安全部门的人早就盯上我了，刚好趁我遭到抢劫的机会搜查了我的房间。"

达娜暗自一笑。巴里就像其他许许多多的罪犯一样，根本没意识到少年抢劫犯会是情报机构的特工。

"几天后，我回到布里斯班，发现有人跟踪我。我以为自己已经甩掉了尾巴，但看起来我错了。"

"你怎么会知道有人在跟踪你？"达娜努力保持镇静。

"我在这附近长大，有个老同学在本地的警察器材商店卖无线电设备。我出钱让他帮我留心附近的可疑事件。昨天晚上，警察在巡逻时看到一辆蓝色的客货两用车上坐着几个家伙，就上去问他们要干什么。结果，那些人拿出 ASIS 的证件，让警察少管闲事。"

达娜装出一脸茫然的样子："什么是 ASIS？"

"澳大利亚情报机构的简称（Australian Secret Intelligence

Service)。真幸运，要不是他把这件事告诉我，我们的行动就告吹了。"

巴里停住脚步蹲下来，伸长脖子朝两所没人住的房子中间张望。

"你看到那辆红色豪顿车了吗？"

达娜看到路边停靠着一辆红色的豪华轿车。车窗玻璃黑乎乎的，乘客一侧的窗玻璃摇开了三分之二，她能看到车里坐着一男一女。这两个人在这个位置监视，实在是太蠢了。但北方地区犯罪率不高，达娜猜测，这种大规模的反恐行动会调集一切可用警力，其中既有经验丰富的老手，也有菜鸟。

达娜明白这两个人的性命就在自己手中。但她能做些什么呢？巴里体格强健，身手不凡，在酒店与布鲁斯交手时就已经露过一手。而且，他是有备而来，手里有枪，并且子弹已经上膛。

巴里从短裤里摸出手机，拨通了房子里的电话："尼娜，我已经就位。你们可以走了吗？"

"都布置好了，十五分钟后爆炸。"尼娜确认道，"我们正准备出门。"

巴里挂断电话，把它交给达娜。

"拿着它，绕到豪顿车驾驶座那边去敲车窗，要显得很难过的样子。就说你男朋友把你踢出家门，而你手机没电了，想借他们的手机叫出租车。你只要能引住他们几分钟，我就能趁机靠近他们的车。明白了吗？"

"明白了。"达娜忍不住声音发颤，"你要杀他们吗？"

"我还能干什么？"

达娜拼命地思考对策，可她的脑子好像塞进了棉花球，除了恐惧，什么也想不起来。

"巴里，我做不来。"她没费什么劲就哭出声来。

"我没时间跟你玩。"巴里顿时变得十分凶狠，他用枪指着达娜的胸膛，"你必须照我说的去做。要是你搞砸了，第一颗子弹就送给你。起来,快去!"

巴里推了达娜一把,差点把她推倒在泥地上。如果眼前的人换作是尼娜,或是一个不怎么强壮的男人,达娜就会夺枪。但现在,她只能忍气吞声地从两所房子中间穿过去,走向汽车。时间似乎变慢了。她每一脚踩在碎石路上,每甩动一下胳膊,好像都要花去无限长的时间。她感到后背上的皮肤一阵滚烫,就好像已经有一颗子弹打进了自己的身体。

求求你,随便什么人! 快来帮帮我吧!

达娜朝两边没人的房子里看看,很想逃进去。但窗子都钉上了木板,门也上了挂锁。

她从树荫里走到阳光下的车道上,从汽车尾部绕过去。当她弯腰去敲车窗时,她的脑子飞速地转动着。她可以警告他们,但巴里听见后肯定会杀了她。

车窗摇了下来,里面的两名特工都看着达娜。达娜迅速地瞥了他们一眼。女的很瘦,脸上化着浓妆;男的年纪很轻,只有二十来岁,难看的脖子又细又长。

你们就要死了。

"听着……"达娜说到这儿便打住了,犹豫着到底是编造被男朋友赶出家门的瞎话呢,还是以自己的生命为代价去救这两个人。

但是,她没时间了。巴里把时间掐得很准,他已经跑到汽车的另一侧,将无声手枪塞进车窗缝隙,近距离一枪射在那名女子的胸口。那小伙子只来得及惊恐地瞪了他一眼,胸口就中弹了。

流出的血比想象的要少。沉闷的枪声让达娜想起床上枕头大战中两块垫子碰撞在一起的声音。巴里把枪口朝上,达娜往后退了退,唯恐被枪射中脑袋。她知道,接下去巴里会用枪逼着她完成任务的。

当子弹射进车里的时候,达娜感受到了生命中最强有力的情感冲击。

"我刚刚看到两个人死了。"

她觉得天旋地转,恶心想吐,完全被恐惧淹没了。她头重脚轻,眼冒金星,几乎不知道自己身处何方。

"快撤。"巴里说着,过来拉达娜的胳膊。这声音在达娜听起来,仿佛从电话线另一头传过来似的。

巴里一只手使劲地扯着达娜,另一只手拉住一辆银色汽车的车把手。达娜根本没有看到尼娜是什么时候把车开过来的。

"快,上车!"

车门砰地关上了。尼娜一脚踩下油门。达娜浑身一哆嗦,她往后看看那辆红色的豪顿车,心里默默地期盼着,祈祷着:让时光倒流,让这件事不要发生。

当达娜回过头来往前看时,发现前面座位上的巴里正扭头朝她笑。

"亲爱的,很抱歉刚才对你太严厉了。但是,我们必须杀了他们。你干得不错。"

达娜努力恢复常态,她直愣愣地看着巴里说:"这辆车和我们前些时候坐的车不一样吧?"

"是的。"巴里咧嘴一笑,"过去几周,它一直停在某幢房子的车库里。开这辆车就没人跟踪我们了。"

达娜使劲夹住手臂,不让双手颤抖。情况太糟糕了:监视房子的人员死了;装有跟踪仪的汽车还停在车库里,马上就要同房子一起被烧掉。达娜知道自己必须保持冷静——两个无辜的人死了,她不能再让这样的事发生。

35. 摊牌

劳伦是对的：他们只走错了一点点路。不到三分钟,莱特就领着他们走到了通往乔·里根住所的那条充满香草味道的走廊。

"你们的爸爸是个间谍吧?"一路上,莱特问他们,显然对詹姆斯兄妹俩的来历充满了怀疑。

"其实……不能算间谍。"詹姆斯结结巴巴地说,努力让自己的话听上去合情合理,又不暴露"基路伯","我们的爸爸认识几个为澳大利亚情报机构工作的人。我们的妈妈失去理智加入'幸存者'组织后,爸爸求那些人帮忙把我们救出去。他们答应了,条件是我们必须去苏茜办公室查探查探。"

"哦。"莱特怀疑地说,"那他们是怎么和你们联系上的呢?"

"我们身上藏着无线电收发器。"劳伦说。

"可是,澳大利亚情报机构怎么会盯上苏茜的?"

詹姆斯耸耸肩,好像被问得不耐烦似的,希望莱特别再问下去了:"我不知道,我也不想知道。只要我们能出去,和爸爸一起生活就够了。"

幸运的是,这时莱特不得不闭上嘴,因为他们已经走到了通往里根卧室的那条坡道上。

"从这儿上去会碰到男管家,他会拦住我们的。"莱特低声说,"但我知道还有一条路。没我帮忙的话,你们到不了那儿。"

"拜托,"詹姆斯说,"别啰唆,我可没求着你来。"

莱特带大家穿过一道隐形门,只有一个凹进去的门把手把这扇门与周围的大理石墙面区别开来。三个孩子进入了一个有霉味的衣帽间。两侧的墙上各有一道长栏杆,上面挂满了空衣架。

"进去后,要闭上嘴,睁大眼睛。"莱特边说边走到底,那里有一扇门,"里面虽然没有管家,但通常会有几个清洁工,还有我爸爸的护士。"

"都有谁住在楼上?"詹姆斯问。

"只有苏茜和我爸爸。"

"好。"詹姆斯说,"我们这是去哪儿?"

"你们想去苏茜的办公室,所以我会带你们穿过地下室,然后从后面的楼梯上去。你们上楼后,左手第二间就是苏茜的办公室。"

"你不和我们一起上楼吗?"劳伦问道。

"多谢,我的屁股已经挨够板子了。我在楼梯口等你们。"

他们蹑手蹑脚地走进里根住所的地下室,依次路过洗衣房、干洗室、没人用的大厨房——大得足够承办几百人的宴会。最后,他们穿过一个狭窄的过道,两边是牢房似的居住区,属于护士、管家等人。

他们出了最后一道门,眼前的情景令他们大吃一惊:楼梯底下的地板上躺着一个人。从黑色的裤腿和锃亮的皮鞋看,那人显然就是男管家。当詹姆斯把手伸到男管家的鼻子下面检查呼吸时,莱特都吓呆了。

"没有明显的伤口。"詹姆斯说,"我认为他不是在这儿被打倒的,而是被拖到这儿的。"

劳伦点点头:"看上去像是被药迷倒的。"

"你们认为他会晕迷多长时间?"莱特问道。

"要看他们给他吃的是什么药。"劳伦耸耸肩,"也许不到一小时,他就会醒来,但要是用了氯胺酮之类的强效镇静剂,就会晕迷一天或更久。"

詹姆斯看着妹妹说:"我们要不要继续?"

"嗯……"劳伦思考了几秒钟,"会很危险,但上面一定有事发生了。我认为我们至少应该去看一看,也许这事对任务非常关键。"

"什么任务?"莱特问。

劳伦意识到自己说漏了嘴,只好弱弱地回答说:"我是指逃跑。"

"怎么会对逃跑有影响?"莱特又问,"我们逃出去后,只要对那些间谍说我们没法进入苏茜的办公室不就行了? 他们不可能再送我们回来,对吧?"

"我们答应过爸爸。"詹姆斯说。

"其实,我没什么可抱怨的。"莱特微微一笑说,"我长这么大,一直都在抱怨这里从不发生激动人心的事。"

当詹姆斯踏上楼梯的第一级台阶时,莱特灵机一动,弯腰从管家的外套里摸出一串钥匙。他们走上四段阶梯。前两段是水泥路面,第三段和第四段则铺着厚地毯。莱特打开一扇枫木门,小心地朝门外宽阔的过道上张望。

"风平浪静。"他小声说道。

"现在,你和我们一起进去吗?"詹姆斯问。

"我不得不承认我很好奇。"莱特说。

三个孩子闪身进入过道,快步走到第二扇门前。詹姆斯开始敲门。

"如果有人应门,我们就跑。"他压低嗓门说。

没人应门,门也没上锁。办公室很大,家具华丽而俗气:一

张书桌是大理石桌面的,几把椅子包着紫色皮革。劳伦在门口守着,詹姆斯则走到书桌前检查电脑。

"糟糕。"詹姆斯看到电脑主机的一块面板被拆掉了,不由得倒抽一口冷气。

"怎么了?"莱特问。

"他们把硬盘拿走了,好像知道我们会来似的。"

"没有这一小块东西,难道就不行了?"莱特天真地问。

詹姆斯摇摇头说:"电脑的数据都储存在硬盘上,这一小块东西最要紧了。"

劳伦从过道上缩回脑袋,问:"苏茜会不会在澳大利亚情报机构有内线?也许有人把进攻计划告诉她了。"

"什么进攻?"莱特问。

詹姆斯故意不理他:"今早我把实验室的东西打包装箱。也许苏茜与布赖恩·埃文斯一起走了。"

莱特终于生气了:"见鬼!你们怎么会知道布赖恩·埃文斯?"

"难道你知道他的情况?"詹姆斯问。

"知道也不告诉你们。"莱特愤愤地说,"你们两个家伙一直在瞒我。你们对我撒谎,居然还指望我相信你们,跟你们说实话?"

詹姆斯咬咬牙,说:"求求你,莱特,我发誓我们是值得你信任的,但我没时间向你解释每一个细节。"

"你们为什么不直接告诉我真相?"

"那好。"詹姆斯跺跺脚说,"我和劳伦是卧底。我们被派到这里来调查'幸存者'与一个名叫'帮助地球'的恐怖组织之间的联系。我们想在离开前从苏茜的电脑上找到一些数据,因为三十分钟以后,就会有突击队员乘坐直升机从天而降,向方舟发动武装攻击。"

莱特听后,沉默了一会儿。

"这肯定是真话了,对不对?"他说着,脸上露出坏笑,"怪不得你们没被洗脑！怪不得你们那么聪明,还擅长格斗,精通电脑！哦,天哪,这一切简直匪夷所思！"

因为身份暴露,刚开始劳伦吓坏了,但细细一想,又觉得哥哥和自己不会因此而受罚,因为任务就要结束了,他们也没有透露"基路伯"的详情;而且,万一莱特说出去,也不会有人相信。

"好了。"詹姆斯说,"我把我们的事告诉你了,现在该你说说埃文斯兄弟的情况。"

"我不知道埃文斯有兄弟。"莱特说,"可是,一天下午我拿着待签字的信件到苏茜办公室交给她的时候,看到她正躺在桌子上和那个叫布赖恩的家伙亲热。她吓得要死,尖叫着威胁我,说我要是说出去一个字,就杀了我。"

"我猜就是这么回事。"詹姆斯说,"她打算和布赖恩逃跑。半小时前,我和厄尼开车回来,看到跑道上停着一架飞机。他们给男管家服了镇静剂,从电脑上拆走硬盘,掩盖他们的所作所为。"

莱特点点头说:"这就能解释为什么她今天叫我别把要签字的东西拿过来了。但我不明白为什么苏茜要偷偷摸摸的,除非她在搞什么鬼。我的意思是,苏茜行动自由,她常常会飞去悉尼买东西,跑道上停着一架飞机并不奇怪。"

"那你觉得是怎么回事?"劳伦问道。

莱特耸耸肩说:"我也不知道。"

"你们有没有听到飞机起飞的声音?"詹姆斯问。

"没有。"劳伦说。莱特也摇摇头。

"我马上发消息给克洛伊,告诉她苏茜要逃跑。"詹姆斯说。

"啊啊啊!"劳伦倒抽一口冷气,迅速地关上门,"苏茜和布赖恩——他们刚走进走廊,拉着大行李箱过来了。"

*　　　　*　　　　*

尼娜把银色小车开得飞快,但还没快到会引起人注意的地步。达娜在脑子里一遍又一遍地回放着枪击场面,一次次地设想自己当时要是采取别的行动,可能事情就会处在可控范围之内。

尽管枪击的场面令她深受刺激,但最终她还是让大脑冷静下来,开始梳理思绪。

他们已开到达尔文郊外,几分钟后就开上了一段开阔的公路,时速接近一百二十公里。汽车穿过一道金属门,开上一条土路,土路尽头是一个废弃的马厩。达娜意识到他们没在海岸边。当汽车从马厩前面开过去后,达娜的眼前出现了一座简易机场和一架双螺旋桨飞机,她的一颗心顿时拎了起来,焦急万分。

伊芙忍不住问道:"这是什么地方? 不是说去海边上船的吗?"

达娜真不想知道答案。这时,尼娜拉上手闸,拔下了车钥匙。巴里看着前方说:"我们会上船的,但船停靠在六百公里外的韦塞尔岛。"

达娜不明白这是为什么。约翰说过,澳大利亚另一个冷冻天然气装卸终端远在三千公里之外,而乘船到那里要花好几天时间。她下车后看看四周,希望能发现澳大利亚情报机构的另一支小分队找到了他们的踪迹并跟了上来,但她只能听到鸟儿的啾鸣和苍蝇的嗡嗡声,马厩把远处的公路挡在了视线之外。

巴里朝小机场走去,达娜、伊芙和尼娜紧随其后。他把盖在飞行引擎上的防雨篷布扯开,尼娜把挡住轮子的石块挪掉。

"那么,"达娜感到脑袋晕乎乎的,努力保持语调平稳,"要坐多久的飞机啊?"

"大约要飞一百分钟。"巴里说,"然后换乘快艇。天气好的话,大概四到四个半小时就能穿过阿拉弗拉海。"

"哦。"达娜点点头,这时她真的非常希望自己能知道阿拉弗拉海、韦塞尔岛大概在什么地方。

幸好,伊芙掌握的地理知识比较多。她问道:"这么说,我们要去的LNG装卸终端在印度尼西亚?"

达娜忍不住在心里暗骂：约翰和澳大利亚情报机构的那些人只考虑到澳大利亚的装卸终端，却没有想到海上几百公里之外就有印度尼西亚的装卸终端。

"我们不是故意要瞒你们。"当巴里打开机舱门时，尼娜解释道，"但你们只需要知道你们该知道的，这是'帮助地球'组织的规矩。"

"好规矩。"达娜说道。眼见事态发生急剧变化，她知道，想要在达尔文码头干净利落地逮捕这帮人以结束任务，现在已经不可能实现了。更糟糕的是，她即将远离有效通信范围，而自己起飞前根本没有机会与约翰取得联系。

她不禁对"帮助地球"组织无与伦比的组织结构感到深深的叹服。他们一次又一次地显示自己是世界上最有效率的恐怖组织，看来，这一次他们又可以愚弄政府了。

巴里已经坐到驾驶座上，发动机开始轰隆隆地转动。他招手让其他人坐上来。达娜最后一个登上飞机。尼娜砰地关上门，巴里便开始驾驶飞机滑行了。

"坐好，系上安全带！"巴里在驾驶员座舱里大喊，"在这样的泥地可没法平稳起飞。"

36. 组织领袖

"苏茜和布赖恩怎么还来这儿?"詹姆斯紧张地思索着,"他们已经把硬盘拿走了啊……"

"别担心。"莱特说着,走到墙边抓住一个书架,"这里曾经是我妈妈的书房,直通她的更衣室。"

书架往前移动了一下,露出一扇低矮的门。三个人中詹姆斯个子最高,他得蹲下来才能穿过去。

"我爱死这个了。"詹姆斯咧嘴笑道,"等我有钱了,我要在所有的房间里都装一个暗门。"

里面除了开放式衣柜之外,还有一个迷你吧台和一个梳妆台,梳妆台上堆放着化妆品和香水。地板上全是衣服架子,显然是苏茜匆忙取走衣服时丢下的。空气中还弥漫着一股烟味。

劳伦朝一个大号金属垃圾箱里瞥了一眼,里面全是纸灰。

"他们把带不走的资料全烧掉了。"她说道。

詹姆斯摇摇头,失望地说:"面对现实吧。苏茜销毁了资料,我们在这儿找不到有用的东西,还是走吧。"

詹姆斯在梳妆台前坐下，开始脱鞋子。当莱特看到詹姆斯从鞋子里取出无线电收发器时，马上被深深地吸引住了。

"我还是去走廊上瞄一眼吧，看看苏茜和布赖恩在哪儿。"劳伦说。

詹姆斯点点头说："好主意。要是他们正在把行李拖下楼，那么我们最好等他们走了以后再出去。"

"他们很有可能会回来。"莱特说，"苏茜是个时装狂，她肯定不舍得留下这些衣服。"

詹姆斯看着手中的无线电收发器，问道："我该什么时候联络克洛伊，叫她来接应我们？"

"也许得等到确定他们走了以后。"劳伦建议道。

莱特脸上露出恍然大悟的神情："等等，他们走的是后门，因此我们完全可以从前门离开。管家昏迷不醒，我用最后一分钱打赌，苏茜肯定支开或打晕了其他人。我们可以从爸爸的卧室溜出去，反正他大部分时间都在睡觉。"

劳伦笑了："就算他醒着，也没力气来追我们。"

"有道理。"詹姆斯连连点头，"那么，我们从哪个角楼出去？"

"这么晚了，只有两个角楼还开着门。"莱特说，"如果从机场那个角楼出去，我们很有可能遇上苏茜。那么，就只剩下停车场那个了。"

"到那儿要走很多路，不过那里基本上没人守卫。"詹姆斯说，"我和厄尼总是开着车直接冲出去，都没人朝我们看一眼。"做出决定后，他按下了无线电收发器上的按键，"克洛伊，能听见吗？"

"声音很清楚。"克洛伊回答。

"我们白跑了。"詹姆斯说，"布赖恩·埃文斯就在附近，他要和苏茜一起远走高飞。看这架势，他俩背着乔·里根有一腿。他们烧掉了一大堆资料，还把电脑上的硬盘拆走了。"

"真遗憾。"克洛伊说，"我注意到跑道上有一架飞机。我会让澳大利亚情报机构的人盯紧，他们一降落，就马上逮捕他们。"

"我们要从最远的那个角楼出去。我开厄尼的货车去你所在的方向，大概在开出角楼五公里的路边与你接头，如何？"

"就这样，很好。"克洛伊说，"你估计到那里要花多长时间？"

"二十分钟，最多半小时。"詹姆斯耸耸肩回答，"有一件事不在计划中，就是我们要带着莱斯伯恩·里根一起离开。他发现了我们，一直跟着我们。"

"这样做不明智。"克洛伊咕哝道，"不过没关系，就带他走吧，其他的事以后再处理。"

詹姆斯把无线电收发器藏在口袋里，以便有突发事件时可随手拿到。"克洛伊会来接我们。"他说，"莱特，你来带路。"

莱特打开一扇门，里面是一间装饰着大理石的豪华浴室。巨大的浴缸上有一只金色的水龙头，水龙头被雕成了天鹅头的形状；边上有一个独立的淋浴房。木门后面是里根夫妇各自的马桶。

劳伦指了指乔·里根那套漂亮的修面刷和剃须刀，说："你估计这东西能在易贝网上卖多少钱？"

莱特迷惑不解地问："什么是易贝？"

"别管这个。"詹姆斯说着，瞪了劳伦一眼，怪她不该在这个时候瞎扯。

莱特确定卧室里除了他爸爸外不会有其他人，但为了以防万一，他十分小心地打开房门。詹姆斯和劳伦跟在莱特后面进屋，只听到莱特深吸了一口气。

"爸爸！"

"嘘！"詹姆斯赶紧阻止，"别吵醒他！你在看什么啊？"

"他总是脸色苍白，可从来没像现在这么苍白过。"莱特焦急地解释道，"有人把氧气管从他鼻子里抽走了。"

劳伦走到床前，把手放到乔的额头上。"冷得像石头。"一想到自己摸的是个死人,她不禁打了个冷战,"至少死了一个小时。"

"太可怕了!"莱特声音虚弱,手足无措地从床前退开。詹姆斯赶紧上前确认妹妹的判断。

"莱特,你还好吗?"劳伦柔声问道。

"他活着时完全靠氧气管。肯定是苏茜,趁他睡着后把管子拔掉了。这就能解释为什么他们走得那么匆忙。"

"管不了那么多了。"詹姆斯着急地说,"苏茜可能会回来。我们快走吧。"

劳伦火了:"詹姆斯,看在老天的分上,等他一分钟。他可是刚死了父亲!"

莱特摆了摆手。"詹姆斯是对的。"他强忍住眼泪,"他从来没关心过我。我们走吧。"

劳伦搂住莱特,抚摸着他的后背,说道:"我很难过……我不知道该说些什么……"

当劳伦安慰莱特的时候,詹姆斯把最新情况报告给了克洛伊。她沉思了几秒钟,思索着谋杀的动机。

"我猜测,她这样做是想转移人们的视线。外界会以为苏茜谋杀丈夫是为了偷窃巨款,而不会想到那些钱与'帮助地球'组织有关。要是我们不知道内情,恐怕也会被误导。"

"我们现在就去停车场。"詹姆斯看了看表,"应该来得及,离突击队到达还有一个小时。"

三个孩子走出乔·里根的卧室,沿着走廊跑到大门口。

"不好!"莱特焦急地说,"'蜘蛛'是个疯子,要是她发现爸爸死了并且此事与苏茜有关,就会立即下令关闭角楼。她甚至会歇斯底里大发作,扬言世界末日已经来临,并下令分发枪支弹药。"

"明智点吧,"詹姆斯一边穿过枫木门,一边挖苦道,"一帮邪教狂热分子与特种部队作战——用膝盖想想都知道会有什么结果。"

莱特快步走向大门口的落地玻璃。他打开一扇落地玻璃门,带大家绕过外面的游泳池,来到一道高高的铁栅栏下面。

"这里不容易爬。"莱特说着,用两只手抓住金属栏杆,开始摇摇晃晃地往上爬,"但能节省几分钟时间。"

劳伦和詹姆斯一边一个紧随其后。爬到顶端跨过去的时候,他们听到一公里外的飞机跑道上,一架飞机正在加足马力起飞。

他们跳到被太阳烤热的泥地上,穿过杂乱低矮的灌木丛,走上碎石路,向方舟中心的巨大建筑进发。现在的气温比白天低了一些,但是落日的余晖依旧刺眼,昆虫已经开始大肆鸣叫。

他们没有跑,而是在莱特的带领下,迈着"幸存者"信徒要赶去某地的步伐轻松行走。路上人很多,他们的年龄和身上的校服使他们招来了路人好奇的目光,因为众所周知,现在是晚间体育锻炼时间,寄宿的孩子们都该在运动场上。

"我们要不要走地道?"詹姆斯问道,他预感到肯定会被人叫住回答一些不容易回答的问题。

"保持冷静。"莱特摇摇头说,"万一有人问起,我们就说是在给苏茜跑腿。"

詹姆斯知道,出去后他必然会因为莱特而面临一些不容易回答的提问,但此时他还是非常庆幸有莱特加入。

他们绕过教堂外面长长的石灰岩围墙,朝办公室和停车场的方向走去。晚间祷告结束了,体育锻炼已经开始,所以这片区域静得可怕。

本来路上只有他们三个,可这时迎面急匆匆地走来两男一女,中间那个女人赫然就是"蜘蛛"!詹姆斯以为那几个人会停下来盘问他们,但他们没有。三个孩子侧身站到路边,让"蜘蛛"一行人过去。

"你们觉得这是怎么回事?"詹姆斯回头看看同伴,问道。

"'蜘蛛'到处都有眼线。"莱特说,"她肯定已经听说苏茜带着很多行李坐飞机走了。"

"你记不记得上一次她和苏茜在走廊上吵架?"劳伦补充道,"她说到银行账号的事,苏茜马上反驳:为什么你不去问问你父亲? 我猜她这会儿准是去你父亲那里了。"

"她会发现爸爸已经死了。"莱特总结道。

"可恶!"詹姆斯说,"她发现真相后会马上封锁方舟,这大概要多久?"

"也就是给角楼里的警卫打个电话的工夫。"

他们逃出去的时间本来很充裕,有一个小时,而现在可能只剩十到十五分钟了。想到这里,詹姆斯心里一阵紧张。

他和妹妹交换了一下眼神,异口同声地问:"跑?"

"必须的。"莱特回答。三人马上像弹簧似的朝前冲去。

"我们要去拿货车钥匙!"詹姆斯大喊,"我知道厄尼把它挂在办公室的某个地方了。"

莱特点点头:"母夜叉的办公室里有一个钥匙柜。"

"母夜叉是谁?"詹姆斯问道。

"是我给那个管理办公室的女士起的绰号。"

"莱特恨她。"劳伦边跑边喘着粗气说,"每次她抓到莱特在闲荡,就要罚他去地下室整理档案。"

两分钟以后,他们跑到办公大楼前。詹姆斯气喘吁吁地冲上去,却发现大门在晚上是锁住的。

"我失算了!"他踢着大门不甘心地大喊。

"邮件滑道!"莱特提醒大家。

三个孩子绕过办公大楼,跑进空荡荡的停车场。詹姆斯率先钻进橡胶帘,抬头一看,光滑的铁皮滑道大约十米到顶。

他抓住滑道边缘,大步往上冲,可脚下呼地一滑便掉了下来,一只运动鞋刚好端在劳伦的嘴上。

"你太不小心了!"劳伦生气地责怪道,用手背抹了抹嘴巴,上面有血和沙子。

"我又不是故意的。"詹姆斯回嘴道。

趁兄妹俩吵嘴,莱特开始爬了。他的方法不一样:他一只

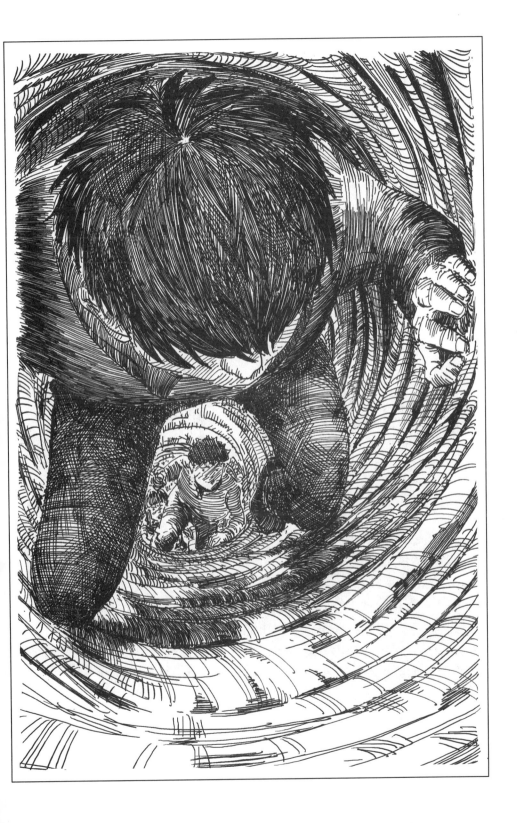

脚搭在滑道边上，两只手抓住连接两块铁皮的螺栓，使劲地往上蹿。

"你在这儿等。"詹姆斯对劳伦抛下一句话，便跟着莱特爬上去了。他拼命用手指掐住生锈的螺栓，手指都快被戳破了。

"给我找些面巾纸来。"劳伦一边说，一边用衣服擦去下巴上的血迹。

莱特爬到顶上，抬腿踢了两下滑道盖板，震得詹姆斯耳朵里嗡嗡直响。

"你就再搞大声一点，让别人都听见吧！"詹姆斯一边抱怨，一边爬出滑道跳进黑咕隆咚的收发室，往地毯上啐了一口带灰尘的唾沫。

莱特打开门，直奔光线昏暗的敞开式办公室，在办公桌间跑了五十米，就到了经理办公室。詹姆斯也马上赶到了。他们发现门开着，但是墙上的钥匙柜是锁着的。

"往后站！"詹姆斯抓起一个灭火器，猛地朝钥匙柜砸去。

灭火器哗啦一声砸在钥匙柜的塑料面板上。柜子从墙上掉了下来，摔在地板上，只听里面的钥匙丁零当啷地从小钩子上掉落。但钥匙柜还是紧锁着，只有柜门上裂开了一道小缝。

"该死的！"莱特火了，使劲用膝盖顶压塑料面板，想把裂缝搞大些。

詹姆斯也来帮忙。两个人各压了五次后，柜门上的铰链断了，莱特拽掉塑料面板。

"快把灯打开。"詹姆斯说。

头顶的日光灯闪了几次后亮了。詹姆斯蹲下来，在散落一地的钥匙里寻找那个带有丰田标志的钥匙环。人在惊慌时，时间总是过得特别快。詹姆斯急得满头大汗。

"找到了！"他终于说道，"莱特，给劳伦拿些面巾纸。"

莱特从经理办公桌上抓起一盒面巾纸，跟在詹姆斯身后奔向收发室。两个男孩跑着跑着，突然看到头顶的天花板上扫过一束手电筒光。肯定是晚上值班的人或是清洁工，听到楼下有动静就下楼来检查了。

詹姆斯回头张望了一下，没有看到人。办公室很大，估计等来人进入经理办公室发现情况，起码要好几分钟。莱特率先滑下滑道。詹姆斯紧随其后，短裤被连接部位的螺栓钩到，刮破了一道口子。

"劳伦?"詹姆斯冲出橡胶帘，从地上站起来稍稍整理了一下衣服，然后抬头看到劳伦坐在地上。她背靠着大楼的墙壁，嘴角上淌着血。莱特递给她一沓面巾纸。

"你没事吧?"詹姆斯抱歉地问。

"算我倒霉!"劳伦一边站起身，一边用面巾纸抹了把脸。

詹姆斯从两辆福特车中间穿过去，直奔丰田货车。劳伦和莱特爬上车坐定，詹姆斯却被眼前直径半米的方向盘和宽大的仪表盘震住了。这辆车虽然有转向助力装置、电动刹车和自动变速箱，开起来不比轿车难，可它的车身比詹姆斯以前开过的所有车子都要长一倍，而且离地也要高很多。他转动钥匙点火，放开手刹，轻轻踩下油门，把车子驶出停车场。

"詹姆斯，你难道不能开快点吗?"劳伦责怪道。她的声音含糊不清，因为嘴里还塞着止血的面巾纸。

"小心驶得万年船嘛!"詹姆斯把车开出停车场，开始加速，上了一条通往角楼的三十米长的岔道。

天已经黑了下来，他们过了好一会儿才看清，前方角楼外面的吊桥正被粗链子缓缓地吊起来。

"千万不要啊!"莱特跺着双脚大声喊道。

詹姆斯想要加大油门冲过去，可转念一想，马上就放弃了：紧闭的大门是为了抵御大灾难而建造的，货车根本撞不坏它。

詹姆斯看看身边还在流血的妹妹，问："你说，接下来怎么办?"

"我不知道。"劳伦耸耸肩，"要不……我们下车找个地方躲起来吧!"

37.震惊

　　天空一片漆黑,小飞机朝韦塞尔群岛的一个海滩上飞去。韦塞尔群岛位于澳大利亚北部的海面上,岛弧绵延约两百公里。达娜坐在飞机后排的单人座位上,与伊芙和尼娜隔着两排座位。

　　她知道,不排除澳大利亚情报机构已经成功追踪到飞机,并安排小分队在飞机降落点进行伏击的可能性。但是,这个可能性太小了,她很怀疑;更有可能的是,所有人都以为巴里·考克斯发现自己被人监视,就取消袭击计划躲起来了。

　　所以,一切得靠她自己了。开始的时候,达娜被这个想法吓住了。她对油轮和LNG设施一窍不通,而且此次袭击有可能会危及不少人的生命。可是,当她以自己的标牌姿势——双臂抱在胸前、伸展两腿——坐在机舱尾部,脑子冷静下来时,情况就变了。她琢磨的时间越长,对自己就越有信心。

　　"基路伯"教导大家:出其不意就是一切。巴里已经出其不意地让达娜成为谋杀案的帮凶,并且到最后关头才透露袭击目标——根本不是大家以为的那一个,而是远在一千公里以外的异国他乡。不过,达娜也有自己出其不意的一手,这一手,就是她在这飞往印度尼西亚的四个小时的旅程中想出来的。

一旦开船,人们的警惕心就会放松下来;如果事态不是很紧迫的话,说不定还会睡上一会儿。达娜手无寸铁,但船上有很多东西可以拿来当武器,比如鱼钩、绳子、厨房用具等等。

达娜今年十五岁,她从七岁起就在"基路伯"校园生活了。训练时,她挨过饿、受过冻,还差点挨枪子儿。她读过八百多页的电脑黑客入侵课程,学过俄语,被变态的教练硬逼着把鼻子贴在呕吐物上。但她得到了什么呢?一连串的任务要么归于失败,要么只是获得了部分成功。

现在,达娜有机会证明自己八年来吃过的苦都是值得的。她仿佛觉得,自己生命中的这八年,都是为了即将到来的那几个小时而活的。

*　　　*　　　*

克洛伊坐在车中,把车停在路边,前方两公里外就是灯火通明的方舟。没有任何迹象表明这里即将发生灾祸。直升机将在九分钟后抵达,发动武装进攻。她耳朵上戴着耳机,模模糊糊地听到一名男子正通过卫星电话在对她说话,那名男子正驾驶着直升机,从三十公里外快速朝这里逼近。

"你为什么不听我说?"克洛伊大声喊道,"方舟里有一百多个孩子,而我们有两名卧底已经确定那里面有大量重型武器。"

"小姐,我们了解他们的装备情况。"指挥官傲慢地大声回答,"这次武装进攻计划周密,我们准备了两个月。"

"你根本没在听我说!"克洛伊的火气越来越大,"我有理由相信乔·里根已经死了,你们选择了一个最差的进攻时间点,因为方舟已全面封锁,方舟内部已进入紧急戒备状态。"

"可是,我没有收到这类情报……"

"你收到了,我刚刚告诉你的。"

"……情报来源不可靠。"指挥官尖酸地回答,"我们有针对性地进行过训练,我们是精锐部队。我知道你为自己的卧底人员担心,但这次行动是经过总理批准的。"

克洛伊恢复了正常语调:"你边上有澳大利亚情报机构的人吗?"

指挥官似乎很高兴克洛伊不再纠缠他了,二话没说就把耳机递给了别人。

"你到底是谁?"澳大利亚情报机构的官员厉声问道。

克洛伊不愿向直升机里的全体突击队员透露"基路伯"的情况。"我是英国情报机构的联络员,"她解释道,"方舟里有我的两名特工。他们告诉我,伊琳娜·里根已经把武器分发给所有身体健全的成年人。如果你们今晚进攻,你们面对的将是一场极其激烈的——我重复一遍——极其激烈的对抗,激烈程度超出你们的想象。"

"布莱克小姐,"澳大利亚情报机构的官员语气生硬地说,"我根本不知道方舟里有卧底,而且到了这个阶段,我们已不可能撤销行动。如果你与你的卧底人员还保持着联系,我建议你告诉他们赶紧找个掩体躲起来,武装进攻五分钟后就将开始。如果你觉得我们行为不当,可以在事后打报告向上级部门投诉。"

"放屁!"克洛伊喘着粗气大发雷霆,"希望你能活到那个时候!"

克洛伊结束通话,失望地摘下卫星电话扔到副驾驶座上。她叹了一口气,然后拿起挂在杂物箱盖上的另一个无线电通话器。

"詹姆斯,你收到了吗?"

"声音很清楚。情况如何? 他们还来吗?"

"看起来是的。"克洛伊说,"八点钟准时进攻。你那边情况如何?"

"和刚才一样。"詹姆斯回答,"伊琳娜刚刚通过扩音器公布了乔·里根去世的消息。她还说魔鬼可能会来袭击,要每个人

保护好自己。这里的每个人都把自己武装起来了,穿戴得像机器战士,在周围跑来跑去。一旦听到直升机飞来的声音,他们肯定会以为一场流血的大灾难即将来临。"

"你看到他们都有些什么武器?"

"绝大部分是自动步枪。"詹姆斯说,"有 AK-47,还有 M16 卡宾枪。角楼里已安放好重型武器:直径二十毫米的加农炮,用火箭推进的手榴弹。"

"你们现在在哪儿?"

"我们在成人教育中心一楼的一间教室里,是莱特带我们来的,因为这里没人。自从方舟不再接待来访者后,这里就被封起来了。"

"好。"克洛伊说,"你们能不能找一个更加安全的地方躲起来?比如地下掩体或别的什么地方?"

"能啊!"詹姆斯回答,"莱特说下面有很多地道,可是躲到地下后,我们就看不到地面上的情况了。"

"我才不担心这个呢。"克洛伊说,"我与他们完全无法沟通。突击队指挥官根本不听我的,澳大利亚情报机构的官员压根儿就不知道'基路伯'的卧底行动。最后我火了,大骂一通就把电话挂了。"

"这不是你的风格。"詹姆斯说。

"我真的是对他们彻底失望了。"克洛伊抱怨道,"你们只要藏起来保证安全就好。要冷静,千万别干蠢事。"

"我像是会干蠢事的人吗?"詹姆斯试图幽默一把,想把自己从紧张的情绪中解脱出来,"一有情况,我就会联系你。"

克洛伊从耳朵上摘下无线电收发器。有那么一会儿工夫,她以为是无线电设备没关,所以有静电干扰,但她马上就反应过来,那是远处直升机的螺旋桨叶片转动的声音。她看了看仪表盘上的电子钟,时间是 19:57。

*　　　*　　　*

在一台柴油发电机的驱动下,几盏灯被点亮了,为海滩提供照明。巴里把飞机稳稳地降落在退潮后露出的沙滩上。达娜解开座位上的安全带,看到一个穿着帆布鞋、沙滩裤的男子朝飞机慢慢地跑过来。达娜从来没见过他,不知道他就是迈克·埃文斯。

他们从飞机上下来,在黑乎乎的沙滩上活动了一下僵硬的腿脚。迈克迎上来握住巴里的手,操着得克萨斯口音说:"嘿,巴里,准备得怎么样了?"

"到目前为止一切顺利。"巴里点点头说,"这里情况如何?"

"你们的船都准备好了。天气不错,海上风平浪静。如果需要,你们可以全速行驶。但要注意油表,因为时速到五十海里以上时,每分钟耗油量会达到八升,那样的话,油就不够你回到澳洲了。"

"雷达侦察到什么情况了没?"尼娜问道。

"连只鸟都没发现。"迈克回答,"船上的雷达系统是最先进的。屏幕上什么也没有,不管是在海上还是在空中。我百分之九十肯定,你们从达尔文出来后没人跟踪。"

迈克转头看看两个女孩,继续说道:"你为什么不把这两位美丽的年轻女士介绍给我呢?"

巴里笑笑说:"她们是伊芙和达娜,今晚有她俩加入,我感到非常荣幸。"

迈克咧嘴笑笑,和两个女孩握握手。

"你和我们一起坐船过去吗?"达娜问道,内心一点也不希望有人搭进来。

"我知道与你同行会很愉快,但我的任务是让你们坐船离开,然后收拾这些降落用的指引灯,把飞机开走。"

"真遗憾。"达娜撒了个小谎,心里感到稍稍安定了些。

迈克领着大家在沙滩上艰难地走了两三分钟,最后到达一个木头搭建的码头,那儿停靠着一艘很大的机动船。

船体是黑色的,所以一直走到离它只有二十米时,达娜才看清楚。它凶神恶煞般的模样很酷:双层甲板,上面有镀铬的设备,流线型的船身非常适合高速行驶,还有一条小艇——和她们早上受训时乘坐的小艇一样——捆绑在后甲板的斜坡上。

伊芙和达娜跨过甲板上的栏杆,上了船。巴里登上梯子去二层的驾驶舱,迈克则解开缆绳。

"可以出发咯!"迈克高声喊道,立正向三名女士敬礼,"祝你们好运。"

机动船上的两个涡轮吸进大量的海水,船身开始倾斜。海水从船尾喷出,推动机动船快速前进。当达娜走进驾驶舱底下的餐厅时,巴里开始加速,船尾喷射出的两股水柱顿时变得有五米长。

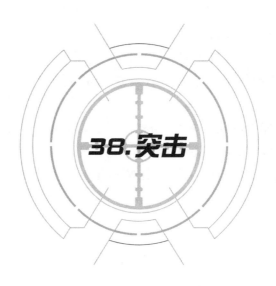

38.突击

直升机的声音一传过来,方舟里就呜呜呜地拉响了紧急警报。一分钟后,扩音器里传来伊琳娜清脆的声音。

"南面角楼里的天使看到直升机了!我父亲死了,魔鬼就有胆量来攻击我们了。他们马上就会到达我们头顶。我们必须立场坚定,齐心协力保卫我们的家园。记住,我们的力量来自上天。"

莱特朝劳伦和詹姆斯扮了个鬼脸,说:"我猜,说那些豪言壮语的人,现在正躲在地下四层呢!"

三个孩子站在成人教育中心的一扇窗户前朝外看。天空黑漆漆的,但震动的窗玻璃告诉他们,直升机离这儿已经很近了。

"我们能及时躲进地道吗?"詹姆斯问道。

"那得看时间还剩多少。"莱特耸耸肩回答,"我们出了这幢房子,大约得跑三十米,然后下一段楼梯。"

劳伦因为嘴里还塞着卫生纸止血,所以说起话来怪声怪气

的："我不想去。"

"我也不想。"詹姆斯说，"要是跑到外面被逮个正着，那就惨了。我们还是待在这儿吧。"

一架直升机掠过头顶，三个孩子本能地蹲下身子。又有两架直升机飞过来，在教堂后面的院子上空盘旋。尖塔上的灯光照向夜空，暴露了直升机的位置。

一架直升机打开探照灯，照亮了下方的路面。那是个军绿色的大家伙，敞开的机舱门口站着十二名突击队员，飞机一降落，他们就会跳下来。

直升机离地面已不到十米，这时，一束橘黄色的火光从教堂里呼啸而出，近距离射中了飞机。驾驶舱里火光冲天，三名突击队员被震出了机舱。

"退后！"詹姆斯大声喊道。

他知道，如果直升机爆炸，窗户就会被震碎，所以他用一只胳膊挡住脸，扑到最近的一张桌子底下。劳伦和莱特照他的样子做了，可是什么也没发生。詹姆斯鼓起勇气往窗外看了一眼，发现火焰已经熄灭，灭火泡沫的滚滚烟气从机舱门口翻腾而出。

显然，火焰是被直升机自带的消防系统扑灭的。驾驶员只管一个劲地将直升机往上拉起，根本顾不上掉下去的三名突击队员，其中两个已经被火焰吞没，躺在地上一动不动，还有一个则疯狂地在土里打滚，想把身上的火苗扑灭。

另外三架直升机也清晰可见，正试图降落到院子里，可这里是重型武器的射程范围。只见又一束火光——詹姆斯猜测那是一枚火箭推进的手榴弹——从教堂里窜出，这次打歪了，擦了一下正在降落的直升机之后，盘旋着飞出去，最后在围墙边爆炸。

接下去的一枚炮弹正中一架直升机的尾桨。那架直升机离地面已经很近了，它被击中后剧烈地抖动着，螺旋桨差几厘米就要刮到教堂一侧的墙面，险些撞毁。

驾驶员拼命控制住没有尾桨的直升机,另外两架直升机则放弃降落重新升到空中,显然是收到了撤退的命令。这么一来,没有尾桨的直升机不幸成了空中唯一的攻击目标。正当那架直升机努力上升的时候,又有两枚炮弹向它袭去,一枚发自教堂,另一枚发自角楼。

最后一枚炮弹击中了油箱,空中顿时火光冲天。詹姆斯把脸贴在教室的地板上,感觉到一阵热浪向他袭来,接着是震耳欲聋的爆炸声,方舟里成百上千扇玻璃窗被震得粉碎。

詹姆斯的耳膜被突如其来的气压变化震得嗡嗡直响。接着,尖利的玻璃碎片满屋子乱溅,要不是詹姆斯躲在桌子底下,他早就被切成了碎片。

尽管眼睛被烟气刺得生疼,詹姆斯还是拼命睁开双眼,急切地四处寻找妹妹。

"劳伦?"

"我们没事!"劳伦大声回答,"你呢?"

詹姆斯的耳朵几乎听不到妹妹的声音,他应了一声:"我也还行吧!"

詹姆斯小心翼翼地避开玻璃碎片,从桌子底下出来,冲到妹妹和莱特身边,只见他们二人吓得挤作一团。

"我想他们暂时撤退了。"詹姆斯说。

劳伦揉揉眼睛,吓坏了,她抽泣着说:"地上那个被烧着的人真可怜。那架爆炸的直升机上肯定有好多人被烧死了。"

詹姆斯取出无线电收发器,对着它大声喊道:"克洛伊!"

"你们在哪儿?"克洛伊的声音听上去非常震惊,"我刚才看到的是真的吗?"

"我们没能撤到地道里,现在还在培训大楼里。还有,你没看错,的确有一架直升机被击落了。"

"我告诉过他们的!"克洛伊尖叫道,"我严厉警告过他们。你们几个都好吧?"

"我们都平安无事,只有劳伦受了点惊吓。"

"另外三架直升机刚刚在我附近的荒地里降落。"克洛伊说，"我有护理资格证。他们肯定有人受伤了，我想我能帮得上忙。"

＊　　　　＊　　　　＊

这艘双层快艇是专为有钱人建造的玩物，达娜无法想象有哪个普通人会花大价钱买下这么一个荒唐的玩具。然而，达娜还是不由自主地喜欢上了它：从完美的镀铬便池到舒适的皮沙发，还有紧凑的小厨房，里面的各种小配件和信号灯比航天飞机上的还要花样繁多。

令人印象最深刻的是那种隔离感。他们正以一百公里的时速开往印度尼西亚，两个喷气式涡轮在他们身后喷出十米高的水幕，然而，一旦通往后甲板的那扇三层门被关上后，船舱里的人顿时感到一切都静止了，唯有当船偶尔冲破一个大浪时猛地一颠，他们才能感受到船在移动。

现在是 8:40，达娜完全能肯定：澳大利亚情报机构已经彻底失去了她的踪迹。在接下来的三个多小时内，她必须制伏船上的人，控制住整条船。

她精心思考着每一个步骤：检查厨房里的抽屉，打开橱门寻找武器，仔细研究船的内部结构，记住每道门通往什么地方，计算好隔离三个同伴的最佳位置，以便她一次解决一个。她认为只要出其不意地动手，伊芙和尼娜不会是大问题，但巴里不一样：他块头大，很强壮，又受过高级格斗训练，裤袋里还有把枪，可以随时拔出来杀人。

"嘿！你在听吗？"尼娜问道。

达娜一直坐在皮沙发上想事情，被这个问题吓了一跳。她抬起头，假装打了个哈欠，说道："对不起……我有点累了。"

尼娜同情地点点头："这一天确实够长的。等我们介绍完基本情况后，你们两个去船舱里睡一会儿。"

"我确实需要找个地方睡一会儿。"达娜说，"你现在就介绍吗？"

"好，我们尽快把这事做完吧。"尼娜点点头说。

达娜站起身，几步走到厨房里的一张圆桌前。伊芙已经坐在那儿了，达娜在她身边坐下。尼娜拉开一只背包的拉链，从里面取出一卷示意图。

"你们拽住角。"尼娜说着，打开了示意图。

图上只画了基本轮廓，是按比例缩小的。弯弯曲曲的海岸线上，画着许多圆柱形的 LNG 气缸，这一片就是 LNG 装卸区域。一个长长的码头伸到海里，码头尽头画着两艘标准的巨型油轮。

"图上已经画得很清楚了。"尼娜指着示意图说，"爆炸的地点和时间对任务的成败至关重要。在开到离油轮两百米的地方时，我们会换乘小艇。为了不弄出声音，最后一段路我们会关掉引擎，划桨过去，然后在这里停下来，躲在两艘油轮中间的码头下面。

"你们每人对付一艘油轮，分别把两块磁性炸弹安放在水下两米左右的船首位置，炸弹之间隔开十八米。直接用这个就可以炸开船体，把爆炸气体注入两层船身之间的密闭空间，并且在几秒钟后引爆，其威力足以炸掉两艘油轮的船头，炸裂船上液化天然气高压气缸的外壳。

"一旦在油轮上安放好这套装置，我们就会在码头上安放两个更大的炸弹。第一个装在伸向油轮的加油吊臂上，另一个装在靠近海岸的那一头。我们的目标是在十五分钟内安放好炸弹。我们清场离开后十五分钟，六个炸弹将自动引爆。

"这个 LNG 装卸终端有一定的抗事故能力，发生小型事故时会自动把液化天然气安全排放出去。不过，只要我们计算精确，船头和码头上的爆炸就可以彻底破坏装卸终端的安防设施。大爆炸不仅能摧毁码头和两艘油轮，还能摧毁陆地上的储气设备以及液化装置的关键部位。

"为了把炸弹安放在更精确的位置上，你们两个都必须在腰间别一个 GPS 定位仪。GPS 定位仪上已经预先设定好了四

个炸弹的坐标值。"

"轻而易举。"达娜说着,脸上露出"幸存者"信徒特有的笑容。

"如果你的态度这么随便,恐怕此事就不会轻而易举。"尼娜语气尖锐,"请听好:以上行动都将在黑暗中完成,而且石油公司的员工近在咫尺,我们必须轻手轻脚,说话的声音要放到最低。

"到现在为止,我已经介绍了袭击行动的大致情况,接下去我要详细解释每一个步骤。你们有问题就提出来,不要留到执行任务的时候再问。

"本次袭击行动所需的设备都已经装上了小艇。到时,会有自动升降机把船尾的小艇放到海里。很显然,在我们采取行动前,所有的引擎都必须关闭……"

达娜暗自打了个哈欠,拼命记住这一连串的细节。

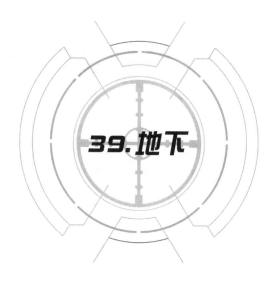

39.地下

詹姆斯低估了"幸存者"组织抵抗特种部队的能力。在看到"幸存者"组织的军火库时,他已经预料到事态将会非常严峻。然而,他无论如何也没有料到,突击队会损失一架飞机,并且没来得及救回队员就被迫撤退了。

事后想来,"幸存者"组织想要得到手榴弹、迫击炮以及其他重型武器根本不费吹灰之力,因为走私者可以从世界上众多遭战争蹂躏的国家买来一船的武器,并在澳大利亚几千公里荒无人烟的海岸线上随便选一个地方运上岸。

战斗已经进行了二十分钟,损坏的直升机还在冒着浓烟。那名从第一架直升机上掉下来的突击队员,最终扑灭身上的火焰幸存了下来,但他马上被人从地上拽起来,拖进屋扣押为人质。

现在,烟雾已经消散,培训大楼里的空气恢复了正常。劳伦和莱特把一张课桌侧面朝下当扫雪机用,把满地的碎玻璃推到教室一边。

詹姆斯透过破碎的窗户向外张望。爆炸之后到处有人跑来跑去,但现在,"幸存者"信徒都已带着武器退入了屋子和地道。

"你们怎么看?"詹姆斯问道,"现在外面似乎很平静,我们要不要冒险换个地方?"

"你觉得我们离开这里比较好吗?"劳伦问,"可是,我们对地道里的情况一点也不了解啊!"

詹姆斯耸耸肩说:"我认为这场战斗只有两种结局:要么'幸存者'信徒投降,我们高高兴兴地从前门出去——而这看上去不可能;要么这些刚刚失去十二名战友的士兵等来援军——他们可不是盖的——再次对这里发动武装进攻。

"不论是今晚进攻,还是明天进攻,或是长时间围城后再进攻,我都不想待在一幢木头和石膏板搭建的房子里了。"

劳伦不情愿地点点头,说道:"我想你说得对。可是莱特,你了解这个建筑群落,你能肯定这里没秘密通道或其他离开的通道吗?"

莱特摇摇头:"整个方舟就是为了对付围城而建造的。角楼是唯一的出入口。"

"那么,我们意见一致了。"詹姆斯说,"我们走吧!"

詹姆斯带头穿过教室与教室间的一小段通道,小心翼翼地打开门,来到外面的平台上,在走下台阶之前,他仔细地观察着下方地面上的动静。

恰好此时,燃烧的直升机里有一枚炸弹爆炸了,三个孩子赶紧冲下台阶扑倒在地面上,看上去就像中弹了似的。

"虚惊一场……"詹姆斯后怕地说。

"真讨厌!"劳伦小声说着,用湿冷的手捂住胸口。

莱特认识路,他带头往前冲,猫着腰跑过一段三十米长的散落着碎玻璃的小路,来到一段金属楼梯前,楼梯下面就是通往地道的入口。

下去后,他们面前出现了一道厚厚的金属门。莱特用两只手抓住橡胶门把手,拼命往里推门。门上的机械装置发出嘎嘎的响声,门却纹丝不动。

"要不要我来试试?"詹姆斯说,"我比你力气大。"

莱特摇摇头说:"你也推不动,门从里面被闩上了。"

劳伦嘟哝道:"应该还有别的入口可以进去吧?"

"对此,我深表怀疑。"莱特说,"每两三幢楼就有一扇后门通往地道。既然这扇门锁上了,那么我想其他的门一定也锁上了。"

"那么,现在怎么办?"劳伦看着詹姆斯问道。

"我们去试试别的门。"詹姆斯说,"如果都打不开,我们就只能回教室了。或许我们能把课桌叠起来,搭成一个掩体什么的。"

劳伦看着她的哥哥,那眼神就好像看着一个傻瓜似的:"是啊,课桌挡子弹的名气很大啊!"

"我的好妹妹,你有什么好主意?我洗耳恭听。"

"别吵了。"莱特嘘了一声,压低嗓门说,"上面有动静。"

一束手电筒的光线照到他们脸上,同时响起一声大喊:"转过身来,把手放到头顶上!"

詹姆斯听出那是厄尼的声音,顿时松了一口气:"厄尼,感谢老天,你来了。"

可是,詹姆斯没能轻松多久,只听来复枪的保险栓咔嗒一声打开了。

"把手放到头顶上。"厄尼冷冰冰地重复道,"我不知道你们三个在搞什么,只知道里根小姐派了一打人出来找你们。现在,走上来,动作要慢,不许乱动。"

在灯光暗淡的地道里,他们遇到的每个人都穿着盔甲,很多人肩上还挎着一支枪。"幸存者"手册上提到过,到了最后关头,所有天使都得拿起武器保护方舟。

这些"幸存者"信徒个个破衣烂衫,中年发福的身体上佩着武器,那模样实在是滑稽,简直就像一群会计在排演某些著名战役的场景。但詹姆斯一点也不觉得有趣。这些人都是乔·里根最狂热的追随者，他们的所作所为已经说明了一切。

"蜘蛛"使用的掩体在地下三层，就在教堂下面。她的装束极具戏剧性：伪装用的棒球帽，防弹衣，瘦骨嶙峋的肩膀上挂着一管小型机枪，毛边牛仔裤的腰上吊着两枚手榴弹。

三个孩子拘谨地排成一行站在她的桌子面前。"蜘蛛"的一群密友坐在后面的椅子上，其中有乔姬，她倒戴着一顶棒球帽，佩着一把来复枪。

"有人看到你们三个从父亲的住所翻墙而出。""蜘蛛"发话了，"你们到那儿干什么去了？"

"苏茜叫我们去帮她收拾行李。"詹姆斯解释道。

"可你们爬出去后没有回学校。""蜘蛛"厉声说，"偷偷摸摸的人才要爬，诚实的人只走正门。"

正当詹姆斯张口结舌的时候，莱特接上了话。

"我帮苏茜从衣架上拿衣服时不小心扯破了一条裙子，"他开始信口胡扯，"她马上发火了，尖声大叫，说那裙子很贵很贵，还威胁说要打我们板子。她抬手就朝劳伦扔过去一只化妆箱，我们只好逃跑。说实话，我们不想惹恼她，但实在怕得要死。我们亲眼看见她是怎么对待管家的，所以真的以为她会伤害我们。"

"我明白了。""蜘蛛"说着，身体前倾靠到桌子上，十指交叉在一起，"后来，又有人看到你们上了货车。种种迹象都让我以为你们要逃跑。"

"我们害怕被苏茜追上。"莱特解释说，"詹姆斯说他会开货车，可以带我们到离这里最近的小镇，打电话向他爸爸求救。"

詹姆斯对莱特的聪明才智佩服得五体投地，他就是想破脑袋也编不出这么好的理由来。

"蜘蛛"嘴里应着，试图找出莱特话语中的破绽："但是，当时你明明已经知道苏茜和布赖恩要坐飞机离开，为什么还要逃出去？"

"我以为我们回到学校就会受罚,因为苏茜肯定会留话让乔姬来惩罚我们的。"

"好吧……""蜘蛛"的嘴角抽搐了一下,神经质地笑了笑,"这似乎解释得通。你们应该感到高兴,因为你们再也不会在方舟里见到苏茜·里根了。"

乔姬清了清嗓子,示意她有话要说。

"蜘蛛"点点头:"你说吧。"

"伊琳娜,我不想多嘴,但莱斯伯恩嘴里吐出来的话,你最好一个字也别信。大家都知道他是个骗子。我不得不一次次地打他板子,比打学校里其他所有孩子加起来的次数还要多。"

"蜘蛛"沉下脸,腾地从椅子上站起来:"乔姬,我不喜欢你这种态度。我知道莱斯伯恩很难管,但你必须记住,他是王室成员。他是,而且永远都是乔·里根的儿子,和我有一半的血缘关系。"

在"蜘蛛"咄咄逼人的气势之下,乔姬像瘪掉的气球似的,顿时蔫了。"那当然。"她用微弱的声音低声回答,"我明白了。"

"带他们三个回学校去。""蜘蛛"下令,"不要再把他们弄丢了。"

离开"蜘蛛"的办公室大约一百米之后,他们拐到地道里往学校走去。这时,莱特实在忍不住,放肆地对自己的宿敌咧嘴一笑。

"莱斯伯恩,眼睛朝前看。"乔姬尖着嗓子说,"你能哄住你的大姐,但你骗不了我。"

"你这么说有什么根据?"

"因为从魔鬼嘴里吐出的字肮脏不堪,通通都是谎言。"

"也许我该和我大姐谈谈你的事了。"莱特笑道,"我感到你极不尊重我的高贵地位。"

两分钟后,他们拐进寄宿学校下面的地道里。因为事态紧急,孩子们都被限制在宿舍里不许出来。劳伦担心地看了看詹姆斯,以为自己要和两个男孩分开,被送到穿黄色制服的女孩

中去了。但乔姬显然另有安排，只见她打开一扇地下室的门。

　　这是一间堆着软垫和玩具的保育室。房间里阴暗潮湿，空气中充斥着水粉涂料和牛奶的味道。有五个孩子在里面，他们的父母在方舟里上班，而他们还小，没到上学年龄。这里没有大人，乔姬每次都是先威胁他们说不听话就会挨板子，然后把门锁上，不管不顾了。

　　"我不想再让你们三个跑掉。"乔姬说，"你们都待在这儿，我要一直盯着你们。"

　　一个可爱的小女孩拖着一条柔软的毯子，蹭到乔姬旁边，扯扯乔姬的裤腿说："小姐，我的橡皮奶嘴不见了……"

　　乔姬凶巴巴地瞪着她。"安娜贝尔，我不是你的保姆！"她吼道，"自己去找，找不到就没有！"

　　小女孩望着一个高架子上的塑料盆，皱着眉头说："我够不到。"

　　乔姬对她摇摇手指："安娜贝尔，今晚我没心情对付你！ 你

想挨揍吗?"

　　小女孩撇了撇嘴,好像就要哭出来了,但看到乔姬举起手威胁她时,马上又忍了回去。

　　劳伦看不过去了,她蹲下来,笑着对小女孩说:"带我去看看玩具盒在哪里,好不好?"

　　乔姬揪住劳伦的T恤衫,把她拉了回来:"你想和这些小东西玩,可以,但不许把他们弄得太兴奋。一方面,时间很晚了;另一方面,看到他们大声尖叫四处乱跑,我就脑袋发涨。"

　　劳伦礼貌地点点头,说道:"好的,小姐。"

　　"我上去抽根烟。"乔姬说着,没好气地瞪了詹姆斯和莱特一眼,"注意自己的行为,别把这里弄得到处是血和鼻涕。"

　　乔姬离开保育室,砰地关上金属门,用钥匙把门锁上了。

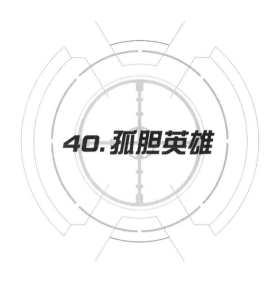

40. 孤胆英雄

　　伊芙闭着眼睛躺在上铺,但达娜不相信她能睡着。再过一个半小时就得坐小艇去炸沉两艘超级油轮了,这种时候,谁能睡得着?

　　达娜扯掉身上的毯子,悄悄地从地上拾起短裤穿上,又把穿着袜子的脚伸进运动鞋里。这时,船遇到一个大浪,她的后脑勺砰地撞在了上铺的床沿上。

　　伊芙睁开眼,说:"哦,我听到了。你没事吧?"

　　"嗯……没有听上去那么糟。"达娜用手揉着撞疼的地方说。

　　"你为什么穿衣服?还没到时间,不是吗?"

　　"没到。我又想小便了。"

　　伊芙有点不解:"那你也用不着穿衣服啊!"

　　"我以为,"达娜解释道,"我们这是在船上,而且……巴里也在这儿呢。"

　　"这至少是你第五次上厕所了,你没事吧?"

"我一紧张就闹肚子。"达娜撒了个谎,"去年考试前,我一大早上了二十次厕所。"

"或许我们应该祈祷。"伊芙说,"每次一想到上天,总是能让我感到宽慰。"

达娜站起来,说道:"等我回来再祈祷吧。你感觉怎么样,紧张吗?"

"我只希望按照上天的意愿生活。"伊芙说,"尼娜说,新的方舟里,有个房间会以我们的名字命名。这真是令人难以置信,不是吗?"

"幸存者"信徒的这些谈吐快把达娜逼疯了。在伊芙的头脑里,白金珠子和以她的名字命名的方舟房间,比彩票上的六个数字更重要。

伊芙又躺下了,达娜则沿着一道狭窄的楼梯走了三步,钻进洗手间,关上门并把门销插上。她抬起马桶盖,坐下来小便。不过,这并不是她多次起床来洗手间的真实目的。

达娜打开洗手盆下面的柜子,这里面藏着她先前在船上到处搜集到的东西。她把这些东西取出来———一把钥匙,一把带锯齿的猎刀,一瓶清洁烧炉用的喷雾剂,还有几根结实的尼龙绳。她把绳子割成好几段,每段的长度刚够绑一个人。

除了绳子,她把别的东西都藏到口袋里。她注视着洗手盆上方镜子里的自己,深呼吸,冷静地思考。十分钟后,她要么控制这艘船,要么就是死路一条。

*   *   *

詹姆斯、劳伦和莱特被锁在保育室里已经有两个小时了。这间屋子带卫生间,里面的洗手盆很小,离地只有半米高,马桶也是小孩子用的尺寸。不知何故,詹姆斯只能在卫生间后墙的厕位上收到无线电信号。由于卫生间没有门锁,莱特只好用背挡住门,防止小孩子进来看到他们在干什么。

"克洛伊,"詹姆斯悄声说,"有没有最新消息?"

"没有。"克洛伊回答。她接下去说的话被静电干扰变得模

糊不清。

"听不清,你再说一遍。"

"我刚才说,第一批援军会在一个小时内着陆。更多的援军会从陆路过来,而且媒体也已捕捉到这次行动的消息。还有,突击队的一名指挥官要我问问你们,是否知道角楼里发生了什么事。"

"我们恐怕不知道。"詹姆斯说,"我们被关在一个房间里,彻底与外界失去了联系。乔姬进进出出好几次了,但她不会告诉我们任何事。怎么啦? 依你判断,是什么情况?"

"指挥官正在用红外线摄像机观察角楼。好像'幸存者'信徒正在把大量武器从角楼搬走,大概是要放弃角楼。"

"所有的角楼都一样吗?"

"是的,我们认为是。"

"那么,突击队接下去有什么计划?"

"他们——"

"克洛伊,请再说一遍,你声音又不清楚了。"

"所有人都感到非常震惊。直升机撤回来以后,突击队发现自己损失了四分之一的兵力。那个先前不肯听我意见的指挥官,知道自己把事情搞砸了,正像只无头苍蝇似的到处乱窜。没人知道该怎么办。他们派了一个人质谈判小组去方舟,不过三四个小时之内还到不了。"

"这里的'幸存者'信徒全是核心成员。"詹姆斯说,"他们宁愿与方舟同归于尽。结局不容乐观。"

"詹姆斯,我知道情况很糟。我真心希望我能给你们一些安慰,但我与你一样无能为力。保持联系,如果你了解到角楼里的情况,马上通知我。"

"好的,克洛伊。通话完毕。"

詹姆斯刚把无线电收发器放进口袋,莱特就把六岁的约瑟夫放了进来。他穿着一套褪色的、不合身的小号睡衣,一直在捶门。

"你们在干吗?"约瑟夫揉着困倦的眼睛,生气地问道。

"没干什么,消磨时间呗。"莱特回答。小男孩走到小便池跟前,开始撒尿。

约瑟夫回头看看莱特,问道:"你在看什么?"

"啊?"莱特眨眨眼睛,"哦,没看什么。"

詹姆斯和莱特出去找劳伦。劳伦正背靠软垫坐在地毯上。三岁的安娜贝尔和她四岁的哥哥马丁依偎在劳伦身边,头枕着她的大腿睡着了。

约瑟夫上完厕所跑了出来,动静很大地跳到墙边的一张小床上。

"污水!"莱特看着约瑟夫,忽然神秘兮兮地笑了起来,"我刚想到一件事,也许是一条逃生之路。"

"真的?"詹姆斯精神为之一振。

"我想知道劳伦对此事有何看法。这事我不想说两遍。"

詹姆斯走到他妹妹身边,拍拍她的脸颊。劳伦没睡着,只是闭着眼睛。

"过来一下。"詹姆斯说。

劳伦把腿从孩子们的脑袋下面抽出来,轻轻地把两个小家伙暖烘烘的身体放到软垫上,尽量不吵醒他们。安娜贝尔突然深吸了一口气,睁开眼睛。

"你要去哪里?"

"就在边上。"劳伦柔声回答,"快睡吧,我马上就回来。"

"劳伦,你真好。"安娜贝尔实在抵不过睡意,脸上带着甜甜的笑容又睡了过去。

劳伦一面向詹姆斯和莱特走去,一面回头看看两个孩子:"他们真可爱啊!"

"污水。"莱特又说了一遍,声音里明显流露着兴奋,"记不记得你们刚才问我,除了角楼,方舟还有没有别的出口?我刚才看约瑟夫小便的时候,突然想起几年前的一件事。

"方舟里所有的下水道最终都通往一个大污水池。几年前,方舟里住着很多人,污水池老是溢出脏水,臭气熏天。后来,大家实在受不了,只好掘开地面做一个更大的污水池。我亲眼看见的,那个池真的很大,你可以站着走过去。"

"那又怎么样?"劳伦问,"对我们有什么好处?"

莱特笑笑说:"卡车每星期来两次,把池子里的污水抽走。污水池与方舟外面的一个窨井相通,他们就是把管子伸到那个窨井里抽走污水的。你们肯定在晨跑的时候见过那个窨井,就在第四个角楼外面。"

"我想我明白你的意思了。"詹姆斯说,"那里确实够大,爬得过去。"

"等等!"劳伦举起手打断他们,"我们在说下水道,对不对? 你们的意思是,逃跑途中我们得蹚过从厕所里冲出去的脏水,对不对?"

詹姆斯耸耸肩说:"劳伦,现在外面有两拨荷枪实弹的武装力量,我们夹在他们中间。如果这条路真的可以通到外面,我就走。"

"可是……我觉得……"劳伦还是觉得很不自在。

"你再想想,"詹姆斯说,"一边是脑袋上挨枪子儿,一边是忍受一些令人恶心的东西,哪个好些?"

这时,门锁里响起钥匙转动的声音,三个孩子转过身去。

"你们三个在密谋些什么?"乔姬嘴里冷嘲热讽着走进来,不屑地用胖手指挖着鼻孔,然后一屁股坐到椅子上。

*　　　*　　　*

达娜走出洗手间时,冷不防看到尼娜就在门口,不禁吓了一跳。

"你没事吧?"尼娜问道,"我听见你一直在走来走去。"

达娜用手捂着肚子,说道:"太紧张了,所以肚子痛。"

尼娜点点头:"这些绳子是怎么回事?"

这可把达娜给问倒了。情急之下,她脑袋里冒出把尼娜干倒的念头,但转念一想,还是应该按照计划行事——在显山露水前,先要想办法将巴里手中的枪夺过来。

"船刚才遇到一个大浪,绳子就从柜子里滑出来了。"达娜觉得这是她有史以来编过的最蹩脚的谎言,"我想找个地方把它放好,这样就不会碍事了。"

"嗯。"尼娜脸上掠过一丝怀疑的表情,但她急着想上厕所,所以不再细究,匆匆走进卫生间。

达娜奔跑着穿过厨房,走进豪华的餐厅。当她打开餐厅后面的玻璃门走到后甲板上时,迎面而来的是阵阵海风和嘈杂的海浪声。尽管船舱里透出些许灯光,但达娜还是摸索了好一阵子,才把钥匙塞进锁孔并锁上了门。这样一来,万一伊芙和尼娜起了疑心,锁上的门可以拖延她们的时间,她们只能从窗子里爬出来。

达娜迅速走上一段楼梯,先把绳子放在楼梯顶部,然后走进驾驶室。这里空间很小,但里面的装修和船上其他地方一样豪华,三面都有真皮座椅,正前方的控制面板上有一个镀铬的舵轮。大灯都关上了,巴里沐浴在设备发出的幽幽蓝光里,成了一道剪影。

"嘿!"巴里高兴地说,"你来看我吗?"

达娜笑着说:"你不介意吧? 我太紧张了,睡不着。"

"晚上这儿没什么可看的。"巴里说,"在GPS上定好坐标,船就会自动行驶。你只要盯着雷达屏幕,保证别撞到什么东西就行。"

"这船可真神奇啊!"达娜说着,慢慢靠近前方那块倾斜的屏幕。她看到船舷外面激起的阵阵水雾。

巴里耸耸肩说:"这船用来执行任务不错,但说实话,我觉得这玩意儿令人恶心。"

"为什么?"

"这船以前属于某媒体大亨,他花了几百万元买下它。几年后,他有了一艘更好的船,就把它卖了。现在,任何人只要口袋里有一万美元,就能租下它使用一天。而与此同时,这个地球的另一边,有一个叫非洲的大陆,那里每年都有数百万人因为没钱买药而死去。"

"我觉得……"达娜看着巴里短裤口袋里塞着的手枪,一边绞尽脑汁设想着怎样做才能很自然地靠近巴里,一边说,"今天早上车里那两名警察的影子总是在我的脑袋里挥之不去,我知道他们是魔鬼,可他们只是在干自己的工作啊……你懂我的意思吗?"

"达娜,你所说的,恰恰就是我们这个世界存在的困扰。世界上充斥着这样的人,他们'只是在干自己的工作',而忽视了真正该干的事。他们一边说要保护热带雨林,一边却生下好几个孩子,拼命赚钱要买大排量汽车或昂贵的实木家具;一边看野生动物节目,对着毛茸茸的动物喁喁私语,一边却食用那些在残酷得令人发指的环境下饲养的家禽牲畜。很遗憾,我们生活在一个相对比较自由的社会里。真相是如此清晰可见,但人们选择闭目塞听。在我看来,那些受过教育、为政府部门或大石油公司工作的人,都是有罪的,因为他们明知故犯。"

达娜直愣愣地盯着地板,神情严肃地说:"马上要去做那件事了,我真的很害怕。"

巴里转过身来面对着达娜,控制面板上的蓝色灯光照亮了他的侧脸。

"几小时后,你将去做一件非常了不起的事情。'帮助地球'是在为一个更加美好的世界而战斗,你和'幸存者'组织是其中的一分子。你应该感到骄傲。"巴里说着,朝达娜走近一步,并把她搂到怀里。

太完美了!当巴里毛茸茸的大手温柔地抚摩达娜的肩胛骨时,达娜能感觉到他短裤口袋里的枪抵住了自己的腰。她把手伸进自己的后裤袋,从里面摸出那瓶喷雾剂。她摸索着喷嘴上的小孔,以确保雾液能喷往正确的方向。

达娜猛地挣脱拥抱,迅速举起喷雾剂,对着巴里的脸一阵猛喷。烤炉清洁剂含有氢氧化钠——一种强腐蚀性的物质,它烧伤人的皮肤就像溶解烤炉里的油腻一样有效。

巴里的眼睛和嘴巴周围沾上了化学液体,痛得向后打了个趔趄。达娜见状,马上用闲着的那只手拔走了巴里裤袋里的手枪,并且很专业地拉开保险栓。

"跪下,"达娜命令道,"快点!"

"你死定了!"巴里一边咆哮,一边用手使劲地擦拭眼睛里灼烧的液体。

"可眼下的情况恰恰相反。"达娜说着,把枪口掉了个方向,往巴里脸上狠狠一击。他摔向皮座椅,鼻子破了,血溅到了达娜的T恤上。达娜走到巴里跟前,俯身把他的头摁在窗台上,又用枪柄狠狠地给了他两下子,把他打昏了。

巴里的脸皮开肉绽。也许最后那一下多余了,但在肾上腺素的作用下,再加上一想到数十人的生命处于危险之中,达娜也顾不上那么多了——保证安全最重要。

计划中最艰难的部分已经解决,但达娜没有时间庆祝。她跑出驾驶舱,捡起刚才扔在楼梯上面的绳子。

达娜又跑回驾驶舱,把枪放在坐垫上,然后把失去知觉的巴里拖到地上。她用膝盖顶住巴里的背,把他的手腕反绑到身后。这时,船猛地倾斜了一下,她滑到一边。

基础训练中学过打绳结,但这已经是五年前的事了。达娜一边打结,一边努力回忆打结的方法。最后,巴里的手腕和脚脖子被捆住了,绳的两头也系在了一起,可是捆绑效果并不像"基路伯"训练手册上画的那样干净利落。

达娜站起身,发现无人驾驶的双体船正以一百公里的时速在海面上行驶。她抓住油门杆关掉了引擎。涡轮机渐渐停止运转,最后双体船陷入死一般的寂静中。突然,驾驶舱的门开了,只见尼娜挥舞着一把切面包的刀,脸上的表情十分吓人。

"叛徒!"尼娜尖声大叫,"看到你拿着绳子,我就知道你在搞鬼!"

达娜转身去抓身边坐垫上的手枪,但一个大浪打来,枪掉到地板上滑出去很远。尼娜顺着达娜的视线看到枪,两个女人同时朝手枪扑了过去。

达娜抢先抓到了枪管,但尼娜扑过来压住了她的胳膊,同时挥刀砍向达娜的脑袋。刀锋滑过达娜的肩膀,刺穿了一块皮坐垫。达娜任凭尼娜整个身体的重量压在她的胳膊上,紧紧抓住手枪不肯松手,同时用另一只胳膊死命地勒住尼娜的脖子。

尼娜被勒得透不过气来,但她认定了要夺那把手枪。当两个女人的手指纠缠在扳机上时,一个浪头打来,船体倾斜,刀从坐垫上滑落,咣当一声砸在地板上,伸手可及。达娜并没有去拾刀,她感到自己的对手因为缺氧正在迅速地失去战斗力。

尼娜已处在昏迷的边缘,但她用尽全力把达娜的手指从扳机上扳开。她虽然被压得无法动弹,却成功地把枪管转了个方向并扣动了扳机。

枪声在驾驶舱狭窄的空间里回响。达娜感到一阵撕心裂肺般的疼痛,好像自己的脚被扯掉了。她丝毫没有放松勒住尼娜脖子的胳膊,几秒钟后,尼娜的身体软绵绵地耷拉了下去。

达娜松开胳膊,仰面躺在地板上。脚踝上的枪伤钻心般地疼,她忍不住呻吟起来。

大灯还是关着。达娜爬到控制台边上拨动了一个开关,一盏灯亮了。她不敢往下看自己的脚,所以不知道伤势如何。她的心跳速度已超过每分钟两百下,几乎就要跳出胸膛。她觉得自己快要崩溃了。

最后,她鼓起勇气瞥了一眼,这才一颗心落地。她的脚好好的还在呢,只是鞋尖上有个子弹洞,鲜血正从里面渗出来。奇怪的是,脚趾上一点也没觉得疼,倒是跟腱部位疼得厉害。她记起几年前有一次扭伤脚踝时也是这么疼。细细一想,她释怀了:肯定是子弹打进她的脚时,巨大的冲击力把关节给震得脱了臼。

达娜没有时间自叹自怜,因为她还要去对付伊芙。当她把枪塞进裤腰的时候,心里后悔自己刚才捆绑巴里的时候没有这

样做,而是把枪扔在了坐垫上,不然的话,她可以少受多少罪啊!接着,达娜抓起尼龙绳,爬到尼娜身边探了探她的呼吸后,就把她翻了个身,像捆绑巴里那样把她捆上了。

达娜现在只能爬或单脚跳,不过她有枪在手,不担心伊芙会对自己构成威胁。以她现在的状况是不可能走楼梯去后甲板了,因此她觉得自己的首要任务是发出求救信号。她爬到船长的座椅边上,拽着椅子的扶手把自己从地板上撑了起来。

控制台上有个话筒,但无线电设备看上去很陌生,因为达娜对海上通信一窍不通。有没有"SOS"紧急呼救频道可用呢?也许,无线电设备上已经设置好这个频道了;也许,她得花好长时间摆弄那些按钮才能和别人通上话。这些念头在她脑海里不停地盘旋着,直到她在控制台的另一头发现一部卫星电话时,她才如释重负般地舒了一口气。

她使劲地扶着控制台,一瘸一拐地走过去抓起卫星电话,先拨英国的国家代码,然后拨"基路伯"校园的号码。

一个温和且带着苏格兰口音的女性声音传过来:"独角兽轮胎修理厂。"

"我是1162号特工!"达娜焦急地大叫,"能帮我接通约翰·琼斯吗?"

"你是达娜·史密斯?"

"是的。"

"好的。我马上给你拨约翰的手机,他在达尔文市。宝贝,听到你的声音实在是太好了。我们接到了你失踪的警报。你在哪里?"

"你听说过阿拉弗拉海吗?"

"没听说过。"

"我也是在五小时前才知道这个地方。我好像就在阿拉弗拉海中央,在澳大利亚和印度尼西亚之间。"

"好的。我为你接通约翰的电话。"

达娜听到话筒里传来"基路伯"校园电话总机的短促信号

声,这时,她朝后甲板上看了一眼,不禁倒抽了一口冷气:后甲板上灯光大亮,小艇不见了!

约翰的声音从听筒里传了过来。"达娜?"他听上去大大地松了一口气,"感谢老天,你能听到我说话吗?"

"能。"达娜结结巴巴地说,"我在——刚才——"

她一边和约翰说话,一边目瞪口呆地注视着空空如也的船尾。小艇是不可能自己掉下去的,因为盖小艇用的帆布正摊在甲板上呢。

达娜摸不准小艇在大海上能行驶多久,不知道它油箱里的油够不够它开到印度尼西亚的海岸,但有一件事她能肯定:伊芙是个狂热的"幸存者"信徒,她一定会尽其所能摧毁液化天然气设施。

41.逃离方舟

当乔姬坐在门边的帆布椅上，和詹姆斯、劳伦、莱特三个人说话时，保育室显得特别狭小。他们把坐垫摊在地上，想就地休息一下，但晚上逃跑的计划弄得他们很紧张。离午夜还有五分钟的时候，扩音器里又一次响起了"蜘蛛"的声音。

"我很遗憾地告诉大家，包围方舟的魔鬼在不断地增加兵力，很快就会依靠众多的人数和武器攻下方舟。自从发现父亲被谋杀以来，我一直在祈求获得指引。我也在研究父亲的著作，他告诉我们，当黑暗来临时，我们必须集中到方舟的中心，也就是教堂下面最坚固的地下室里。现在，我们必须到那里去祷告，等待上天的指示。当我们几天，或者几个月，甚至几年以后再出来，世界就会完全改变。到那时，我们面临的任务要么是重建世界，要么就是面对接下来的审判。"

扩音器一关上，乔姬就腾地站了起来。她啪地打开灯，走到孩子们面前。

"你们听到我们的新领袖说话了！"乔姬大喊道，"黑暗时代已经降临,我得马上回学校去叫大家集合。你们三个叫醒其他人,把小的放到手推车里,带他们去教堂。"

乔姬把来复枪挎在肩上离开了,这次她没有关上门。詹姆斯、劳伦和莱特从垫子上一骨碌爬了起来。

"不知道你们两个怎么想,但我可不喜欢被关在教堂下面。"詹姆斯说着,把头探到门外的走廊上观察动静。

外面没有人,可他惊讶地发现地上有电线,电线上每隔十米拴着一捆炸药。

"情况不妙啊!"詹姆斯倒吸了一口冷气,"炸弹一旦被激活,冲进来的突击队员就会被炸成碎片。"

"地道的其他地方可能也一样。"劳伦说,"我敢说角楼和门口也布置了炸弹。"

"那么,"莱特说,"我们是做个好孩子去教堂呢,还是冒险从下水道逃出去?"

一个小孩的声音从他们身后传来:"我们要走了吗?"

詹姆斯回头看看约瑟夫:"是的,把埃德叫醒,快点穿衣服。"

约瑟夫马上兴冲冲地去揪埃德的耳朵,把他弄醒。

"你们得快点决定。"莱特说,"乔姬不信任我们,她不会放任我们很长时间的。"

詹姆斯点点头说:"好,我们投票吧。我不喜欢被关在防爆门里,等着食物吃完或是特种部队攻进来,所以我投票走下水道。"

劳伦摆摆头,有点犹豫:"最好是能有别的选择,不过你说得对。"

现在,即便莱特投否决票,也已经被多数票击败了。不过,他脸上的笑容表明事情的进展正如他所愿。"我想离开这里想了一辈子了。我们走吧!"他说道。

"等一等。"劳伦说,"小家伙们怎么办?"

"啊?"詹姆斯的眉头皱了起来。

莱特摇摇头。

劳伦紧锁眉头，闷闷不乐地说："难道你们打算把他们丢在这儿吗？如果发生了什么事，我永远也不会原谅自己的！"

"劳伦，别胡扯了。"詹姆斯说，"带上他们我们跑不快，你的想法太不切实际了。"

劳伦向后退了几步，对两个男孩摆摆手说："好吧，你们走吧。我不走，我要尽我所能保护他们。"

詹姆斯严厉地摇摇头说："劳伦，我的级别高，现在我命令你跟我们走。"

"我又没拦着你们。"劳伦说，"快走吧！"

詹姆斯知道妹妹非常固执，可又不想撇下她。"把童车推出来。"他叹了一口气，"我们带上他们吧。"

两个年龄稍大的孩子——六岁的约瑟夫和七岁的埃德已经穿好衣服了。劳伦从垫子上抱起安娜贝尔和马丁，把他们放进莱特打开的双人童车里。最后一个是三岁的乔尔，从他们进保育室时他就一直睡着。詹姆斯从一块小垫子上把他抱起来，轻轻地放到一辆单人童车里。

"好极了！你们都准备好了。"乔姬突然冲进来说，脸上露出了罕见的笑容。

詹姆斯灵机一动，推了妹妹一把，说道："你先出去。"

劳伦不知道哥哥想干吗，但她没有问，依言走出房间。乔姬等着所有人都出去后关门，詹姆斯走在最后。快走到门口时，他突然转身冲向卫生间。

"等我一会儿。"

"搞什么名堂！"乔姬不耐烦地说，"难道你连五分钟都忍不了？我要锁门出发了。"

"我快憋爆了！"詹姆斯的声音从浴室里传出来。

詹姆斯是要找件武器。马桶水箱上的瓷盖子好像不错。水箱安装得很高，快接近天花板了，为的是防止小孩拨弄着玩。詹姆斯稳稳地踩在马桶上，故意拖着盖子发出摩擦的声音,那声音听得人背上直起鸡皮疙瘩。

"喂!"乔姬喊道,"你在里面磨蹭什么? 快点出来!"

"你怎么总是像头母老虎似的? 难道你就不能像正常人一样吗?"詹姆斯大声回嘴,"我敢打赌,从来没有男人喜欢过你。"

聪明人肯定能识破詹姆斯的诡计,但乔姬是个容易头脑发热的人,她几乎从来不动脑子。

"年轻人,你最好当心你的舌头!"乔姬怒吼着冲进卫生间。

詹姆斯从门后面闪出来,举起瓷盖子砸向乔姬的后脑勺。水箱盖很沉,詹姆斯举起它的时候肱二头肌绷得紧紧的。乔姬被打了个措手不及,一点防护的反应都没有。可这一下并没有把乔姬打昏,她只是失去了平衡,像棵大树似的倒了下去。

乔姬躺在地上大声呻吟,詹姆斯从她肩上取下枪,反身走出浴室并甩上了门。他忍不住笑出声来:平时乔姬专爱虐待孩子并乐此不疲,如今她终于自食其果了。

他跑到走廊上,劳伦、莱特带着几个小孩正在等他。他把坚固的金属门关上,并用钥匙上了锁。

"乔姬怎么了?"当他们推着童车往下水道走去时,约瑟夫发问了,"你怎么背着她的枪?"

两个年龄稍大的孩子已经能理解一些"幸存者"组织的信仰了。詹姆斯知道,万一他俩得知自己去的不是教堂,肯定会大哭大闹。可是,詹姆斯一时想不出比较好的理由。

幸好莱特接过了话头:"我们发现乔姬是一个魔鬼。詹姆斯不得不惩治她。"

约瑟夫和埃德高兴得哈哈大笑。"她从来没对我们好过。"约瑟夫说。

莱特点点头说:"就是,这么讨厌的人,肯定不是天使。"

这个解释让两个男孩非常满意,要知道,他们长这么大,一直都在忍受乔姬的恐吓。另外三个小家伙都还在童车里睡着,莱特推着一个,劳伦推着两个。童车在地道里嘎吱嘎吱地快速前行,詹姆斯故意落在最后,防止约瑟夫和埃德看到他取出无

线电收发器和克洛伊通话。

"没信号。"詹姆斯赶上来,看着劳伦说。

刚才詹姆斯落在后头的时候,埃德已经在问为什么走的路不对了。虽然他只有七岁,可是他一出生就在方舟里生活,所以知道去教堂该怎么走。

莱特又一次发挥了自己编造借口的绝技。他一边推着童车转到一条光线昏暗的地道里——那里的入口处有一捆连着电线的炸药,一边对小家伙解释:

"埃德,敌人离我们很近了。他们已经占领了方舟的部分地方,所以我们得绕很长一段路。别担心,我太熟悉这里的地道了。我们到教堂底下就安全了。"

地道尽头是一道螺旋形的楼梯。詹姆斯气呼呼地看了劳伦一眼,弯腰从童车里抱起安娜贝尔和马丁。这真是一项艰巨的任务:把小家伙们从童车里抱出来,把童车折好,把小家伙们抱上楼,再把童车打开,把三个小家伙放回去。而且,整个过程要轻轻的,否则就会吵醒他们。

糟糕的是,莱特抱着乔尔时,不小心踩了个空,结果把这个金发小家伙给惊醒了。乔尔看到自己在一个陌生的地方,躺在一个陌生人的怀里,马上就开始放声大哭。

一行人上楼后继续前进。由约瑟夫推着空的单人童车,莱特费力地抱住乔尔。这小家伙在他怀里拼命地又踢又扭。

"别的人都去哪儿了?"埃德问,"你们肯定我们没有迷路吗?"

劳伦对孩子们失去了耐心,她知道孩子们的吵闹声会传出几百米,暴露他们的位置。她猛地转过身,凶巴巴地瞪着埃德说:"闭嘴!"

"你算老几?"埃德说,"你管不着我,你还没成年呢!"

莱特学起了乔姬最爱说的话:"你们给我闭嘴,否则我就把你们的脑壳打开花!"

几分钟后,他们转进维修走廊。这里没有日光灯管,只有光秃秃的电灯泡,墙上密密麻麻地布满了管道和电线,石头地面湿漉漉的。走了五十米后,乔尔安静下来,于是莱特把他放回童车里,接着,他对约瑟夫皱起了眉头。

"别让他跑了。"莱特的语气非常严厉,约瑟夫显然被吓住了。

莱特向前走了几步,指着地上的一个金属盖板说:"就是它。污水池就在我们脚下。"

詹姆斯从童车之间挤上前,看到莱特用手指抠住盖板边缘,使劲把盖板掀开。一股热乎乎的空气迎面扑来,那种恶臭味,詹姆斯有生以来第一次闻到,他感到自己快吐了。

"哦,天哪!"

莱特挤出一丝笑容:"三百个人的大便,闻起来就是这个味道。"

"这附近有没有手电筒或别的什么照明设备?"詹姆斯问,"下面太黑了。"

"可能某个柜子里有,但都锁着呢。"莱特回答,"你得从梯子下去,摸着墙一直往前走,到达另一头后,可能会摸到另一架梯子,出口应该就在你头上了。"

"那好吧……"詹姆斯说着,忽然反应过来,"等等,谁说该

我第一个下去的?"

"你级别高。"劳伦嘲讽道。

詹姆斯摇摇头说:"你从来没把我放在眼里,现在却拿级别来说事。"

"下面是什么地方?"约瑟夫害怕地问道,"我不想到这个洞里去。"

劳伦挠了挠他的头发,说道:"别害怕,有我们呢。"

"我不想去。"他坚决地重复道,"太臭啦!"

"你想去教堂,对不对?"劳伦说,"这是唯一的通道。那臭味,你习惯了就没事啦!"

詹姆斯把枪从肩上摘下来递给劳伦,说道:"保险栓打开着,万一有魔鬼追来,你知道怎么用吗?"

"当然知道。"劳伦点点头说。

詹姆斯两脚站在洞口两侧,深吸一口气,然后踩到金属梯子的第一级横档上。他尽量不去想自己的脚会踩到什么东西。

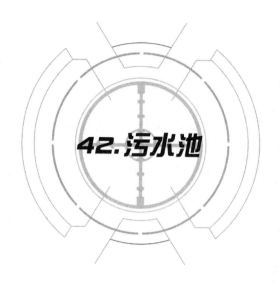

42.污水池

　　詹姆斯不知道梯子有多少级,也看不到污水池有多深。他希望池子只有几厘米深,那样的话,污水就不会灌进鞋子里了。他开始渐渐适应这里的气味,尽管他每次呼吸都还得尽量忍住不吐出来。

　　他的运动鞋碰到了一层泡沫。方舟居民制造的废水都集中到这里了——不论是马桶里的水,还是洗碗机、洗衣机排放的水。詹姆斯踩到了下一级横档上,几秒钟后,他感到袜子里渗进了冰凉的液体,踩得鞋子里咕叽咕叽地响。

　　他突然产生了一个可怕的念头:要是池水很深,得游过去,那可怎么办? 万一污水灌进耳朵里、嘴里,那可怎么办?

　　当鞋底踩到坚实的水泥地时,詹姆斯松了一口气。现在,唯一需要担心的就只有那层污垢了,还好污垢不深,只是刚没过脚踝。

　　他摸着梯子后面的墙走到一个拐角,然后顺着拐角向前走,可他第一步就踩空了。詹姆斯心里一惊,想收脚已经来不及了，只好朝前冲了下去。所幸他的运动鞋马上就接触到了地面，比刚才的地方深了半米。脚底下很滑，他马上把另一条腿也迈了下来，同时伸出胳膊努力保持身体平衡。这时，他感觉到污水浸没了大腿，短裤边缘已经湿了。

劳伦听到水溅起的声音，马上焦急地询问："你还好吗？"

还算好，詹姆斯没整个人摔到污水里，但污水溅到了他的胳膊上，有几滴还溅到了下巴上。

"就这样了！"詹姆斯怒气冲冲地喊道，"我不干了！这次要是我们能活着出去，我就再也不接受别的任务了！"

他听到约瑟夫在上面哭喊："我不要下去！"

接着，一个成年人的声音响起；然后，金属盖板咣当一声盖上了。詹姆斯明白劳伦和莱特遇到了麻烦。他想爬梯子上去，可转念一想，他们有枪，用不着他帮忙。

"你们这帮小孩在这里干什么呢？"厄尼出现在走廊的入口，用枪指着劳伦和莱特，大声吼道。

劳伦吓了一大跳，手劲一松，盖子就掉下来了，差点砸到了莱特的手指。

"我刚才下来检查炸药，"厄尼一边说，一边向他们逼近，"结果发现乔姬在砸门，头上鲜血直流，伤得不轻。"

"站住！"劳伦大声喊道，举起来复枪，故意把保险栓弄出很大的声音，以表明自己是认真的。

"哟，亲爱的小姐！"厄尼咧嘴笑了起来，把劳伦的举动当成了一个大玩笑，"把枪放下，那可不是玩具。"

"别瞧不起人！"劳伦说道，把枪举得更高一些，瞄准天花板开了一枪。枪声在封闭的地道里回响着，吵醒了三个小家伙。

厄尼知道这是玩真的了，便往后退了退。"好吧，你们想怎么样？待在这里会被炸药炸飞的。"他说道。

劳伦不知道该说什么。这时，莱特站起身，高举双手走上前，嘴里说道："嘿，厄尼，你知道我是谁，对不对？"

"当然，莱斯伯恩。你们两个为什么不到我这边来谈谈？

我们得赶紧带着小家伙们去教堂。一旦伊琳娜下达命令关门，就没人能进出了，除非她得到上天的指令把门打开。"

"听我说。"莱特说道，"厄尼，我以天使的名义发誓，若有半句假话，就堕入地狱烈焰之中遭受永恒的痛苦。事情是这样的：我父亲临死前把我叫到床边，说他得到了上天最后一条消息：几个小时后，苏茜会来杀死他。他告诉我方舟已经被魔鬼入侵，今晚就会被摧毁——不是从外面，而是从内部。他叫我离开，找个地方躲起来。他还说等我长大后，上天会来和我联系，告诉我怎样把天使聚集起来，重建方舟。"

当莱特说完这番话时，他离厄尼只有几步之遥。他把双臂向前伸展着，寻求厄尼的接纳。劳伦不禁被莱特精彩的演讲和非凡的勇气打动了，要知道，他面对的这个男人，手里正拿着一把枪指着他呢！

"厄尼，把枪给我。"莱特说话时嗓音低沉，和乔·里根的某次演讲录音惊人地相似，"我父亲告诉我，方舟已经深受魔鬼毒害。把它给我。"

厄尼犹豫不决地看着枪。莱特努力让自己表现得很强悍，而事实上，他的双手抖得厉害。这一点，他希望厄尼没有发现。

*　　　　　*　　　　　*

当听到劳伦警告的枪声时，詹姆斯已经在池子里走出十米远了。他很担心有人受伤，一度想折回去，但转念一想，找到出口才是他所能做的最有用的事情。

他的眼睛慢慢适应了周围的黑暗，已经能够看清水面上的反光，也辨别出一缕光线从远处头顶的金属盖板上泄了进来。他不想再踏空，所以走得很慢，每走出一步，都要用脚趾在油滑的地面上小心地摸索。

两分钟后——在詹姆斯看来，时间过了远不止两分钟——詹姆斯走到拐角处。这里有一个台阶，就和他刚才差点摔下来的台阶一样。他踏上去，摸索着向前移动。突击队的探照灯在外面扫来扫去，每次扫过出口处的盖板时，都会有一束光线泄

进污水池。

他在四周摸索着，可怎么也找不到梯子。他又是焦急又是失望，踮起脚用手去够头顶的方形金属板，但够不到。由于光线太暗，他吃不准出口究竟有多高。也许他驮着约瑟夫或埃德，高度就够了。但外面没人接应，他们又怎么出得去呢？

地面几乎触手可及，可又是那么高不可攀。詹姆斯突然想到，也许这里该有信号了。可当他把手伸到裤袋里的时候，他的心一沉。原来，他早把无线电收发器忘了个一干二净，刚才滑下来以后，它就一直在污水里泡着。不过，既然它被设计成能放在汗湿的跑鞋里，那就有可能还可以使用。

詹姆斯把无线电收发器放到耳边，打开开关，并按下传输键。然而，他听不到通常那种静电噪音，只看到低电池指示灯在闪烁。

这真是祸不单行啊！

*　　　　*　　　　*

劳伦快要支持不住了。她一直握着枪，并且一直在流汗。眼看着莱特与厄尼僵持不下，同时还要管住童车里的小家伙，她只能干着急。与此同时，埃德在不停地发问，约瑟夫在尖叫，一个劲地说他不要到黑洞里去。

"厄尼，我是王室成员。"莱特语气坚定，"为了拯救'幸存者'，你必须相信我的话。"

老人疑惑地问："你们怎么出得去？"

"污水池。"莱特解释道，"是我父亲告诉我的。我们正要下去，却被你抓住了。"

"在成为天使之前，我是个水暖工。"厄尼点点头，若有所思地说，"为了疏通管道，我下去过几次。下面很臭，但确实能通到外面。"

看得出来，厄尼犹豫了，正在琢磨到底该相信哪一边。莱特趁热打铁，说道："我知道，是我父亲叫我这么做的。厄尼，问问你的心，问问上天，然后你就知道我说的是真话了。"

　　突然,老人两眼发亮,兴奋地大喊:"是的! 这就是我为什么会在这里的原因,对不对? 只有我和另外两个人下到污水池里去过,这绝不是巧合——是上天派我到这儿来帮助你们的。"

　　莱特脸上绽开了笑容:"哈哈! 厄尼,我不知道,但上天一定是这样安排的。"

　　在小家伙们的吵闹声干扰下,劳伦听不清莱特和厄尼之间的对话,但当她看到莱特走上前去拥抱厄尼时,她明白莱特创造了一个奇迹。

　　"上天啊!"厄尼笑得像个刚发现生命意义的人一样,"上天,谢谢你选择了我。谢谢你,莱斯伯恩。"

　　"厄尼,你知道怎么走出去吗?"劳伦一边拎起盖板,一边问道,"我哥哥已经在下面了。"

　　埃德看到有成年人在场,渐渐安心了。约瑟夫则一如既往地大哭大闹:"我不去那个洞里!"

　　厄尼走过去,帮劳伦把盖板拎高几厘米。

　　"你刚才说詹姆斯已经下去了?"他问道。

　　劳伦点头回答:"是的。"

　　厄尼把盖板移走后,伸手到墙上的一根管子后面,按下了一个半隐半露的开关。

　　"你们为什么不开灯?"他脸上的表情很困惑。

43.爆炸

　　要是换作在别的情况下,驾驶一艘三十米长、两万马力的双体船肯定是一件非常有趣的事,可眼下达娜浑身乏力,脚上隐隐作痛。她失血过多,以致坐在船长椅上盯着雷达屏幕时,脑袋一阵阵地眩晕。为了保持清醒,她不得不使劲地掐自己。

　　巴里情况不妙,还在昏迷之中。尼娜醒过来了,开始破口大骂,还试图挣脱绳索。达娜冷冷地看着,用巴里的枪指着她。

　　“除非你想脑袋上开个洞,就像你在我脚上开的那个洞一样,否则就给我闭嘴!”

　　“魔鬼! 你背叛了‘幸存者’!”

　　达娜笑了:“你并不比我更像一个‘幸存者’信徒。”

　　海面上一片漆黑,达娜能做的就只有盯着雷达屏幕和GPS导航仪,任由双体船劈波斩浪,驶向一艘澳大利亚缉私艇。当看到探照灯的灯柱向双体船扫过来的时候,她大大地松了一口气,顺手关掉涡轮机。接下来那一大堆棘手的事情,就留给专家们去处理吧。

　　一名海岸警卫队官员玩了个惊险动作:他俯身从缉私艇上跳下来,落到几米之下较矮的双体船上。他在滑溜溜的甲板上站稳后,马上在两艘船之间系上一根绳索。他们先把一个急救箱从绳索上滑了过来,接着,几名警官把自己悬在滑轮上,一个接一个地沿着绳索滑落到双体船的甲板上。

　　两名男警官收起绳索,一名女警官走进驾驶舱。当她看到地上的大摊血迹时,着实吃了一惊。

　　"哦,宝贝!"女警官看到达娜倒在船长椅上,虚弱得连脑袋都抬不起来了,不由得大叫起来,"你觉得怎么样?"

　　"头晕。"达娜有气无力地回答,"我没脱鞋,以防伤口失血更多。"

　　"做得对。"女警官点点头说,"我是戈申医生。我马上叫人来抱你去餐厅,那里地方宽敞,我好给你处理伤口。"

　　两个男警官中身材较高大的那个用双臂抱起达娜,摇摇晃晃地走下台阶,把她平放在餐厅后部的一张沙发上。

　　放下达娜时,他开玩笑说:"你沉得像根木头。"

　　达娜努力挤出一丝笑容:"我练三项全能的,所以全身都是肌肉。"

　　"我信。"警官点点头说,"那个被你绑住的家伙块头很大。"

　　"那艘小艇呢?"达娜问道,"你们找到伊芙了吗?"

　　警官摇摇头说:"小艇是橡皮和塑料做的,即便海面上像今晚这样风平浪静,雷达也搜索不到它。我怀疑她在那种敞开式的小艇上最多只能坚持两小时,因为一个大浪就会把她掀翻的。就算她真的到了印度尼西亚也没关系,因为油轮都停到离岸两三公里的海面上了,而装卸天然气只有在码头上才能进行。"

　　"那就好。"达娜说完,想象着伊芙独自在海面上奋力航行,绝望地从小艇里往外舀水,不由得抽搭起来。

　　海岸警卫队官员焦急地看着他的同事,那表情似乎在说:我没想把她弄哭啊?

"别担心，我们会竭尽全力找到她的。"

达娜摆了摆手。"不怪你们。"她抽了一下鼻子，"要怪就怪……我的脚实在太疼了。还有，我很累。伊芙……伊芙真的不是坏人，你知道，她才十五岁，她只是陷得太深了。"

达娜说着说着，脑袋一阵眩晕。接着，她听到其中一个海岸警卫队官员大叫着"医生"，后来她就什么也不知道了。

*　　　　*　　　　*

詹姆斯看到几排灯光亮起，厄尼的沙地靴下到了梯子的最后一档上。他低头看看自己：短裤和运动鞋都浸在黄色的污水里，一只大蟑螂正顺着他的胳膊爬上来。

"我……"詹姆斯气得说不出话来，思维几乎停止了，他这辈子都没像现在这样生气过，"原来有电灯开关啊！"他终于气急败坏地说道。

他朝四周看看，发现那个开关还控制着一个排风扇，可以排走臭气；而最后看到的一样东西几乎把他气疯了——那是一个架子。如果詹姆斯下了梯子往左转，而不是往右转的话，他就能发现污水池两头架着一道金属架子。谁也不会有兴致在那架子上用餐，但从架子上面走过去，总比从污水里蹚过去强一万倍吧。

"但愿这是一场梦。"詹姆斯咕哝着。

厄尼从梯子上跳到架子上，靴子几乎都没沾到水。

"詹姆斯！"他倒吸了一口气，"你在下面干吗？瞧你的样子！"

劳伦的脑袋出现在洞口，詹姆斯猜到她肯定在窃笑，就冲着妹妹大喊："你敢笑！"

劳伦看清状况后，不由得感到一阵恶心，她指着詹姆斯说："你腿上的是卫生纸吗？"

厄尼沿着架子走到池子对面，抓起横挂在墙面上的一架梯子。

"不知道出去以后会受到什么样的欢迎。"他面色凝重地嘀咕着。

詹姆斯明白，个人的脸面事小，任务成败事大。"劳伦!"他喊道，"我的无线电收发器坏了，快用你的那个联络克洛伊，告诉她现在的情况。我们出去后可不想挨突击队的枪子儿。"

"明白。"劳伦点点头。

她在潮湿的地道上坐了下来，脱掉一只运动鞋。与此同时，池子里的厄尼正在用梯子顶开上面的金属盖板。

"克洛伊，你听到我的声音了吗?"劳伦喊道。

克洛伊的声音马上传了回来："劳伦，你的声音很清楚。"

"我们打算从污水池逃出去，位置在第四和第五角楼之间。你能确保我们出去时没人朝我们开枪吗?"

克洛伊喜出望外："你们要出来了? 感谢老天! 我就知道你们会没事的。突击队全部集中到方舟另一侧，也就是机场那边去了。从目前的情况来看，'幸存者'信徒已经放弃了角楼。"

"这讲得通。"劳伦点点头说，"因为每一个人都得到命令，去教堂下面最坚固的地下室了。但是，你必须告诉士兵们别到这里来，因为所有地方都安放了炸药。"

"知道了。"克洛伊说，"听我说：出了方舟，一定要再往前跑几百米，以防有人从方舟内部开枪射击。我会开车来接你们，大概几分钟后就到。"

"我们有一帮人呢……"劳伦说，"总共有九个人。"

"九个……"克洛伊闻言深吸了一口气，略微思考后，她觉得等特工们脱离危险后再问明情况也来得及，"没问题，我来搞定。"

劳伦把无线电收发器塞进裤袋，然后看着莱特说："你先下去，我来把小家伙们递给你。"

在污水池的另一头，金属盖板已经打开，梯子也已经架稳了。厄尼把枪递给詹姆斯说："你先走，用这个保护自己。"

"好的，头儿。"詹姆斯把枪挎在肩上，开始攀爬梯子。

詹姆斯把头伸到地面上，他一面自嘲，一面大大地松了一口气:因为方舟的外墙和飞机跑道都已在他的身后了。

"伙计们,情况不错。"詹姆斯说着开始往外爬。他在焦黄的地面上匍匐前行了三十米后,才站起来冲刺。

这时,约瑟夫和埃德都明白了,他们这是要离开方舟。还好有厄尼这个成年人在,两个小男孩本能地信任他。他们没有吵闹,自己从梯子上爬了下去,穿过架子的时候,还夸张地捏住了鼻子。当他们跑到池子另一头时,厄尼把他们举起来放到梯子上,让他们自己爬上了最后几级阶梯。厄尼嘱咐他们,上去后要径直往前跑,一直跑到詹姆斯那儿。

两个小男孩出去后,劳伦把三个睡着的小家伙一一递给厄尼。他每次抱一个跑到池子另一头,把小家伙递给梯子上方斜倚在洞口的莱特。

等所有人会合后,克洛伊开着车赶来了,她后面跟着一辆突击队军官驾驶的丰田越野车。詹姆斯脱下运动短裤,用T恤衫的干燥部分把粘在身上的污秽擦掉。当他倒在地上暗自生气的时候,劳伦和厄尼正在设法哄那三个刚被惊醒的小家伙。约瑟夫和埃德不太理解正在发生的事,所以呆呆地站着,一声不吭。

莱特走开了几步。他回头看看三个发光的尖顶,兴奋得浑身发抖。

"我永远也不会再回来了。"他悄悄对自己发誓,同时抓住脖子上的皮项链,用力一扯——珠子从皮绳上滑落,噼里啪啦地掉在坚硬的地面上,不停地跳跃着,煞是好看。

这时,方舟爆炸了。

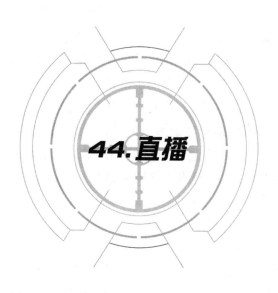

44. 直播

现场直播——早安，澳大利亚！

"各位好！现在是早上七点整，迈克·哈蒙德在冒烟的'幸存者'方舟废墟旁为您报道。悉尼演播室里的是琳达·莱维特。

"今天早上，我们只有一条标题新闻。澳大利亚发生了有史以来最为轰动的事件。神秘组织'幸存者'的领袖乔·里根离世了，据怀疑是被他的妻子苏茜所谋杀。他那举世闻名的方舟刚刚毁于一场大爆炸，同时造成了大批忠诚追随者的死亡。"

画面切换到演播室，穿着桃色衬衫的新闻主播出现在屏幕上。

"谢谢你，迈克。接下来，让我们来看看，过去的十二个小时里到底发生了哪些令人难以置信的事情。昨天晚上七点钟，乔·里根的大女儿伊琳娜发现她父亲死了。与此同时，四架澳大利亚军用直升机从昆士兰的空军基地起飞，要对方舟发动一次突然袭击，目标是缴获文件，逮捕与'帮助地球'组织发动的恐怖暴力行动有关的高级成员。

"还不清楚是否有人向苏茜·里根透露了武装进攻的消息，但很显然，乔·里根被杀事件与直升机发动袭击这起事件的巧合，埋下了大悲剧的种子。

"大约晚上八点钟，四架军用直升机抵达'幸存者'方舟，可此时苏茜已经跑路，伊琳娜·里根已下令追随者全副武装，还在方舟里安放了大量炸药。

"直升机试图降落，却遭遇了密集的火力围攻。一架直升机被火箭弹击中，结果造成两名正准备往下跳的突击队员死亡，六人被烧伤，其中一人生命垂危。不久，第二架直升机被击落，机上的十八名男队员和三名女队员全部遇难。突击队被迫撤离。

"当军方和警方的援助力量从空中和地面陆续抵达时，许多人以为澳大利亚当局会与'幸存者'组织互相对峙，僵持不下。然而，后面所发生的状况出乎大家的预料，各方都在猜测其中的原因。事实情况是：午夜刚过半小时，方舟内发生了大爆炸。有人说这是苏茜·里根的同谋搞的破坏，有人说这是集体自杀，最后，大多数人同意这场大爆炸是炸药被偶然引爆造成的。"

屏幕上出现了一组模糊的镜头，三个"幸存者"组织的孩子正在黑暗中的方舟瓦砾堆里蹒跚行走。

"至少有一百五十人当场死亡，其中大部分是孩子，他们当时正在从寄宿学校去里根的地下掩体集合的路上。部分围墙和一个一百五十米高的尖塔倒塌了，大批'幸存者'信徒从地下逃了出来。很多人被烧伤，或是吸入了过量烟气。士兵们从断裂的围墙进入方舟，试图帮助爆炸中的受害者，结果却遭遇枪击。一名突击队员遇难，两名受伤。"

画面切换到了一组航拍镜头，一轮红日正在冒着轻烟的方舟废墟上方冉冉升起。

"拂晓时分，军方完全控制住了这片区域。专家们拆除了剩余的炸弹。死亡人数上升到九十三人，包括三十七名孩子和

二十四名军人。五十多名伤员被送到医院,其中至少有十二人生命垂危。方舟里发现的尸体中,有两个是乔·里根的孩子:他的大女儿伊琳娜和他最小的儿子——十一岁的莱斯伯恩。

"现在……对不起——对不起。我听到耳机里有声音,我想是迈克从方舟现场为我们发回了最新消息。那就让我们回到那儿。"

图像切换到迈克·哈蒙德身上,背景是方舟剩下的两个尖塔和几缕轻烟。

"是的,琳达,新消息总是不停地涌来。我刚和一名高级情报官员谈了苏茜·里根的事。你知道,她乘坐的飞机在今天早些时候被两架F-16战斗机拦截,被迫降落在了佩斯国际机场。我得知,苏茜·里根被捕时,陪同人员只有布赖恩·邦格·埃文斯。布赖恩·埃文斯是几年前'帮助地球'组织在英国发动炭疽攻击的主谋。

"官方还说,要不是军方事先对恐怖威胁有所警惕,苏茜·里根和布赖恩·埃文斯这次很有可能从澳大利亚领空逃跑。请切回主播室,琳达。"

当导演把镜头切回到演播室时,新闻主播还没有从震惊中回过神来。

"好吧。"她不自然地笑笑,"我们会尽量跟踪报道最新消息。现在,我们要转到布里斯班的演播室,现场嘉宾是米丽阿姆·朗弗德。朗弗德教授专门研究邪教组织对其追随者心智的影响。早上好,教授。对于过去十二小时里发生的事,您怎么看?这种大灾难,有没有可能被人预见到呢?"

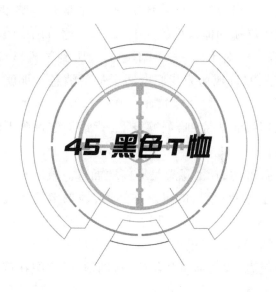

45. 黑色 T 恤

直升机攻击方舟的灾难发生两天以后，莱特一大早就兴致勃勃地跟着劳伦，在距离布里斯班以北一千三百公里的汤斯维尔购物。

商场又小又破，当地人来此购买食品和家用器具。自从八年前母亲去世后，莱特还从来没有外出购物过。他尽情享受着购物的每一分每一秒。

每件小东西都让莱特兴奋不已。他看到一个小孩的木马，花五毛钱在上面前仰后合地骑了个痛快。他推着手推车跑遍了超市的每一条通道，虽然最后他们只拿了些巧克力和面包。电视游戏已经够激动人心了，而特价书店却更让他发狂，结果他一次性买了一大堆三美元的平装书。

最后，他们来到美食区。莱特在肯德基和麦当劳之间犹豫，结果他们每样买了一份，两个人分着吃，其中大半是被莱特狼吞虎咽吃掉的。

"你在笑什么？"莱特抬头看着坐在塑料桌子对面的劳伦。

劳伦的下嘴唇上缝了三针,结了一道很大的痂。

劳伦耸耸肩说:"看到你这么开心,我很高兴。"

"你不喜欢购物吗?"

"当然喜欢。"劳伦回答,"但前提是有钱去某个豪华商场买东西。"

"这么说,有地方比这儿还好?"

"莱特,这个地方太破了。我认为最好的商场是伦敦附近的蓝水购物中心。它就像个大三角,有两层,里面有一个很大的电影院。想要全部逛完得花一天。我妈妈活着的时候,每年11月都会带我们去那儿,列一张长长的单子,上面是所有我们要偷的圣诞礼物。"

"偷啊……"莱特咧嘴笑笑。

"哦,此事说来话长。我妈妈死之前,掌管着伦敦北部最大的商场盗窃团伙。"

"我能问你个问题吗?"莱特变得严肃起来,一边弹去粘在指尖上的一块鸡皮。

劳伦点点头说:"问吧。"

"你是不是觉得我很怪?"

劳伦摇摇头,大声笑道:"莱特,你很有趣,还很机灵,我非常喜欢你。你怎么会这么问啊?"

莱特羞得满脸通红:"嗯……我常常偷看浴室里的女孩,但在方舟的时候男女是分开的。你是……你是第一个和我聊天的女孩,所以我想知道在你眼里我是否正常。"

劳伦把手伸到桌子对面,放在莱特的手上。"你不用担心。"她笑笑说,"大多数男孩都很烦人,但你真的很好。不过,有一件事……"

"什么事?"莱特焦急地问。

劳伦做了个鬼脸,似乎说起这个话题很不得已:"我知道你的成长环境很奇怪,但并不是所有人都知道这一点。偷看女孩洗澡,这事太恐怖了。我不想再说下去了。"

"好吧。"莱特问,"我记住了——哦,约翰来了。"

劳伦扭头瞥了一眼,然后看看表说:"约翰是著名的守时先生,你可以拿他来对表。"

约翰·琼斯穿着大众化的短裤和 T 恤,坐到了劳伦旁边的椅子上,然后低下头看了看莱特的两只购物袋。

"看起来,我那五十块钱一会儿就被你们花完啦!你买了什么?"

"大部分是书。我买了一本新的《雾都孤儿》和狄更斯的其他四本小说,还有《指环王》,这是医院里的达娜赞不绝口的书。"

"你已经在尝试看《指环王》啦?了不起啊!"约翰说,"我自己就从来没有看完过。"

"我喜欢看书,但方舟里根本就没有什么好书可看。"

"既然你有这么多书可看,你和詹姆斯就不必争抢那只掌上游戏机了。"

劳伦摇摇头说:"我看未必。"

"顺便说一句,"约翰说,"上次我去医院看达娜的时候,我接到了校长的电话。"

劳伦和莱特同时紧张地坐直了身体。

"我很高兴地告诉你们——"

"好极啦!"莱特大声尖叫着。

约翰举起手,忍不住笑了起来:"莱特,听我说完。麦克菲迪博士看了詹姆斯提交的报告,了解了你在方舟里的表现。他说很愿意免去你的入学考试。为你体检的医生说你身体很棒。你的 IQ 测试成绩也很出色。'基路伯'已经向你敞开大门。三个星期后,你就要接受基础训练了。"

劳伦上身越过桌子,给了莱特一个拥抱:"伙计,干得好。基础训练很艰苦,但是一旦过关,成为一名正式的'基路伯'特工后,你就会爱上它的。"

*　　　*　　　*

詹姆斯坐在海边一所房子的起居室里,耳旁举着一部无绳电话。

"科丽,终于和你联系上了。"他笑了起来,"我打了整整两天电话。"

"我刚从德文岛完成任务回来。"

"好啊!"詹姆斯说,"有什么激动人心的事吗?"

"没什么特别的。凯尔说,'幸存者'方舟爆炸的时候你就在里面。你没事吧?"

"没事,还凑合。我们后来从下水道逃了出来。还好我们及时走下水道,因为爆炸就发生在我们躲藏的房间边上。我在下水道里感染了肠道病菌,所以正在服用抗生素。"

"真可怜。"

"是啊。今天我的胃口才好了些,但还是很虚弱。那么,这些天还有关于'幸存者'的新闻吗?"

"还有一些。"科丽说,"它一直是头条,今天也是。"

"哦,你根本猜不到我都是和一些什么样的人待在一起。"

科丽笑道:"什么时候说给我听听?"

"他们不让我们回布里斯班,以防我们被那些上街募捐的'幸存者'信徒认出来。所以,我们飞到了汤斯维尔,和艾米·柯林斯以及她哥哥约翰在一起。"

"酷。"科丽说,"艾米从'基路伯'退役后,我就没见过她。她过得好吗?"

"看上去不错。不过她在上大学,所以我想她缺钱花。她变得很波西米亚,你知道的,头发上缀着珠子,穿破洞牛仔裤。她还有个嬉皮士男友,好像都三十五岁了。"

"吃醋了,是吧?"

"科丽,你知道我只喜欢你。"

"好吧……"科丽扑哧笑了起来,"我想起来了,加布丽埃尔要踢你屁股。"

"啊?"

"有一天,我和其他女孩闲聊,不小心说漏了嘴,说你亲口说的,你约加布丽埃尔是因为你当时喝醉了。"

詹姆斯无可奈何地咕哝道:"说得好,科丽。"

"那么,你什么时候回来?"

"我们还得在这儿待两三个星期,休息休息,度个假。体检医生说,'幸存者'组织的生活使我们的体能严重下降了。那儿伙食很差,每天只能睡六七个小时。我的皮肤可恶心了,后背上至少长了二十个脓包。"

"呃……"科丽说,"希望我看到你的时候,那些脓包都好了。"

"要是你在这儿就好了。我每天都想你。"

"詹姆斯,我也想你,盼着你早日回来。"科丽轻快地说,"好了,詹姆斯,听到你的声音真的是太好了。但现在这儿是凌晨一点钟,六点半我就得去道场帮塔卡达小姐训练那些穿红T恤的新人。我要睡觉了。"

"好的。"詹姆斯说,"明天我再给你打电话,好吗?"

"好的。你也好好休息,明天再联系。"科丽说完挂断了电话。

詹姆斯溜达到厨房,看到艾米正站在工作台边,拌着一大碗沙拉。

"你觉得这些够大家吃吗?"她问道。

詹姆斯取笑她说:"我觉得这些能喂饱一支小规模陆军了。你需要帮忙吗?"

"不用了,我想差不多了。"艾米耸耸肩说,"我哥在外面准备烧烤,约翰·琼斯中途会在小酒馆停一下,买些酒回来。"

詹姆斯看到外面的车道上开来一辆车。

"达娜和克洛伊来了。"他喊道。

他和艾米一起迎了出去,把达娜从车里扶出来。达娜挂着拐杖刚站稳,詹姆斯就给了她一个拥抱。

"哈,你感觉如何?"詹姆斯问,"很高兴看到你好好的,一块都没少。"

达娜笑笑说:"除了中间那个脚趾上少了一块,其他都好。"

"想想好的一面吧。"詹姆斯笑道,"以后,你剪脚指甲可以节省十分之一的时间了。"

"每朵乌云都镶着金边,是不是,詹姆斯?"

"真抱歉我没和他们一起去医院看你,医生说我生病了,最好别去。"

"你现在都好了吧?"达娜一边问,一边向后门走去。

"好多了。"

"劳伦说,当污水池里灯光亮起时,你脸上的表情可有趣了。她还说你发狠话要离开'基路伯'呢!"

詹姆斯低声咕哝道:"她会告诉学校里的每一个人,这下可够我受的了。"

"这么说你不离开了?"

詹姆斯摇摇头说:"你知道这是怎么回事:每次执行任务的时候并不愉快,可一旦完成了,你就会盼望着下一个任务。"

一小时后,满屋都是烤肉的香味了。大伙儿聚在露台上,个个兴致勃勃。

这是个星期六的下午,艾米的哥哥约翰——也是一名前'基路伯'特工——在烤肉架边忙活,其他人——约翰·琼斯、克洛伊、阿比盖尔、达娜、詹姆斯、艾米和劳伦——站在边上,手里拿着饮料。

约翰·琼斯把酒杯放在一张塑料餐桌上,拍拍手说:"各位,对不住了,要打断大家的兴致讲几句话。等一下,莱特呢?"

露台上的人都迷惑不解地东张西望起来,寻找莱特。

"我去找他。"劳伦咕哝道。

她放下一次性餐碟进屋去了。莱特正坐在起居室的沙发上,全神贯注地玩着詹姆斯的掌上游戏机。

"过来,你这个孤僻的蠢货。"劳伦说,"我们在聚会呢,你不该坐在这儿玩电脑游戏。"

莱特不安地瞥了劳伦一眼："让我玩完这一局。詹姆斯说，要是赢了这一局，就能得到一辆三菱兰瑟车模。"

劳伦不耐烦了，她一把抢过掌上游戏机，把它关了。

"嘿！"莱特吃惊得说不出话来。

劳伦抓住他的胳膊，硬把他从沙发上拽了起来。当莱特被拖到阳光灿烂的露台上时，所有人都笑了。

"劳伦，谢谢你。"约翰说着，重新拾起刚才的话题，"我知道，这次任务留给我们的记忆会有悲伤的阴影，因为方舟里死了很多人。但我想告诉大家，你们所做的杰出贡献并不会因此而逊色半分。"

约翰停下来喝了一口酒："今天早上，我和校长麦克菲迪博士长谈了一次。大家都已经听说这个消息了：'基路伯'同意接收莱斯伯恩。"

露台上响起一阵掌声。莱特脸上乐呵呵的。

"麦克菲迪博士还提到要感谢阿比盖尔的帮助。我相信，大家都衷心希望她在澳大利亚情报机构的事业能够不断进步，取得成功。

"可是，麦克菲迪博士提到的下一个消息却让我感到有些难受，因为年轻的克洛伊从今以后不再是我的助手了。麦克菲迪博士已经委任她担任任务主管。她马上就会有自己的助手，可以统管全局了。祝贺你，克洛伊！"

艾米拍拍克洛伊的后背，克洛伊看上去非常开心。

"话说回来，要不是这些出色的年轻人，这次的任务永远也不会成功。事实上，麦克菲迪博士对我说的第一件事就是，他很高兴终于有机会把达娜·史密斯提升到穿蓝色T恤的特工行列中来。众所周知，如果'帮助地球'组织成功摧毁了印度尼西亚的LNG设施，就会有许多人遇难。这些人的生命全是达娜凭着超凡的勇气救下来的。"

大家一齐鼓掌。达娜不好意思地笑笑，脸一下子变得通红。

"太长了吧!"詹姆斯大喊,大家发出嗡嗡声表示赞同。

约翰笑着说:"詹姆斯,麦克菲迪博士也表达了对你的谢意,因为你又一次表现得如此稳健。

"然而,校长特别提到了团队里最年轻的'基路伯'特工,并给予她最热烈的赞赏。尽管劳伦只有十一岁,但她在极为艰苦的环境下生活了近两个月,表现近乎完美。不仅如此,她还在任务最关键的时刻保持住了冷静的头脑,并努力说服大家挽救五个儿童的生命,要不是因为她,这五个儿童肯定会在爆炸中丧生。

"劳伦·亚当斯,我非常高兴地告诉你,你获得的奖励是一件黑色T恤。有人告诉我,你是有史以来穿上黑色T恤的第三年轻的'基路伯'特工。"

劳伦用手捂住眼睛,高兴得大声尖叫。詹姆斯目瞪口呆,喃喃地说:"这不是在开玩笑吧?"

克洛伊走到劳伦身后,把她紧紧地拥进怀里。詹姆斯高兴之余,也感到有些委屈。确实是劳伦出的主意,要大家救那几个小孩,但接下来的事都是他和劳伦一起做的,而他什么奖励都没拿到,有点不公平。

艾米用手指捅了捅詹姆斯的后背:"快去祝贺你妹妹。"

詹姆斯上前拥抱妹妹,心情一下子变得很愉快。劳伦此时已经是泪流满面。

"真不敢相信。"她抽搭着鼻子,高兴地说,"我的伙伴们都还没穿上深蓝色T恤呢。其他穿黑色T恤的都已经十五六岁了。而我——我刚……"

詹姆斯冲妹妹扮了个鬼脸,说道:"在'基路伯',一切都是靠能力,而不是年龄。"

詹姆斯走到烤肉架边,往盘子里添食物,这时,他看到达娜向他投来狡黠的一笑。

"你笑什么?"詹姆斯问。

"哦!"达娜耸耸肩,不经意地说,"我只是觉得,以后看到你

妹妹在训练课或别的什么场合指挥你,肯定会很滑稽。我的意
思是,既然你妹妹级别比你高……"

尾声

"帮助地球"组织

布赖恩·埃文斯、苏茜·里根、尼娜·理查兹和巴里·考克斯的被捕,意味着与这个恐怖组织的斗争迈出了一大步。

这四个人首先会在澳大利亚受审,接下来,他们还会被中国香港、英国、美国以及委内瑞拉传讯。相信他们会在监狱里度过余生。

"幸存者"方舟的灾难发生后,又有几个重要人物被捕,其中包括阿莫斯·朗堡,他被确认为"帮助地球"组织的幕后财务策划。

迈克·埃文斯与达娜·史密斯在海滩上碰头后,就失去了踪迹,至今仍逍遥法外。

尽管上述一些人的被捕给了"帮助地球"组织沉重的打击,但人们猜测,"帮助地球"组织下属有很多分支机构,它们以小股恐怖势力的形式潜伏在世界各地,其中许多势力的威胁不可小视,特别是苏茜·里根从"幸存者"组织偷走的四亿美元中的大部分至今仍下落不明。

"幸存者"组织

许多评论员认为,乔·里根之死以及方舟的大灾难会导致"幸存者"组织的消亡,而事实并非如此。

由于在财务上受到恐怖组织的牵连,"幸存者"组织破产了,但它马上进行了重组。大多数信徒相信,上天会派来新的代言人,带领大家建造新的方舟。

艾略特·莫斯的刀伤完全康复了。他和维恩一起,建立了新"幸存者"基金,简称NSF。通过银行贷款和社区成员的捐赠款项,NSF从债权人手里买下了布里斯班商厦以及邻近的仓库。

在NSF看来,"第一方舟"陨落了。尽管它的"陨落"造成了世界各地四个"幸存者"社区被关闭,然而另外十九个社区仍然在发展,靠的是社区的盈利手段和社区成员的独创能力。

厄尼·克雷格在方舟悲剧发生后被捕,因非法持有武器而受到警告。他反复向NSF成员强调,自己是与莱斯伯恩一起逃出来的,那个男孩终有一天会回来领导"幸存者",但NSF成员不相信他的话。经过一系列的激烈争论,他被迫离开了布里斯班社区。

乔姬·戈德曼被发现死在方舟内部一条倒塌的地道里。

伊芙·斯坦尼斯的尸体被冲上了印度尼西亚的某个小岛,小艇和炸弹的踪迹无处可觅。她的遗体被空运回布里斯班,葬在"幸存者"社区的墓地里。有确切消息称,伊芙的父母以及她的两个妹妹不久以后脱离了NSF。

其他人

阿比盖尔·桑德斯回到澳大利亚自己的家,继续在澳大利亚情报机构工作。现在,她的主要工作是查清"帮助地球"组织的剩余势力,追查苏茜所盗巨款的去向。

米丽阿姆·朗弗德在方舟灾难发生后的一段时间里成了名人。作为研究"幸存者"组织的卓越专家,她屡屡出现在电视节目中,她的话被全世界各地数百家报纸所引用。当余波平息后,公众对她的关注逐渐减弱,她回到以前的工作中,继续为前"幸存者"信徒提供咨询服务。目前,她正在写一本传记,书名是《从超级名模到恐怖分子:苏茜·里根的感性生活》。

方舟悲剧发生后,爱米莉·威尔德曼再一次更改了遗嘱。这次,她把四分之一的钱留给了儿子罗尼,四分之三捐给澳大利亚红十字会。如今,她健康状况良好,最近刚庆祝过八十八岁的生日。

"基路伯"

莱斯伯恩·里根把自己名字改作格雷格·莱斯伯恩。他与另外十一名新成员一起,开始接受基础训练,据说表现异常出众。尽管他恳求学校里的人叫他格雷格,但还是被称作"莱特"。

达娜·史密斯尽管脚趾受伤,但还是坚持进行强度不高的训练。她给自己设定的目标是参加2016年8月举行的成人三项全能比赛。这将是她的首次参赛。

在汤斯维尔休息了十天后,詹姆斯和劳伦回到了"基路伯"校园。只要赶上学习进度,他们就有资格去执行下一项任务了。

ROBERT MUCHAMORE

特工学校"基路伯"
历史上的重要时刻 Important Moments of CHERUB

1941年 第二次世界大战期间,法国被德军占领。一个名叫查尔斯·汉德森的英国特工从法国向位于伦敦的英国情报总部发送了一份报告。在报告中,他盛赞法国抵抗力量派儿童潜入纳粹检查站,从德国士兵中骗取情报的做法。

1942年 汉德森组织了一支少年特工小分队,该小分队直接隶属于英国军事情报处。汉德森的小分队成员都是男孩,年龄在十一至十四岁之间,他们大部分是法国难民。在利用降落伞空降到法国被占领区之前,这些男孩接受了基本的侦察训练,他们为盟军在1944年登陆诺曼底搜集了大量重要情报。

1946年 第二次世界大战结束后,汉德森解散了小分队,队中绝大多数成员回到了法国。官方从未承认过他们的存在。查尔斯·汉德森认为,即使在和平时期,少年特工也能发挥重要的作用。1946年5月,他受命在一所废弃的乡村学校组建"基路伯"。最早招收的二十名学员全部是男孩,他们住在操场后面的小木屋里。

1951年 最初五年,"基路伯"资源有限,举步维艰。局面的转变发生在取得第一次重大胜利之后。当时,有两名小特工成功地揭露了苏联间谍窃取英国军事情报的企图。当时的政府欣喜万分,立即决定为"基路伯"提供一笔可观的发展资金。从此,相对较好的教学设施建起来了,小特工的人数也从二十名增加到了六十名。

1954年 两名"基路伯"小特工——杰森·伦诺克思和约翰·乌鲁明斯基,在东德的一次行动中牺牲。没有人知道这两个男孩的死因,政府因此考虑解散"基路伯"。但是,当时在世界各地执行各项重要任务的"基路伯"特工已多达七十名。针对该事件展开的调查结束后,"基路伯"决定实施新的安全措施,具体如下:

★ 成立道德委员会。从此以后,每一项任务都必须经由一个三人委员会批准后方能执行。

★ 杰森·伦诺克思牺牲的时候只有九岁。从此往后,任何"基路伯"小特工必须年满十岁才能执行任务。

★ 校内训练将更加严格、缜密。为期一百天的基础训练模式开始实行。

1956年 虽然很多人认为,女孩不适合情报工作,但是"基路伯"试验性地录取了五名女孩,结果取得了巨大的成功。第二年,"基路伯"录取女孩的数量就增加到了二十人。仅仅过了十年,男孩女孩数量已经相等。

1957年 "基路伯"引进了不同颜色的"T恤衫"制度。

1960年 在连续取得了多项胜利之后,"基路伯"再一次获准扩张。这次扩张,学员数量达到了一百三十人。总部周围的土地被政府收购,用于建设新的校舍,其中约三分之一的部分就是今天著名的"基路伯"特工学校。

1967年 凯瑟琳·费尔德成为第三名在执行任务时牺牲的"基路伯"小特工。当时,她在印度被蛇咬了。她在三十分钟内赶到了医院,但是很不幸,医生没有正确地判断出蛇的种类,结果给她使用了错误的抗蛇毒血清。

1973年 多年来，"基路伯"就像一个个小型建筑的大杂烩。这一年，一幢九层楼高的总部大楼开始修建。

1977年 所有招募的"基路伯"小特工不是孤儿，就是被家庭遗弃的孩子。迈克思·威佛是最早的小特工之一。后来他赚了钱，在伦敦和纽约都拥有了写字楼。1977年，迈克思·威佛去世时年仅四十一岁，无妻无子。他把所有的财富都留给了"基路伯"特工学校。"基路伯"如今的大部分建筑都是用迈克思·威佛信用基金建造的，其中包括室内田径运动设施和图书馆。该信用基金目前拥有的资产总值超过十亿英镑。

1982年 小特工托马斯·韦伯在阿根廷马尔维纳斯群岛死于地雷爆炸，成为"基路伯"第四名牺牲的成员。他和其他八名特工当时正在马尔维纳斯群岛执行任务。

1986年 政府准许"基路伯"再次扩张，这次扩张使得全校人数超过了四百人。尽管如此，学员实际人数始终没有达到四百人。"基路伯"要求招收心智聪慧、体格健壮的少年，最关键的是，他们必须没有家庭的纽带，符合以上所有条件的候选人很难找到。

1990年 "基路伯"再一次购置了土地，不仅扩大了学校面积，还加强了学校周围的安全保障。在英国地图上，"基路伯"学校被标识为军事禁区，周围所有的道路都被改造，只留下一条路能通往学校。从旁边的道路上看不到学校的围墙。直升机不允许进入该区域，而飞机经过时则必须在一万米以上的高空飞行。根据《国家机密法案》，任何破坏学校围墙的人都有可能面临终身监禁。

1996年 为了庆祝创立五十周年，"基路伯"新建了跳水池和室内射击场。所有已经退役的前"基路伯"特工都受邀出席了庆祝活动，无关人员都不在邀请之列。超过九百人从世界各地赶来，参加了这次活动。在这些前特工中，还包括一名前首相和一名卖出了八千万张唱片的摇滚吉他手。烟火表演结束后，大家在校园里支起了帐篷。第二天清晨在离开之前，所有人都聚集在小教堂前，纪念那四名为了"基路伯"事业而牺牲的小特工。

美国中央情报局

（Central Intelligence Agency，简称"中情局"，英文缩写CIA）

美国最大的情报机构，创建于1947年，总部设在弗吉尼亚州的兰利。美国中央情报局是美国最大的情报机构，拥有大批特工和情报技术人员。这些情报技术人员大多具有较高学历，或是某些领域的专家。美国中央情报局的组织、人员、经费和活动严格保密，即使美国国会也不能多加干涉。

主要任务：

★以公开、秘密方式和技术手段，搜集国外的军事、政治、经济、文化与科技情报，协调国内各情报机构的工作。

★为总统分析和估价情报，保证总统在做出决策时，能充分掌握第一手情况。

★同时负责维护大量军事设备。

简而言之，CIA是一个为美国高层决策者提供国家安全情报的机构。它由美国国家安全委员会直接领导，同时还担任美国总统和美国国会的高级情报顾问。局长由总统任命，参议院批准，是美国各情报机构的协调人，负责改进美国情报委员会的工作。

* * *

美国联邦调查局（Federal Bureau of Investigation），也就是大家所熟悉的"FBI"。它是美国最强大的安全和执法部门，其核心任务在于保护美国，防止其遭受恐怖主义和外国情报活动的威胁，坚持和执行美国宪法，为联邦、州、市以及国际机构和伙伴提供司法服务。

全名	美国中央情报局	美国联邦调查局
英文缩写	CIA	FBI
徽章		
格言	无	忠诚、勇敢、正直
成立时间	1947年9月18日	1908年7月26日
雇员数	机密	约3.5万名(截至2012年2月),其中探员1.3万多名,专家(情报分析师、语言专家、科学家等)2.1万多名
总部	弗吉尼亚州兰利	华盛顿
分部	国家秘密行动处、情报处、科技处、后勤处	全美境内共设有50多个分局,海外拥有60多个办事处。
主要区别	独立机构,直接对总统负责。从事情报工作,不具备执法权。主要活动范围在国外。	美国执法部门,隶属于司法部,性质上属于警察体系。主要活动范围在美国国内。

俄罗斯联邦安全局

（Federal Security Bureau，英文缩写FSB）

俄罗斯联邦安全局的前身是大名鼎鼎的"苏联国家安全委员会（简称'克格勃'，英文缩写KGB）"，主要负责俄罗斯国内事务，直接隶属于俄罗斯总统管辖。它的主要职能是维持国内治安，打击间谍活动、跨国犯罪、非法移民、毒品和军火走私，并防止外国情报机构渗透等。俄联邦安全局下设反情报部、宪法保卫部、军事反间谍局等部门，人数近八万人，总部位于俄罗斯首都莫斯科的卢比扬卡大厦。

英国陆军情报六局

（Military Intelligence 6，英文缩写MI6）

英国陆军情报六局又称"秘密情报局（Secret Intelligence Service）"，是英国情报机关的鼻祖，成立于1909年。在很长的一段时间里，MI6一直在极度机密的情况下工作，它的历史前身比较神秘，很少有人知道。MI6主要负责英国对外的情报收集，隶属英国外交部，由英国外交大臣负责。

自从第一部《007》电影于1962年公映以来，该系列电影风靡全球，长盛不衰。剧中主人公詹姆斯·邦德的出现，使得MI6这个现代最早的英国情报机构进入了大众的视线。

* * *

MI5全称"英国国家安全局（Security Service）"，又称"秘密保安局"，是负责英国国家安全的情报机构，同样成立于1909年。MI5负责保护英国境内外的公民及其利益，防范针对国家安全的任何威胁。

MI5和MI6，虽然只有一个数字的差别，但两者之间到底有何区别呢？

★ 一张表看懂MI6与MI5的区别! ★

全名	英国陆军情报六局	英国国家安全局
代号	MI6	MI5
徽章		
隶属	英国外交部	英国内务部
总部	伦敦泰晤士河大厦	伦敦沃克斯豪尔大厦
主要区别	负责在英国境外收集情报,以支持政府的安全、防务、外交和经济政策。对外由英国外交部大臣负责。	负责保护英国境内的安全,打击恐怖组织,捍卫国家经济利益。对外由英国内务部大臣负责。

以色列情报和特殊使命局

（The Institute for Intelligence and Special Operations）

　　以色列情报和特殊使命局简称"摩萨德(Mossad)"，创立于1948年，在世界范围内大名鼎鼎。摩萨德只对以色列总理一人负责，在国内拥有相当大的权力，可支配以色列特种部队。摩萨德总部位于以色列特拉维夫市的海滨，该组织以大胆、激进、诡秘著称于世。

下册预告

《绝地营救》

主要内容：

当今世界，残害动物的行为令人不齿，"动物保护主义"日渐深入人心。但在英国，有一小群极端动物保护主义者，他们借"保护动物"之名，大搞破坏行动，激进程度堪称世界之最。面对这种离"恐怖主义"仅一步之遥的行为，英国当局与"基路伯"特工学校合作，派出特工打入动物保护组织内部，试图揪出其中隐藏的破坏分子。

这一次，詹姆斯和他的搭档凯尔能成功完成任务吗？一边是遭虐待的小动物，一边是被绑架的电视名人，营救行动迫在眉睫！正义与邪恶，人性与兽性……摆在詹姆斯和凯尔面前的考验极为严峻，救援时机转瞬即逝！